U0538449

我跟世界有著時間差

魏于嘉劇本集

推薦序
人鼠無間——魏于嘉的真實世界

文／紀蔚然（國立臺灣大學戲劇系名譽教授）

美國作家 John Steinbeck 著名中篇小說《人鼠之間》（*Of Mice and Men*）並無齧齒目倉鼠科的角色，書名靈感來自蘇格蘭詩人 Robert Burns 一首短詩〈致一隻老鼠〉（To a Mouse）。某日詩人犁田整地時搗亂了鼠窩，以致膽怯的田鼠驚恐哀鳴，四處逃竄，基於愧疚而有此作：

抱歉之至，人類的領地
已破壞自然的社群共存
想法謬誤卻藉口一堆
因此讓你受驚
其實我是你在土地生活的同伴
也一樣終有一死

⋯⋯

但這位鼠友，你並不孤單
之於證明遠見終將徒勞：
鼠輩與人們最好的算計

多有差遲
只留下我們的傷悲與苦痛
為著應許而為未得的喜悅

然而，你較有福，與我相比
你只因當下悸動
而我，唉唷，回頭一瞧
看著早已死寂的願景
向前望去呢，卻看不遠
只能猜測與害怕

〈現世寓言〉與〈大動物園〉讓我想起《人鼠之間》，進而聯想〈致一隻老鼠〉。我同時想到美國劇作家 Edward Albee 的《動物園》（*The Zoo Story*），該劇以動物園為主要意象，象徵現代都會的格局宛如鴿籠，異化的人們過著分割與分隔的生活。然而，魏于嘉所呈現的動物園不是象徵，而為真實情境；不只人類猶如動物，且動物猶如人類。整個世界是貨真價實的動物園，人類與動物都存在於有形與無形的禁錮之中，都對荒謬情境有無限感慨。這是個「人獸」物種的世界，人非人、獸非獸，抑或人亦獸、獸亦人；人鼠之間毫無界線可言。

〈城堡裡的公主〉與〈媽媽歌星〉則涉及女性共通的命運。法國哲學家巴迪烏（Alain Badiou）認為現代男性永遠長不大，男孩無法進化為男人；反觀女性則快速成長，跳過少女階段，於短時間內成為女人。我猜這是父權制度惹的禍：男性滯留於少男階段對他大大有利，而女性之所以跳躍成長是基於「家裡總要有個大人」的考量。〈城堡裡的公主〉劇中一對年幼的姊妹於爸媽外出的一天之

內,幻想著她們這一生可能經歷的各種遭遇。〈媽媽歌星〉裡的母女則在充滿剝削與男性暴力的制度裡討生活,被迫墮落,也同時試著於墮落中保有尊嚴。

　　魏于嘉的舞台世界既灰色又彌漫荒謬的幽默感,寫盡了人們與動物苦中作樂的無奈與悽慘。這個特色於以戰爭為主題之〈空襲警報:貳零肆玖〉發揮得淋漓盡致。另一個特色是時空變換信手拈來,猶如夢境邏輯裡的濃縮與換置,引領觀眾進入一個天馬行空的世界。再者,她筆下的人物是多面的,但不是寫實主義所強調的3D,較像是夢境裡不時變換的臉孔。因此劇中的「媽媽」(或「女孩」)既是世上所有媽媽的綜合版,亦為一名個體母親所有的不同面向。

　　最後一個特色:既是寓言也是預言。她的劇本彌漫末世氛圍,但結尾時沒有明確的句點,較像是餘音繚繞、餘味不絕的刪節號⋯⋯人們帶著「猜測與害怕」的心情面對未來,彷彿更大災難已等候在下一個轉角。

推薦序
女兒與獸的預／寓言
──魏于嘉與世界的時差

文／周慧玲（國立中央大學英文系特聘教授）

　　劇作者自提「與世界的時差」，指涉的也許不只是她筆下世界與常人的扞格，還像是她從作品中折射出的自己與世界的離齟。在《我跟世界有著時間差》劇本集裡，魏于嘉與世界的時差，經常以「女兒」、「獸」和「戰爭」發聲亮相；她的角色或困於城堡、牢籠，或童話編織的網；而她最無可遏制的趣味，似乎總在撕開、反噬、大笑著喃喃，「說謊啦」。

　　〈城堡裡的公主〉以一個樣板核心家庭的情境開場，隨即以大女兒「然後爸爸就再也沒有回來過」，撕開童話、電影與動漫等病毒共謀編織出的有關「城堡與公主」的騙局與幻象。被拘束在如此假象牢籠裡的女兒，更習慣的是與藥頭交媾的母親、如巫婆般啃噬受虐人的社工、和彼此相依為命更且相愛相殺的姊妹倆。終場，母親以童話中皇后的裝扮上場，直接諷刺歌隊吟唱戲劇的道德功能，他們如果不是被動為角色收場，也只能冷漠地擷取故事，散播出去。

　　〈媽媽歌星〉，則是一個有關女兒養成的禁忌百事。媽媽歌星其實是媽媽妓女的代名詞，有媽媽就有女兒，以媽媽為題，主角更像是女兒，妓女的女兒。妓女母親帶著女兒生活，一切「好」女兒成長過程中應該要避忌的，全都在她眼前發生：性交易、吸毒與受

虐、死亡與非法掩埋、被嫖客凌虐又倒過來復仇雇人毆打恩客、甚至母親為了保護女兒主動要求情人與女兒性交。生活在如此光怪陸離的世界邊緣的女兒，仍舊有著所謂的正常生活：上學、作文「我的家庭」，編造一個正常的親子關係的故事（謊言）。如是種種的目睹與編造，在其他劇作這筆下，每一筆都是可以大書特寫的劇情高潮，在于嘉構作出來的戲劇場景裡，卻顯得異常平淡而理所當然，以至於我們開始思考，長久以來，世人莫非太輕看了一個女孩成長過程中必然經歷過的種種暴力，以及她們在這些隱而不見卻又無所不在的施暴中存活的創傷，和為了生存而衍生的一種（不被察覺的）反暴力的暴力？

女兒，是魏于嘉筆下世界牢籠裡的預言家，她被拘在邊緣、受虐又孤獨，偶爾也兼職施虐，因為她總在鏡子前嚷嚷鏡子背後的風景，那別人不願看或不知如何看的另一種鏡像。

〈現世寓言〉，所寓之言，氣候變遷和戰爭。劇作者對這兩者的洞悉，同樣不循任何古典情節結構或說故事的口吻，更沒有什麼批判性的大道理，而是以一場場莫名、荒謬與私慾的戲劇情境，顛覆種種的冠冕堂皇。例如，北極熊愛上黑熊，在環境破壞的河流釣不到鮭魚，來自亞熱帶的黑熊奄奄一息，跳進冰洞把自己凍成食物餵養他的北極熊愛侶；心碎的北極熊狂呼，北極熊是被凍死的⋯⋯當然，氣候暖化與否，劇作者不探其詳，只是根據北極熊所言，他的愛侶確實是把自己做成食物以解決環境汙染下的食物短缺；如此，四兩撥千斤地以荒誕的聳聽挑逗全球暖化的危言。如果于嘉筆下的氣候變遷，顯得既脆弱與不可靠，那麼她在〈現世寓言〉中描繪出來的兩個（無聊）男子之間的戰爭，同樣弱智而不可信，但它又像隱身寓言，彷彿幼稚可笑卻又洞悉到令人不忍卒睹。

〈大動物園〉像是從一則社會新聞簡報中，翻轉而出的人獸交

鋒浮世繪。動物園的管理者在愛護動物與動物保護的喧嘩中，捉襟見肘地掩護動物死亡（流浪貓狗被撲殺、雞鴨被烹食、稀有動物被製作成標本）的日常。在動物園這個人為建構的（不怎麼臨時的）園區（框囿）裡，大型珍稀動物們神經質地在欄杆旁來回徘徊，思忖著自己是如何習慣於圈禁豢養；園區外備受資源不足之苦的不怎麼珍稀的小型動物們，爬山涉水而來想要擠入大動物園分一杯羹；管理大動物的人們則在忙碌著搬遷到更大的（比較自由）的園區中，不得不關照一下自己隨手丟失的親情與愛情。在這本劇集中，魏于嘉在每個劇作結尾都有一個終場。〈大動物園〉的終場，竟是獸人扮裝的深夜酒吧場景；如露亦如電，吾人當如何究竟事相？編劇魏于嘉留給導演無竟的想像空間，誘惑他們將編劇獨自暗結的珠胎，產出面世。

　　動物，是魏于嘉筆下另一組被剝削者；牠們時而愚蠢時而靈光乍現，牠們比人還像人，照映人類極力遮掩的暗黑與扭曲，因此被貶為獸。

　　若干年前，台灣的劇場工作者總自嘲商業劇場的尊榮究竟如何？僅僅數年，各種國際 IP 漫天飛舞，政治正確命題作文台台皆是，魏于嘉的怪誕、撕扯、人獸糾纏，難免孤獨。但也正因為如此，她十年積攢劇集，讓我們看到台灣劇場汩汩泉湧的創作能量，幫我們記住這十年間曾驚鴻一瞥的幾幅異色浮世繪。更特別的也許是像〈空襲警報：貳零肆玖〉那樣，魏于嘉的劇作貌似預言未來（2049 的戰爭威脅），更像在誘惑我們回首（一百年前的）那場曾經：過去與未來，幸福與醜陋，女兒與媽媽，人與獸，有為與無相，兩兩並肩攜手，寓言即是預言，如夢幻泡影。

推薦序
邊緣有光

文／吳政翰（序場劇本發展中心藝術總監）

2009年我前往美國耶魯大學戲劇研究所，攻讀「戲劇構作與戲劇評論」（Dramaturgy & Dramatic Criticism），閱覽了大量歐美劇作。從這些作品中，我看見不同主題、內容和敘事形式，深刻體會到創作的多元與無限可能。與此同時，在紐約，我也見識到了日本、伊朗、羅馬尼亞、土耳其等國的劇作，透過英文轉譯，將各自國家的文化、藝術及社會問題帶到國際舞台。可惜的是，當時未見任何台灣劇作的身影。

自那時起，我不禁思索：是否有一天，台灣劇本也能站上世界舞台？台灣的多元聲音，是否能透過劇作讓全世界聽見？若要將台灣劇作介紹到國際，我會選擇翻譯哪一部作品？哪位劇作家能突破界限，探索出獨特的敘事語言？又有哪些劇本能展現「台灣性」？這些提問，成為我關注台灣劇場發展的重要動力。

回國後，我致力於推動台灣劇本發展，以戲劇顧問、劇評人、大學講師、場館委員等多重身分跟創作相處。然而，隨著時間推移，我開始觀察到台灣劇場創作所面臨的困境。近幾年，台灣劇場的商業思維逐漸抬頭，創作逐步「文創化」，劇本變得規格化，觀眾需求超越了內容深度，效果取代了格局，商品先於作品。劇作開始充斥公式化的套路，觀眾對預期的迎合產生了滿足感，作品調性也止

於消費性的溫情撫慰和淺層娛樂，劇本缺乏問題意識，劇作家也難見自我追求與敘事探索。

然而，值得欣慰的是，台灣依然有一群劇作家在默默耕耘、探尋新的戲劇語言。他們對人性複雜、實驗美學、觀點辯證、敘事結構進行了深刻的探索，提出了對在地文化或普世議題的深思。這些人的作品，站在邊緣，以獨特且創新的敘事視角，打開對戲劇的想像，並提供了重新感知世界的可能性。

魏于嘉，正是這樣的一位劇作家。

她的作品時而可見對女性的關照、對家庭的反叛、對規範的顛覆，但更多時候，她的劇作跨越性別、物種、國族、時空等疆界，勾勒出人與世界的對話與抗衡。透過迥異的敘事語言，她的作品延伸出對台灣當代社會、歷史的多維觀照，以及對人性的深刻挖掘。她的創作不只是關注女性的聲音，更是藉由多層多變的敘事手法、多焦多聲的戲劇景觀，帶出廣袤、流動且包容的陰性思維，表達對台灣社會的批判和人性處境的反思，同時不失對生命價值的探索，兼具在地關懷與國際視野。在這個倡議多元共融的時代，魏于嘉的劇作值得我們重新認識與肯定。

這部劇本集裡，收錄了魏于嘉過去幾年來五部最具代表性的作品。〈現世寓言〉是她獲得臺灣文學獎首獎之作，以破碎的場景與荒謬的語言，構建出一種末世焦慮與台灣群像。〈大動物園〉是台南人劇團的委託創作，以動物園為隱喻，呈現人類社會的縮影，透過人與人之間、動物與動物之間的多層關係，構築了一個弱肉強食的世界，在絢麗多彩的表象下隱藏著生命的失重與蒼涼。〈媽媽歌星〉獲得臺北文學獎，聚焦於母女關係，交織親情與愛情、過去與未來，隨著時間流轉，映射人情冷暖，是作者情感最為豐沛的一部作品。〈空襲警報：貳零肆玖〉將筆鋒轉向歷史，反思戰爭，通過

對大時代的層層描繪，映照人性尊嚴與矛盾。〈城堡裡的公主〉是魏于嘉的首部長篇劇本，可見其創作初心，及日後敘事實驗的原點。

憑藉這幾部優秀劇本，魏于嘉不僅擄獲國內多項劇本獎，也成功跨越文化藩籬，吸引國際劇場界關注，多部劇本獲得國際譯者青睞。〈現世寓言〉曾於國際筆會世界之聲國際讀劇節（PEN World Voices: International Play Festival）亮相，〈大動物園〉則在紐約大學上演，並入選紐約 New Ohio Theatre 作品發展計畫及 Lortel Theatre 新劇本孵化計畫。

2024 年，我成立了「序場」——台灣第一個劇本發展中心，旨在培植台灣劇作、孵育戲劇人才，並將台灣劇作家推向國際舞台。翌年，「序場」策劃了「焦點讀劇節」，聚焦展示一位台灣劇作家的不同作品。首位劇作家，正是魏于嘉。

她的劇作從邊緣出發，卻發現了光明的所在，照亮了台灣劇場的另一面，也為我們提供了新的視角去觀察世界、理解自己。

作者序
我跟世界有著時間差

如題。

（就想用這兩個字當開頭。）

本劇本集所收錄五本劇本完稿時間橫跨 2013 年到 2019 年，至今最久已有十二年之差，先行提出這個時間差，除了呼應標題外，還有在讀者閱讀前的稍稍提醒。劇場演出跟時代脈動相關緊密，當時創作這些劇本的背景環境、社會氛圍、台灣政治情勢乃至於全球局勢，和 2025 年的現在都截然不同。如果現今閱讀時可能讓讀者有些卡頓的言談論述，或許除了個人思想差異外（即便是現在的我跟當時的我想法也不盡全然相同），也有當時時代背景與社會氛圍的變異因素。我無法托大自己的一個劇本代表一個時代，但最少也是當時的我對於時代的思考，或是屬於當時的自身反思。在現下這個時刻閱讀這些劇本，希望除了能回望當時的社會情境與人類的生活樣貌外，還能有跨越時間所留存下的一些⋯⋯或許永遠未能解答的思考。

下面大略說一下五本劇本當時的創作情境。

城堡裡的公主　現在的我寫不出這樣的劇本（雖然不知道這句話是屬於最高的自誇還是回望少作的羞澀）。這本是寫於臺大戲劇研究所就讀期間的第一本完整長篇劇本，混有無以名狀的中二矯情和屬於創作者最初的真心，還有一股腦只是想塑造出某種又虛假又真實的底層生活情境（即使都是幻想），那時還有些初生之犢不

畏虎不怕被人看不懂的勇氣與純粹,被問到劇本集想收錄哪些劇本時,私心想要留下自己很早期的創作軌跡。

現世寓言　這本以當時的新聞時事作為靈感,把食安問題、全球暖化、大學生就業22K、多元成家等看似嚴肅的議題,用時而成人時而童話的寓言體混合寫成。當時困於不知道要如何將這些雜亂的線頭織成一本劇本,正好閱讀到卡瑞‧邱琪爾(Caryl Churchill)的劇本 *A Mouthful of Birds*,這本劇本的多頭紛雜最終又看似能回歸全體的書寫方式,幫我找到一個適合的劇場語言。此劇在2016年更名為《#》演出,由創作社製作李銘宸導演,當時收到觀眾評論「很好笑又有想哭的時候」,對我來說或許就是這本劇本最大的完成了。

媽媽歌星　這本的初稿跟後來完全不一樣,寫完初稿時是有點卡關的,而後中間經歷了與友同遊東京,路過夜晚和白天迥然不同相貌的歌舞伎町,這衝擊感強烈到我回飯店就構思出新版的大綱,是屬於求不來的「一期一會」創作過程。〈現世寓言〉和〈媽媽歌星〉,在當時都有幸被創作社劇團監製慧娜姐選入「CS監製作品」,在劇場前輩的輔佐下無後顧地製作演出,一併感謝當時陪伴兩齣戲成形的製作人浩之。〈媽媽歌星〉在今(2025)年下半年會由楊景翔演劇團重新演出台語版,一樣由2018年演出的導演陳侑汝傾力操刀,若是讀到這本劇本集的你正好看到,請去實際感受劇本在舞台上真實活著的樣貌吧。

大動物園　跟其他都是由我自己發想的劇本不同,這本劇本是源自於導演黃丞渝的交付命題,特別在此說明本劇本集收錄的劇本版本,跟2018年台南人劇團演出的劇本版本不太相同。這裡收錄的原劇本是依我個人想法建成的樣品屋,2018年演出版是由導演帶領著眾演員(呂名堯、林曉函、張棉棉、王宏元、吳柏甫、梁晉

維）拿到了原劇本後，以他們的居住喜好習慣，或許將大型家具換了方位，或將牆上換上帶有自己品味的裝飾品，加入了屬於他們自己的想法和風味，在此感謝導演和演員對演出版劇本的創作貢獻。如果這裡有讀者曾觀賞過 2015 年也是由黃丞渝導演的《水管人》，那是我第一齣劇場演出的出道劇本，看過《水管人》和《大動物園》演出，和閱讀到現在這本劇本集的你，恭喜集滿我的劇場軌跡（雖然也不能幹嘛就是）。

空襲警報：貳零肆玖　本劇本於創作期間受到國藝會的創作補助，特此感謝。回去閱讀當初的筆記，發現初稿原本是有想結合香港反送中運動和台灣在日本時代（請允許我狡猾地跳過日據日治日占的論戰，直接以台語的「日本時代」Jit-pún sî-tāi 稱呼）尾聲時所遭遇的戰爭，對照或呼應不同時代背景的戰爭景象，後來發覺光是「戰爭」本身即是過於龐大沉重的議題，更不論這兩者事件的背景落差，故選擇個人較易親近的部分著墨。劇本沒有明指確切的歷史時空背景，以有點類架空的寫法寫成，是私心想從歷史的夾縫中讓出點創作空間給自己，是屬於創作者的自私。沒有真實經歷過戰爭的我，即便能從新聞報導了解他國的戰爭，書寫的仍僅限於想像的戰爭景象，當時對戰爭的想像或許是一種尚有餘裕的腦海演練，而現在的台灣於我而言，各種隱性的戰爭變形已經以超乎過往想像的方式進行中，在此為我那小小多山的國家助力與祈福。

最後致謝在我能之為一名舞台編劇的路上有過幫助的人們。

就讀臺大戲劇研究所時期的林鶴宜老師、王安祈老師、王嘉明老師，謝謝你們的指導與鼓勵，而紀杯蔚然老師，應該是最完整地看過我從還不是個玩意兒到長成所謂創作者的種種脆弱或猖狂時刻，一直感激紀杯對我的理解和寬容。

感謝劇場前輩周慧玲老師、施如芳老師、創作社劇團李慧娜女

士和藍浩之女士的提點和陪伴。

感謝譯者（也同為編劇）Jeremy Tiang 將〈現世寓言〉和〈大動物園〉譯成英文，〈大動物園〉在他的努力促成於 2022 年在紐約大學 Tisch 藝術學院演出，2021 年也已先行出版〈現世寓言〉的英文劇本（*A Fable For Now*, Laertes Books）。（看來我跟世界不只有時間差連出版順序都倒著來。）

感謝曾經合作過的劇場伙伴們，不論是互相鼓勵或彼此折磨的。

感謝讓這本劇本集得以出版見世的幕後功臣，謝謝細心耐性負責繁複校稿工作的冠廷和出版社編輯懷君，而若不是吳政翰主動問我要不要出版劇本集，我個人是從沒動過這念頭，所以如果讀完這本劇本集的你，或許多少有點收穫或感觸的話，也請將這份心情贈予政翰，感謝勞力。

感謝我的家人——媽媽、妹妹、弟弟給予我「我是我」的包容。

倘若是讀了會皺眉，這創作者原罪向來是自負（寫完發現好像有雙關）。

魏于嘉
2025.2.27

目次
Contents

推薦序　人鼠無間──魏于嘉的真實世界／紀蔚然　003

推薦序　女兒與獸的預／寓言
　　　　──魏于嘉與世界的時差／周慧玲　006

推薦序　邊緣有光／吳政翰　009

作者序　我跟世界有著時間差　012

城堡裡的公主　019

現世寓言　087

媽媽歌星　163

大動物園　231

空襲警報：貳零肆玖　293

城堡裡的公主

▎人物

大女兒
小女兒
母
父
藥頭，男
服務生，男
大師，男
四眼，男
社工師，女
護士，女
販售員，女
歌隊，三男
男孩

※除大女兒、小女兒、母，三個角色是固定的演員外，其餘皆可一人飾兩角以上。

▎舞台

極簡，沒有特別說明舞台的場次即空台。

第一場

  普通的小公寓一景：客廳、餐桌、小廚房。小女兒是嬰兒，大女兒學齡。餐桌上擺滿食物，小女兒坐在兒童餐椅上，圍著圍兜兜，手持著湯匙，嘴裡發出語焉不詳的聲音，母走進走出擺放食物。大女兒著學生服，匆忙跑出。

大女兒：媽，你看爸啦，每次都要占用廁所那麼久。
母　　：（安撫大女兒吃早餐）好，我唸唸他。（朝舞台外大吼）親愛的，跟你說幾次不要把報紙拿進去廁所看，女兒上學都要遲到了。
父　　：（戴著三太子大頭罩[1]拿著報紙進）我說，現在的社會呀——
大女兒：現在爸說一次，等下朝會校長又要說一次，很煩。
小女兒：Tatatadadatata……

  父逗小女兒，準備出門。

母　　：記得早點回來慶祝。
父　　：慶祝什麼？我記得這個端午節還早，中秋月餅也吃過了，聖誕節爸爸大失血，元旦也擠著人潮看煙火，過年還早……

---

[1] 像是電音三太子那種很巨大的塑膠頭罩。

還有什麼好慶祝的？

　　大女兒氣嘟嘟地瞪著父，母對父示意。

父　　：喔，我記得了，是我們大女兒最討厭的爸爸的生日嘛。知道了，等我回來，你們會為我布置什麼驚喜呢？好期待唷！先走囉。

　　父將臉湊向小女兒，小女兒親了父臉頰，父將臉湊向大女兒，大女兒僵持了一下不情不願地親了父臉頰。父離去。燈暗，燈亮。餐桌上擺滿了食物。母與大女兒沉默，小女兒抓著湯匙繼續語焉不詳。

大女兒：然後爸就再也沒回來過了。

　　燈暗，燈亮。一家人吃著食物，父看完報紙摺好，露出大頭面罩上的嘴脣旁黏了大粒芝麻，看起來像師爺痣。

父　　：這個，一家人呢，最重要的事，就是要好好地一起吃飯。

　　小女兒 Tatata 地噴笑。

大女兒：妹，你不要笑啦，這樣我會忍不住耶！（也一起笑）
父　　：唉，媽媽都不笑。
母　　：（忍笑）再不吃就都要遲到了。
大女兒：爸，今天是我生日唷。

父　　　：我當然記得,等我回家一起慶祝,嗯?
大女兒：我想要——
父　　　：早訂好了,爸爸下班就去拿回來。

> 父將臉湊向小女兒,小女兒親了父臉頰,父將臉湊向大女兒,大女兒親了父臉頰一下。父離去。

大女兒：然後爸就再也沒回來過了。

> 燈暗,燈亮。母走進走出擺放食物,父提著公事包,攔腰抱住了母。

父　　　：親愛的,今天是我們結婚紀念日,我已經訂好了餐廳——
母　　　：那孩子怎麼辦?
父　　　：隔壁家的妹子下課後會來幫忙照顧孩子。
母　　　：妹子自己都還是個孩子呢,不行不行。
父　　　：那可是你最愛的餐廳,訂位時服務生一聽我們是要慶祝結婚紀念日,還馬上跟我推薦了主廚最近研發的新菜色。
母　　　：不、行。
父　　　：還會贈送一瓶紅酒!
母　　　：……還是不行。
父　　　：喔喔,(對女兒)瞧你們的母親就是如此地頑固對不對?但她就是這麼愛家、顧家,所以我才會娶她。(小女兒咯咯笑邊流口水邊敲打湯匙表認同,大女兒作勢想吐)那我只好去取消訂位囉。
母　　　：老公,我們自己煮大餐。大女兒下午就沒課了還會幫媽一

城堡裡的公主　023

　　　　起對不對？
大女兒：（不情願）對。
父　　：真的吼，那我就得準時下班囉。

　　　　父將臉湊向小女兒，小女兒親了父臉頰，父將臉湊向大女兒，大女兒親了父臉頰一下。父離去。

大女兒：然後爸就──
小女兒：姊，不要再來了，我口水都快流光，口也很乾，下場前又不能喝水。
母　　：而且有點膩。
小女兒：真、的。
大女兒：好吧。

　　　　燈暗，燈亮。餐桌上擺滿了食物。母女三人沉默地盯著食物看。

母　　：或許我們應該再等他一下。
小女兒：我肚子餓了。（動手要抓食物）
母　　：別碰。
小女兒：我肚子餓了。
母　　：不准動！爸爸沒回來你們什麼都不准動。
小女兒：笑話，都過了多久，再不吃東西的話，不就早都餓死了。

　　　　小女兒與大女兒使眼色，兩人有點瘋狂地大笑。

母　　：住口，你們住口！總之爸爸沒回來你們誰都不准動。
小女兒：反正我就是肚子餓，我就是要吃。
母　　：裡頭下了藥。（大小女兒驚愕看母）你爸外遇了。他先死，
　　　　然後你們死，我們全家一起死！

　　　　　母狂笑，燈暗。燈亮，母靜靜收拾餐桌，父提著酒瓶搖
　　　　　搖晃晃走進舞台。這段都用台語對話（到大女兒說「那
　　　　　是父母，還算⋯⋯嗯，相愛的時候」之前），演得非常
　　　　　狗血俗濫。

父　　：欸，查某人。

　　　　　母繼續收拾不理父。

父　　：欸查某人，你老公回來了是不會來招呼一下啃。

　　　　　母繼續收拾不理父。

父　　：幹，恁爸我今天如果沒有讓你知道誰是這家真正的老大，
　　　　恁爸我就算沒屪鳥。
母　　：（對大女兒）帶小妹先去睡。
父　　：你知不知道外面的人都怎麼叫我，無路用的查埔人！幹，
　　　　孵不出一粒蛋、生不出兒子的人是誰？是你較無路用還
　　　　是我？
母　　：你怎麼會問我，不然我們去醫院檢查呀，看是誰的問題說。
父　　：沒被揍過是不知道這個家裡誰講話較大聲就對了？

母　　：是誰被打還不知道。
父　　：現在是要怎樣，是要相打就對了，我看你這個查某人就是欠打。（情勢一觸即發。頓）還是要抓你來幹一幹才知道是誰才有屌鳥？
母　　：清彩啦！恁祖媽我沒在怕的。
大女兒：那是父母，還算……嗯，相愛的時候。

　　　　燈暗，燈亮。母靜靜地把一盤盤食物倒進垃圾桶裡，大小女兒趁母拿走前狂塞食物。母把桌上清空，小女兒突然噎到，母不理，大女兒慌張地不知該怎麼辦，最後用哈姆立克急救法（腹部壓擠法）救了小女兒，小女兒狼狽地喘氣。

大女兒：跟你說過幾次，就算很餓也不要一次塞那麼多。
小女兒：那時我還是個小孩嘛……姊，謝謝你。

第二場

　　　　　極暗,大小女兒裹著毯子躺在地上。

小女兒:我不喜歡這個。
大女兒:嗯,為什麼?
小女兒:它不是真的。
大女兒:哈,你記得什麼是真的。
小女兒:它不開心。(默)跟我說以前我們家其他的事。
大女兒:你不是不愛聽嗎?
小女兒:因為你都故意說那些。
大女兒:好,還是你愛聽「哪些」?我再說給你聽。
小女兒:就那個呀⋯⋯我不知道,想不起來了。
大女兒:想不起來吼。
小女兒:討厭。⋯⋯我好餓唷。
大女兒:不然我出去看看好了。
小女兒:不要!你忘了隔壁的南西出去後變成什麼樣了嗎?
大女兒:聽你媽在說,那是她編來騙你們小孩的。
小女兒:可是我有在陽台看到南西過,她真的看起來笨笨的,就像媽咪說的那樣。我一直跟她哈囉她都不理我,眼睛有洞頭晃來晃去,好可怕。
大女兒:眼睛有洞?她瞎了嗎?
小女兒:她就這樣這樣。(兩眼無神地晃動腦袋)

大女兒：那叫眼神空洞、兩眼無神。你剛起床的時候也會那樣。
小女兒：那是我的靈魂還在夢中沒回來。南西的靈魂一直在夢遊嗎？
大女兒：……南西本來就笨，我很聰明而且是個大人了，我出去看看或許媽就回來了。
小女兒：不要，（頓）而且我一個人會害怕。
大女兒：好吧。那你肚子還餓嗎？

　　　　小女兒搖頭。

大女兒：好吧，那我們現在睡覺好了，睡著就不會餓了。
小女兒：可是我餓，我餓！餓到睡不著……
大女兒：含著我的手指吧，可是不能真的咬下來喔……至少鹹鹹的。
小女兒：嗯。

　　　　小女兒含著大女兒的手指，大女兒摟著小女兒睡去。鑰匙開門聲。

母　　：搞什麼，家裡不是有人嗎？也不開個燈，開燈還要人教嗎，嘖。

　　　　母開了燈，燈亮，小公寓看起來很髒很舊，地上布滿了垃圾食物的包裝之類。母隨便將客廳茶几上的垃圾掃到地上，擺放手上提的一袋袋食物。母看到地上躺著的大小女兒，走過去蹲下來拍拍他們的臉。

母　　：起來吃東西。（大小女兒不醒，母繼續拍大力一點）欸，

　　　　　起來，我不想這裡有人餓死。
大女兒：（朦朧睜開眼）媽？
小女兒：（夢遊似地要抱住母）媽，媽？
母　　：（躲開）吃。

　　　　大女兒準備食物，小女兒哭了起來。

母　　：哭什麼哭煩不煩呀。叫你妹別哭。
大女兒：妹，別哭了。

　　　　大女兒將食物遞給小女兒，小女兒見母對哭泣很不耐煩，
　　　　漸漸停止哭泣。大女兒邊餵小女兒邊自己進食。

母　　：還有。
大女兒：我吃飽了。
小女兒：嗯，吃飽了。
母　　：（突然生氣）算了算了，你們都不餓，什麼都別吃了，該
　　　　幹什麼幹什麼去。
大女兒：要做什麼？
母　　：（頓）整理呀，自己看這裡這麼髒亂也不會清理下，我在
　　　　外面忙個半死回來還得幫你們收拾呀！
大女兒：於是我們在半夜一點多，把整個家大掃除一遍。

第三場

  公寓變得稍微乾淨一點。

大女兒：這算好的時候了，有時候我媽還會直接買冷凍食品回來叫我們自己解凍。那時我們家還沒有微波爐，我站在板凳上，盯著鍋內的水流轉動，等待水滾啵啵的緩慢時間，加厚塑膠袋裡那些冷凍食品從固體變成膠狀黏稠物後再慢慢地融解，一塊塊暗褐色的死肉扭曲滑動，真讓人想吐。這訓練我編出一百種理由，讓我媽能多掏些錢放在小錢包內。媽，我要繳補習費。

母　　：喔。（多塞了錢在小錢包內）

大女兒：媽，還有妹的奶粉錢。

母　　：喔。（又多塞了錢在小錢包內）

大女兒：其實我早就沒有在上學，妹也早就不只喝牛奶了，我媽不是記性差，她只是單純腦子有點壞掉而已。我跟妹現在都會分辨，怎樣是她開始有點恍惚的樣子，這時候你跟她說什麼她都會喔喔喔地做，什麼時候是她「又開始了」，那時你跟她講什麼她都不聽見，只會──

小女兒：媽會眼睛睜得大大的，發紅到把燈全關掉都看得見，然後一直流鼻涕，一直流一直流，比我上次重感冒流的鼻涕還多，我上次感冒，是給醫生打針才好的，媽也要打針才會好。

大女兒：然後我就會打電話給藥頭……不對，要叫Med. Head才對。

門鈴響，大小女兒不開門，敲門聲形成某種規律，大女兒才走到門邊。

大女兒：生日快樂？
藥　頭：非生日快樂！

開門，一位看起來非常紳士雅痞的中年男人走了進來，他提著一個手提包。

藥　頭：很好，孩子。

藥頭摸摸大小女兒的頭，大小女兒很期待地看著他，他從醫生包裡找出糖果給大小女兒，糖果拿到手小女兒馬上吃掉。

大女兒：還有呢？
藥　頭：沒有了。
大女兒：喔。（把手中的糖果遞給了小女兒）
藥　頭：其實還有。（拿出了一本精美的硬殼書）
大女兒：怪獸圖鑑！
藥　頭：你喜歡圖鑑不是？
大女兒：他們很漂亮。
小女兒：而且妹妹也可以看！姊都會說裡面的故事給我聽喔。
藥　頭：喔，我還不知道圖鑑裡頭還能有故事。

城堡裡的公主

大女兒：我媽在裡面。

> 藥頭拿出針筒幫母注射，然後與恍惚的母親性交。

大女兒：Med. Head 從沒報過自己的真名——
藥　頭：孩子，我們這種人是不能有真名的，跟你報名字還強調說「這是真的」的人要特別小心哪，他想要跟你交換的可能不只名字。

> 藥頭換了個姿勢繼續。

大＆藥：叫他／我 Med. Head 吧，反正這裡的警察英文都不太好。
大小女：Mad Hatter! 是愛麗絲裡面的 Mad Hatter 嗎？
藥　頭：愛麗絲？你是說五街三號的那個愛麗絲嗎？抱歉，她有點老了胖了，我發誓我的只有給她貨而已，沒有提供任何其他的服務。
大女兒：不是，是愛麗絲夢遊仙境裡的 Mad Hatter，瘋帽子。
小女兒：（搶話）他戴很多很多頂的帽子，然後說非生日快樂！
藥　頭：那他真的是有點 mad，非生日快樂，funny，還是說，我也有點 mad？非生日快樂！！！（藥頭結束，收拾準備離開）以後除了敲門聲外，「非生日快樂」就是我們的暗號喔。
小女兒：好！
大女兒：是我開的門，你好什麼好。
小女兒：Med. Head，那個⋯⋯
藥　頭：小可愛你說。

大女兒：大部分男人叫我妹小可愛時我都會特別警戒，當然我妹是真的長得很可愛，但當他們叫她小可愛之後，就常常會帶她到角落之類，別以為我不知道你們想對我妹做什麼，這群賤渣。但 Med. Head 是真的沒有對我妹做過任何賤渣會做的事，所以我允許他叫我妹小可愛並摸她的頭。
小女兒：那個，你真的不能當我們的爸爸嗎？
藥　頭：哈哈，小可愛，如果我真答應我才是瘋了。
小女兒：喔。
大女兒：很抱歉我妹她——
藥　頭：在別的地方不能叫我 Med. Head 知道嗎？

　　　　　藥頭繼續跟小女兒無聲對談。

大女兒：總之他成功地說服了我妹他在外面有個「正常」的身分（我想他可能高估了我妹會區分正常不正常這件事），和一個美滿的家庭（我妹可能也以為三餐有得正常吃的家庭就很美滿了），還有兩個跟我們差不多大的女兒。
小女兒：但是，她們有我可愛嗎？
藥　頭：她們是沒你可愛，但我還是最愛她們了。
小女兒：真好……那你可以偶爾來我們家嗎？不要糖果也沒關係，偶爾來就好。
藥　頭：這不就是我正在做的事嗎？
小女兒：喔你真好 Med. Head。
大女兒：他們達成了某種協議，然後以一個額頭吻作結尾道別，路人看到應該會以為是女兒念念不捨地送爸爸出門，這畫面突然讓我好感動。

城堡裡的公主　033

藥頭離開，小女兒掏出糖果。

小女兒：姊，現在可以吃你給我的糖果了嗎？
大女兒：當然，你去那邊吃，我幫媽清理一下。

小女兒去角落吃糖果，大女兒擰了條溼毛巾，幫母清理。

大女兒：還沒有性經驗的我卻早就知道乾掉的體液會既硬又脆，像某種結晶體（參考礦物圖鑑的）⋯⋯
母　　：快點擦乾淨！內褲沾到很難洗你知不知道？（迷茫著說完又睡去）
大女兒：當然知道！都是我在洗的⋯⋯擦著那些略為發亮又有點腥臭的體液，不知道為什麼我想起有次爸媽帶我去公園餵魚的事。
小女兒：（興奮地）我們有去餵過魚？
大女兒：是帶「我」去公園餵魚，那時你不在，還是你太小了？總之你不在。
小女兒：喔，那一定是假的。
大女兒：那些公園裡的鯉魚，每隻都鮮豔亮麗肥美極了。
小女兒：那一定很好吃。
大女兒：鯉魚不能吃，我不是有給你看過魚類圖鑑嗎？
小女兒：那一定是沒有人吃過牠們，牠們長得那麼漂亮，一定很好吃，吃過牠們的人就知道了。
大女兒：長得漂亮的東西吃起來通常有毒，我在植物圖鑑裡就跟你講過了。
小女兒：長得醜醜的能吃的也有毒，像香菇，有股怪味噁心死了，

我每次吃都會吐。
大女兒：醜醜的香菇對健康很好的，那些五顏六色的才是毒菇。
小女兒：紅蘿蔔也對健康很好，你還不是都把它挑給我吃。
大女兒：你到底要不要聽我說魚的事？
小女兒：看在鯉魚那麼漂亮的分上好吧。
大女兒：公園小池塘旁都會有座魚飼料販賣機，可能怕人跟求籤機搞混，兩台機器都很直白的一個做成魚的樣子、一個做成廟的樣子。我有次還捨棄第二次的餵魚機會，把那十元投進求籤機，很假仙地說要為爸爸求一支籤。
小女兒：（模擬求籤機機器人取籤的樣子，機械性地唸）籤王：求得籤王百事良，萬事如意大吉昌，宜加力作行方便，可保福壽永安康。（拍拍手慶祝）十元還不如再拿來餵魚，那些好肥好肥的鯉魚會在哪裡為了一粒小小的飼料擠呀搶的……（模擬鯉魚爭食的樣子）啵啵啵啵。
大女兒：好好（拿出花生米如餵魚般丟給小女兒吃），都你的，沒人跟你搶。
小女兒：姊講這個是想說什麼……道德教訓呢？
大女兒：我也不知從哪裡學來的，總覺得一個故事用道德教訓來做結尾超酷，所以不管講什麼故事我都要用一句道德教訓來結束，即使我從來搞不懂所謂道德教訓是什麼。這個故事的道德教訓就是……（大女兒邊說小女兒邊愛睏，像史努比裡的奈勒斯一樣握著毯子窩在地上睡著了）爸爸在稱讚我超乖超孝順時，我一個恍神看見了，在比較淺的池塘邊，混雜著紙屑跟鋁罐的泥堆裡，有暗暗發亮的東西。你知道的，小孩都會被發亮的東西所吸引，於是我湊近一看，有隻好大好冷的銀白眼睛瞪著我，我一個驚嚇腳步不

穩,差點跌進池塘裡,趕緊一手抓住身旁的媽咪,邊冒冷汗邊暗暗希望不是我想的那樣,然後我問:「媽咪,那是什麼?」媽咪湊近看了下,說:「喔,那是條死魚,還沒爛透呢。」那個瞬間我吐了,吐得唏哩嘩啦的,媽咪連忙問我:「哎呀,是不是剛才吃多了呢?」邊拍拍我的背,魚群也在那裡爭先奪後地搶食嘔吐物。爸還在旁邊幸災樂禍說:「哈哈,這比魚飼料更搶手呢,早知道就不用浪費錢買飼料了。」(頓)早知道我就不要浪費錢去求籤了。故事講到這裡結束,這個故事的道德教訓就是⋯⋯其實沒有什麼道德教訓,就只是個故事罷了,跟所有沒有你的故事一樣,既不是真的也不快樂。

大女兒幫小女兒拉好毯子,親吻她的臉頰,燈暗。

第四場

　　燈亮，大小女兒坐在客廳沙發。大女兒看書，小女兒看電視。

小女兒：姊，倒帶。
大女兒：這時候我的名字叫「倒帶」，就跟我爸在的時候，他的名字有時叫「零用錢」一樣。我實在得說說，我妹已經重複看這部片第八遍了。
小女兒：姊，倒帶。
大女兒：第九遍。天哪，妹，你為什麼一定要看那麼多遍？巫婆都沒時間製作毒蘋果了你知道嗎！
小女兒：倒帶。
大女兒：打個商量，你不繼續看的話，我就帶你去 Disneyland 玩好嗎？
小女兒：嗯。
大女兒：聽起來挺吸引人的不是嗎？
小女兒：叫我公主。
大女主：喔，Disney virus 全面滲透我妹的神經免疫系統。
小女兒：只是 Disney！Disney 才沒有什麼 virus 呢！

　　門鈴聲響。小女兒透過門孔看。

小女兒：姊，我不認識，看起來不像這裡的人。
大女兒：住在我們這裡的人有兩種，毒蟲或醉鬼，或是兩者兼具。他們眼神還算清明的時候，有時我會考慮打開一點門縫（當然門鍊還是拴上的），問他們要幹嘛，大部分他們都是來要點食物吃，是好事，因為飢餓是活著的證明。如果不是這裡的人，也只會有兩種人出現，警察跟社工師。如果是警察，我們會乾脆裝沒人在家，因為警察要問的問題，我們也無從解答，若是社工師呢，我跟我妹就會看心情跟她玩玩。

　　　　小女兒開門。社工師走進，一位年輕貌美仍帶有學生氣質的女性，愛心充沛、舉止溫柔。

社工師：小朋友你們好呀，請問你們是漢賽爾跟葛麗特[1]嗎？
小女兒：不是，他們住在轉角的那間。
大女兒：這是我妹不想跟她玩的時候。
小女兒：是，我們就是漢賽爾跟葛麗特。
大女兒：這是我妹想跟她玩的時候，看我妹的囉。
社工師：太好了，那你們現在在幹嘛呢？
大女兒：這時我妹一定要躲在我的身後，斜斜傾出一點肩膀，用她怯生生的大眼眨呀眨地說。
小女兒：我我我我們在照顧我媽咪。
社工師：喔，真難過，請問你們媽咪怎麼了嗎？我叫貝兒[2]，可以進去跟你們聊聊嗎？

---

[1] 童話故事《糖果屋》裡主角兄妹的名字。
[2] 社工師所報的名字都是迪士尼卡通裡公主的名字。

大女兒：我猜社工師一定有學過直銷的話術，知道不讓客戶掛上電話就算成功一半，而社工師的接案應該是，只要他有坐上你家的沙發，就成功一半，再加上喝了你家的茶，三分之二。
小女兒：是是是《美女與禽獸》的那個貝兒嗎？
社工師：呃，你是說《美女與野獸》的貝兒嗎？是呀，我也很喜歡看Disney的卡通呢，你最喜歡哪個公主呢？
小女兒：都很喜歡。
大女兒：然後就都很無聊，我們快轉。

　　　　大小女兒與社工師的對話動作無聲快轉，然後動作又倒退回剛進門的狀態，恢復正常速。

社工師：叫我愛麗兒就好，那我能夠跟你媽聊聊嗎？
大女兒：當然不行！怎麼能讓他知道我媽根本不在家！只留兩個未成年孩子在家的媽媽一定有問題。其實是這樣的──
小女兒：我媽有肺結核，最好不要進去唷。
大女兒：咳咳、咳咳咳。然後原先看起來再怎麼有愛心的社工師聽到這裡就都會起身說──
社工師：那⋯⋯我得快點去找真正的漢賽爾跟葛麗特了。

　　　　大小女兒送社工師離開，關上門，大小女兒坐回沙發，如同此場一開頭，默，門鈴聲響，大小女兒開門，社工師進。

大女兒：是有那麼一次玩得稍微過分了點。
社工師：你好，請問這裡是漢賽爾跟葛麗特家嗎？嗯，看來好像不

城堡裡的公主　039

是呢,沒關係……我叫作白雪,很高興認識你們……你們這兒好像有點,嗯,不夠整潔呢,沒關係,我們一起動手打掃好嗎?

大女兒:然後我跟妹就像被催眠般一起打掃了。

  三人打掃樣。

社工師:嗯,打掃完乾淨多了,這樣沙發坐起來更舒適不是嗎?
小女兒:我去倒杯水給你喝。
社工師:喔,真好,謝謝你。

  小女兒倒來一杯水,遞給社工師喝下。

社工師:嗯,怎麼我感覺,有點兒睏了呢。

  社工師睡著。

小女兒:媽的安眠藥超有效。
大女兒:你幹嘛?媽回來看到就慘了。
小女兒:媽這幾天都沒有回來今天也不會回來,而且我才放一點渣渣,只會睡個午覺差不多。

  小女兒摸摸社工師身上的衣服、首飾之類。

大女兒:你喜歡嗎?她身上的東西跟媽比起來素多了。

　　　　　　小女兒開始撫摸社工師的腿。

小女兒：她有穿絲襪。
大女兒：喔，絲襪，喔。我妹的罩門就是絲襪，像奈勒斯要摸著
　　　　安全毯一樣，奈勒斯，安全毯；我妹，絲襪。我妹小時
　　　　候就是要摸著我媽穿絲襪的腿才睡得著，絲襪都會被我
　　　　妹磨到勾線，媽一氣之下把全部絲襪都丟掉，乾脆光著
　　　　腿，她說這樣男人覺得更性感。妹，那麼喜歡絲襪我買
　　　　一打回來給你？
小女兒：不，我喜歡的是穿絲襪的腿。
大女兒：我妹就這樣一直磨蹭一個不知道什麼時候會醒來的陌生女
　　　　人的腿我實在是覺得有點怪怪的。還是……我把她整條腿
　　　　剁掉給你？
小女兒：不。我要的是，活著的，成熟的，女人，穿著絲襪，的腿。
大女兒：我妹堅持起來我真是一點辦法都沒有。就像她最高紀錄讓
　　　　我為她倒了十次帶一樣，最後還是她睡著了我才有辦法關
　　　　掉電視與錄影機。唉，唉。

　　　　　　小女兒繼續摸著社工師的腿，大女兒看著。燈光轉換。
　　　　　　大小女兒都睡著了，小女兒的手還是擱在社工師腿上，
　　　　　　而且是膝蓋以上的位置，社工師的裙子被掀開，社工師
　　　　　　慢慢醒來。

社工師：喔，我好像睡著了，發生什麼事了呢？真糟，我忘記了，
　　　　嗯，好像是迷路了，然後有兩個可愛的小矮人……

　　　　社工師注意到她的裙子上翻，且小女兒的手還在她腿上無意識磨蹭著，她尖叫，大小女兒醒過來。

社工師：你們想對我做什麼？！
大女兒：（模仿社工師驚慌失措的樣子）你們想對我做什麼？！（回復自己的語調）你們想對我做什麼，我們能對你做什麼？至少我個人是不會想對你做些什麼，不過經你這麼一叫倒是提醒了我，好像不做些什麼反而有點對不起你似的⋯⋯。妹，你想對她做什麼就做吧。
小女兒：喔。（還是繼續撫摸社工師的腿，甚而越摸越上面）
社工師：（發抖）求求你們不要這樣。
大女兒：這樣好像媽常說的——
大小女：婊子裝處女。
大女兒：不過我相信你真的是處女是吧？
小女兒：（在社工師頸窩處聞）嗯，她甜甜的。
大女兒：不是香水味的那種甜吧，你知道現在還有嬰兒爽身粉味道的香水。
小女兒：那種人工的味道我一聞就知道了，不是。
社工師：（想要撐住鎮定）小妹妹，你想要一個媽媽嗎？雖然我不能當你的媽媽，但是我可以——
大女兒：夠了。
小女兒：我已經有一個媽媽了，不用兩個媽媽。況且，你當我媽也不一定會比較好。
大女兒：唉，我妹就是這樣，連我也無法騙到她呢。

　　　　社工師深呼吸幾口裝鎮定後突然開始慷慨激昂地演說起來。

社工師：你們知道我是來幹嘛的嗎？就是為了幫助社會上的困難家庭，尤其是像你們這種小朋友，特別需要有人來關心與照顧，有很多小朋友，就是根本上沒有一個健全的家庭，之後就開始輟學、偷竊等，長大了就成為一個惡性循環，我們的工作就是想阻止這個惡性循環，導向良性的光明的道路上。

大女兒：你剛剛說……「我們這種小孩」。

社工師：嗯。

大女兒：我們是哪種小孩？爸爸嗑藥、媽媽酗酒的小孩，被叔叔伯伯性侵還被帶去賣的小孩，被失智老人隔代教養的小孩，照顧弱智的小孩的小孩，拚了命扒垃圾堆只是想填飽自己肚子的小孩……這裡多的是，琳琅滿目種類齊全任君挑選，你要救哪一個？

小女兒：你有這樣子的小孩嗎？

社工師：沒有。

小女兒：喔。

大女兒：抱歉，你傷了我妹的心，我想你也不會再來了，隔壁有個叫南西的小女孩，應該是你可以幫助得到的孩子。但請小心點，她很容易受驚嚇。

　　　　大女兒拿著社工師的包，送她出門。

小女兒：她走了。

大女兒：你不是留著她的絲襪嗎？

小女兒：冷掉了。我最喜歡她說，可惜她不會再來了。有這種不會勾破的絲襪，媽咪就可以穿了。

城堡裡的公主　043

大女兒：是最好不要再來⋯⋯但有時我們說某人最好不要再來，其實是希望他來，就像電視裡的女孩說不要攔我不要來追我我不想聽你的解釋，其實是很想男孩霸道地一攔手抓住她，然後來個三百六十度旋轉的擁吻。先吻了再說，說話是不必要的⋯⋯有次社工師好像叫了警察來。

　　　　敲門聲。

女　聲：漢賽爾？葛麗特？你們在嗎？
小女兒：白雪來了！（欲開門）
大女兒：等下，我去看看。（欲查看，聽到聲音又停下）
男聲甲：小姐，你確定真的是這裡沒錯嗎？這一帶常常有小孩亂打家暴電話，來了幾次都發現是被耍。
女　聲：真的，你們要相信我，這一戶有一個十幾歲的女孩──
男聲甲：好吧。有人在家嗎？有人嗎？
男聲乙：啊，回去啦回去啦，又被騙了，這年頭小孩可精的，被叫去面壁罰站思過的也會打113說家暴，要不是沒辦法，我早就把那些小屁孩全抓起來吊著打。
男聲甲：小姐，這樣我們真的沒辦法。
女　聲：可是⋯⋯
男聲乙：走啦走啦，說不定又是惡作劇。
男聲甲：還是我們去申請搜索令？
男聲乙：沒那麼嚴重啦，走啦。
男聲甲：有人嗎？請問有人在家嗎？小朋友都還好嗎？

　　　　小女兒要去開門。

大女兒：你想跟我分開嗎？

　　　　小女兒搖頭。

女　聲：漢賽爾？葛麗特？有聽到我的聲音嗎？我是白雪。
小女兒：可是他們真的很想找到我們的樣子。
大女兒：他們想找的不是我們，是他們以為的我們。

　　　　小女兒仍想開門。

大女兒：我跟你年紀差那麼多，我已經可以自己獨立生活了，你的話，一定會被送去教養院或寄養家庭，教養院比這裡還恐怖，你要跟一堆流鼻涕的小孩搶飯吃，他們都直接用手抓飯的！你手那麼小一定會搶輸他們。寄養家庭也不是你在電視上看到的那樣，他們會打你罵你也就算了，還不給你飯吃，比現在還慘……你自己想清楚。

　　　　男聲女聲叫喚不斷，大女兒與小女兒對望，沉默。

男聲甲：我們先回去，之後再來看看好了。
女　聲：好吧……
男聲乙：就跟你說。
大女兒：可是他們沒有一次回來過。

第五場

　　　　　西餐廳。母裝扮高雅（參考奧黛麗‧赫本），大小女兒
　　　　　著小洋裝。餐桌上放著牛排。

母　　：（切牛排）你們會切牛排嗎？

　　　　　大小女兒搖頭。

母　　：我這當媽的真是，沒有帶過你們出來吃西餐廳，怎麼可能
　　　　會用刀叉？（移位替大女兒切牛排）來，媽媽先幫姊姊切，
　　　　姊姊看，刀子要這樣動，叉子要在旁邊輔助⋯⋯會了嗎？
　　　　嗯，好棒，你會切了就幫妹妹好嗎？

　　　　　大女兒幫小女兒切牛排且餵她進食。

母　　：我的兩個女兒都好乖好可愛，媽咪好幸福⋯⋯

　　　　　服務生上，幫她們倒水。

母　　：你說，我們家的女兒可不可愛呢？
服務生：女士，您家兩位千金都十分可愛。
母　　：那你要不要呢？

服務生：……很高興為您服務，請容我先退下。（退下）
母　　：唉……我真是個失敗的母親，怎麼說你們很可愛但就沒人要呢？難道他們都是騙我的嗎？（大小女兒一直若無其事的吃東西，接著母捏住大女兒的下巴，然後是小女兒，查看她倆的臉）今天出來吃飯可是為了慶祝你們倆的生日呢……媽咪也非常高興，希望以後能常常帶你們出來玩……長得跟我都挺像的呀，姊姊是差點，但也越來越好了……怎麼就是沒人要呢……

　　　　母不停捏著大小女兒的下巴臉頰到疼痛的地步。藥頭上。

母　　：（馬上放開大小女兒）你來了。
藥　頭：（看著大小女兒）兩位小姐今天打扮得好可愛，來，看看我有沒有帶什麼東西……（翻找手提包）
母　　：（示意服務生前來）給我老公來客一樣的吧……我們今天結婚紀念日呢，有沒有優惠？
藥　頭：結婚紀念日？
母　　：哎呀，在孩子面前不要說這些。
藥　頭：我是聽你說你家孩子突然暈倒才急著趕來……沒事我回醫院了。

　　　　藥頭從手提包找出糖果給大小女兒，摸摸小女兒的頭，準備離開，小女兒拉住藥頭的手。

小女兒：Me……（突然想起在外不能叫 Med. Head 即止住）你可以跟我們一起吃牛排再走嗎？

城堡裡的公主　047

母　　：對呀，你就不能跟我們吃頓飯再走嗎？
藥　頭：我沒時間跟你們玩家家酒。
母　　：就不能給我點面子嗎？你也很喜歡我家女兒不是嗎？喜歡哪個？看起來是小女兒沒錯吧？對，她很像我。等等吃完飯回去，兩個都給你玩也可以唷。
藥　頭：你這女人又開始了。
母　　：你不要裝，我都知道，你對她們那麼好不就是想要她們？男人都這樣，我看得出來⋯⋯
藥　頭：（對大小女兒）我先帶你們回去。
母　　：不准動！你敢再碰我女兒一下我就大喊「這裡有變態戀童癖」！
藥　頭：瘋了真是瘋了⋯⋯
大女兒：拜託你，拜託你，先坐一下吧⋯⋯
藥　頭：你看你媽穿得那麼漂亮，水晶耳環、珍珠項鍊、鑽石戒指，都是假的，你們兩個小朋友的衣服又是去哪裡借的？⋯⋯該不會是偷的吧？
母　　：你看著我，跟我說話呀⋯⋯
藥　頭：今天說要慶祝女兒的生日也是假的吧⋯⋯我看過你家的戶口名簿，完全不是今天的日期。
母　　：我在這裡呀⋯⋯
藥　頭：別傻了，我疼愛你家女兒是看她們可憐有個瘋子母親，我永遠不可能跟你這種瘋女人組成什麼家庭，就算只是為了滿足你的幻想。

　　　　母發出淒切的尖叫聲。燈暗。黑暗中傳來，身體不舒服而發出的呻吟聲（但很假），燈微微轉亮。地板鋪滿黑色長

　　　　毛地毯，放著一張病床，母躺在床上。大小女兒在床邊地毯上坐著，手裡端著裝有牛奶加營養穀片的碗吃著。

母　　：（呻吟）喂喂，我在哪裡呀？

　　　　大小女兒沒有聽見似地繼續吃著。

母　　：（繼續呻吟）我的命好苦哇，拖著兩個不可愛又沒人要的小孩，我一個女人家怎麼過活呀。

　　　　藥頭掛著聽診器，披著大白袍進。

母　　：你來了，我好痛好痛這裡痛那裡也痛。
藥　頭：你身體沒有任何的問題，只是情緒激烈到暈過去而已。你當時還能在暈倒前大喊一聲：（四人同）我要一間單人病房！
藥　頭：想必頭腦很清楚。（欲離去）
母　　：喔，不，不，不要走，只要能看到你，縱使我有再多心機，也都變糨糊了。啫，（掀開被子）給我打針吧，給我打針，打多一點、濃一點，用那根又粗又長的針筒，灌入我的──

　　　　藥頭彈手指，護士入。護士著粉紅爆乳情趣護士服，有如模特兒展示般拿著一根粗管針筒及一袋詭異顏色的點滴。大小女兒驚呼。護士把針筒及點滴交給藥頭後離去。

城堡裡的公主　049

藥　頭：（邊操弄著針筒與點滴邊說）你知道我為什麼會想當醫生嗎？壓根不是為了什麼救人的偉大情操，只是，看著一個人，衰弱地躺在你眼下，鼻屎眼淚齊流地求你救他，而你可以選擇救他一命或放棄，這種感覺真的很好。不，我沒有認為自己是上帝，那樣太狂妄了，只是，有時候我們替上帝作了決定，不也是為祂分勞解憂嗎？你知道的，我只要在這根針管裡，加入一點，嗯，你平常常在用的東西，就能讓你在極嗨中暴斃，這樣聽起來不是也挺美好的嗎？比起什麼被路邊車子撞死之類，而警察也會在你家中搜出你嗑藥的證明，連死因都不用編。所以乖乖的，打完這罐點滴，領著女兒回家去吧。

藥頭打完針及掛好點滴，慢步離去，大小女兒見狀想要追他，但兩人只能有如嬰兒般緩慢爬行且無法言語，連藥頭的褲腳都撈不到。藥頭離去後，空中飄下了兩、三團黑色的棉絮，大小女兒驚呼，兩人開始追起飄在空中的棉絮，母也從床上爬起，加入追逐，分不清他們是在抓棉絮還是彼此在玩捉迷藏，母突然渾身一抖，尿褲子了[1]。

小女兒：姊，媽又尿褲子了。
母　　：呵呵，尿褲子了。

大小女兒幫忙母把內褲脫下，燈漸暗。

---

[1] 吸食毒品會導致膀胱損害。

第六場

    微暗,客廳。小女兒悄悄由外開門入,奮力地拖著某物,拖到沙發後用毯子蓋起來。燈亮。

大女兒:你跑哪裡去了?不是跟你說過外頭很危險不要亂跑的嗎?(看見小女兒赤腳髒汙)怎麼搞得腳那麼髒,你還這樣踏進家裡,天哪!你等等不要動,我去拿毛巾先幫你擦擦。

    大女兒離開,拿條溼毛巾入。

大女兒:(抱住小女兒)來,姊姊抱你,這樣就不會再弄髒地板了,來,腳伸出來,姊姊幫你擦擦。(大女兒擦到毛巾染紅,大叫)你怎麼了!受傷了嗎?常常跟你說外頭很危險,你還不穿鞋亂跑,是不是刺到什麼碎玻璃之類?天哪!千萬不要是針頭⋯⋯剛剛我那樣擦有沒有很痛,忍著點,我先去拿醫藥箱。
小女兒:(小聲)姊,那不是我的血啦。
大女兒:不然那是誰的血?該不會又有人死在我們家外面了吧,不知道有沒有愛滋還是見鬼的什麼傳染病,快點消毒消毒!
小女兒:我剛剛踩到壁虎了。
大女兒:壁虎?
小女兒:嗯,那種涼涼滑滑的觸感,應該是壁虎沒錯。

大女兒：（頓）壁虎的血是紅色的呀，昆蟲圖鑑上倒沒寫呢。
小女兒：嗯，我也是第一次看到呢，一直覺得壁虎的血應該是綠色……
大女兒：或是藍色，或是透明的。
小女兒：對呀。
大女兒：原來是紅色的呀。
小女兒：好普通呢。

　　微弱的男性呻吟聲，接著嘔吐聲，一隻手抓住沙發背，四眼從沙發後突然出現，大女兒嚇了一大跳。

大女兒：你是誰？
四　眼：（含糊地）我沒有酒醉！
大女兒：什麼？
四　眼：（含糊又大聲地）我沒有酒醉！我沒有酒醉！
小女兒：好啦好啦我知道你沒有九歲，我也才八歲而已呀。

　　大女兒拿出球棒，把四眼敲昏，燈暗。燈亮，四眼已經被綁在椅子上，昏迷狀。大小女兒坐在沙發上，面對面，大女兒拿著球棒雙手交叉，好像在審問小女兒，小女兒安靜低頭。

大女兒：唉。

　　小女兒低頭不語。

大女兒：唉。

　　　　小女兒低頭不語。

大女兒：（超大聲）唉唉唉。
小女兒：姊，你想說什麼就說，不用一直這樣唉唉唉，這裡就只有我們兩個人，我有在聽。
大女兒：你知道我很擔心你嗎？
小女兒：（衝去抱大女兒）抱抱。
大女兒：（緊緊回抱）唉，不是這個。你長大了知道嗎？
小女兒：嗯，我長大了。
大女兒：身為老大的就是，弟弟妹妹學好學壞都有責任知道嗎？
小女兒：知道知道，我們還有個弟弟。
大女兒：我們沒那麼幸運。
小女兒：喔。（繼續低頭）
大女兒：（自語）有一天你總要出去的……想不想去上學？
小女兒：有點想，又有點不太想。
大女兒：為什麼不想？
小女兒：姊不用去上學吧？
大女兒：我不用了，謝天謝地。
小女兒：那你幹嘛還叫我去上學，奇怪。
大女兒：有些基本的東西還是最好要會……就像認字。
小女兒：你教我認字了呀，我會寫你的名字跟我的名字。
大女兒：這樣還不夠多。
小女兒：我要認那麼多字幹嘛？
大女兒：為了、為了跟外人溝通。

小女兒：可是我們都待在家裡呀。

大女兒：總有一天你會出去。

小女兒：那到時再講唄。……你要去哪裡？你要拋下我了嗎？我不要去寄養家庭！

大女兒：唉，不是。

小女兒：你在我長到你那麼大之前會走嗎？

大女兒：應該還不會。

小女兒：那就好。

大女兒：為什麼要等到你長到我這麼大時？

小女兒：因為姊每次都說你已經可以獨立生活了，我想說等我長到你這麼大的時候，應該也可以了。

大女兒：我不確定唷。

小女兒：你嫌我不夠聰明嗎？

大女兒：你是很聰明，但學校至少會教你，不能去外面隨便撿回一個野男人。

小女兒：他才不是什麼野男人。

大女兒：不知來歷的男人就是野男人。

小女兒：我知道他是一個研究生喔，說話輕輕的很溫柔，帶著眼鏡笑起來眼睛都瞇瞇的，眼角旁還有一條線。

大女兒：我不想知道那麼多。

小女兒：（悶）媽咪說看中意的男人就可以直接拖了帶回家。

大女兒：你媽的意思應該不是這種「ㄊㄨㄛ」法。

小女兒：不然是哪種拖法？

大女兒：唉。此人不宜久留，我們這裡又三不五時會有警察來查案或搜尋失蹤人口，還是……（緊握著球棒高舉）

四　眼：（突然睜開眼）不要打！我還是學生，我只想做個好人，

真的，我拿學生證給你看，我叫作四眼。你，就是你，你看著我的眼睛，對吧，沒有看過這麼清澈的雙眼對吧。（小女兒：四眼，你眼睛都紅紅的唷）你跟我對視，看到我的真誠了吧，還知道我的名字，就等於認識我這個人，就更不可能殺我了。不要打，打下去你絕對會後悔！這不只是我的生存問題，還有你的未來，真的。

大女兒：（放下球棒）反正你被綁起來了。

四　　眼：謝天謝地。（左右張望）我的眼鏡呢？我的眼鏡！我沒眼鏡幾乎等於瞎了啊啊啊啊！

小女兒：（從口袋拿出眼鏡）不好意思，剛才我拖你回家的時候怕眼鏡會掉，所以先幫你收起來了，來。

小女兒要遞眼鏡給四眼，但四眼被綁起來所以沒有手可以拿，四眼尷尬地看著小女兒，小女兒害羞地幫他戴上眼鏡。大女兒在旁見狀，清了好大一聲的喉嚨。

四　　眼：謝謝。（對著小女兒很溫和地笑）那是你姊嗎？

小女兒：嗯，我姊很好的，她只是不太喜歡陌生人。

大女兒：我勸你別對我妹動什麼歪主意。

四　　眼：（受驚樣）你怎麼會這樣想，我可是純正的 gay 耶。（猛然咳嗽）不好意思可不可以先給我一杯水，剛剛吐過滿嘴都是怪味。

大女兒：不會是假裝 gay 只是為了跟女生很親密的那種假 gay 吧？

四　　眼：絕對不是假 gay 是確確實實真正的 gay 看到女生的裸體會陽痿的 gay 我拿我的屁——

大女兒：有小孩在。

小女兒：姊，什麼是 gay？
大女兒：這種事小孩子不用知道。
四　眼：我是 gay 我是 gay 我是 gay 不僅是 gay 還是快快樂樂的 gay，你知道古英文的 gay 就是快樂的意思嗎？我是快樂的 gay！Happy gay gay!
大女兒：很好，你可以喝杯水。

　　　　小女兒去倒水，餵四眼喝。

四　眼：（清喉嚨）你妹沒有上過學啊？
大女兒：你有聽到？
四　眼：這樣未來很辛苦呀。
小女兒：姊，四眼就讀某國立大學的社會學研究所，為了專題研究寫論文，所以特地來體驗這裡的生活。
大女兒：你怎麼會知道？
小女兒：剛剛去垃圾堆拖他的時候他說的呀。
大女兒：你們都這麼熟了呀。這鬼地方有什麼好研究的？
四　眼：你們這裡超有特色。

　　　　小女兒趁大女兒跟四眼講話沒注意的時候，悄悄幫四眼鬆綁。

大女兒：我知道，一堆爛人跟醉鬼毒蟲，空氣中都有一種糜爛腐臭的味道。
四　眼：當然這些⋯⋯不過也有很多藝術家是從你們這裡發跡的。
小女兒：喔，藝術家。我跟我姊昨晚才清走堆在我家門口手臂插滿

針筒的藝術家唷。

四　　眼：是這樣的，政府說你們這裡治安不好，要整個拆除掉改建國宅。

大女兒：喔。

四　　眼：我們學生就想組織一個團體起來，希望可以保留這裡，或是，發展成藝術村之類。事實上我們也募集到了從這裡出身的藝術家們願意捐款或拍公益廣告——

大女兒：哪位？

四　　眼：啥？

大女兒：你說的藝術家是哪位？

四　　眼：了連[1]山人。

大女兒：喔，了連山人嘛，以前住在六樓三號那個。

四　　眼：對，你認識他。

大女兒：事實上他是我們這裡最糟的，他會出名只是剛好吸到一根很有錢的屁，你知道的，有錢人沒什麼藝術品味，分辨不出好壞，看不懂了連山人的鬼畫就說他超有深度，山人也順勢而為，有時反覆無情，有時又愛你愛到巴著大腿不肯讓你走，有錢人很買帳，說這是藝術家性格……但我想了連山人應該不想再回來了。

四　　眼：其實他是挺懷念這裡的。

大女兒：「懷念」，過去式。

小女兒：了連山人的畫很糟，空空的。

大女兒：你看。

四　　眼：你們很有趣。

---

[1] 台語「了然」的諧音，枉然、枉費的意思。

大女兒：當我們動物園嗎？
四　眼：如果不上學——
小女兒：是我不想去。
四　眼：又想學點東西的話，乾脆我來教你？別看我這樣，也念到研究所。我是比較擅長文科，數理雖然差點，但你們也不需要到很難的程度吧。
大女兒：對，只要能在社會生存的基本程度就好了。
四　眼：那就超簡單啦，認識多一點字，加減乘除會就好了，沒問題的。
大女兒：等下，為什麼要對我們那麼好？
小女兒：我們沒有任何好處可以給你唷。
四　眼：好吧，其實我來這裡除了研究專題外，還有一個真正目的。
大小女：什麼？
四　眼：（羞於啟齒地）可以幫我介紹一下大師嗎？
大女兒：我第一次真正的看到別人真實的無限嬌羞樣，突然被擊中到頭有點暈，無法言語。你確定是大師？Guru？住在三號B室那個？有點難，他可是反同基本教義派耶。
小女兒：大師，又稱 Guru。之所以被取為這個外號只是因為他有原住民血統，皮膚黝黑、五官深邃、不太說話，看起來心事重重很憂鬱，故稱之為大師——
大女兒：但他其實都在打零工度日，家中有個失智的媽媽跟弱智的妹妹，是這裡難得背景比較乾淨的人。他家從西區搬到這裡時，這裡的男男女女一看到他就前仆後繼地想上，想追求他。無論男女，無論美醜，一律都被拒絕了，還曾折斷摸上他屁股的老玻璃的手臂。
四　眼：不要叫人家是老玻璃嘛，我以後也有可能變成那樣。

小女兒：為什麼是大師？
四　眼：因為他帥。
大女兒：……
四　眼：幫我介紹一下嘛。
大女兒：恐怕無法，我沒有跟他講過話，事實上他看鄰居的眼神都像看蟲子一樣。
四　眼：好吧。
大女兒：交易失敗。
四　眼：我還是會幫忙教你妹呀。
大女兒：為什麼？
四　眼：就當交朋友吧。
大小女：朋友？
四　眼：朋友！

　　　　四眼在教小女兒，大女兒在旁，母開門進。

大女兒：我超怕我媽看到會說什麼，但我媽久久回來也只有問句——
母　　：新請的家教嗎？
大女兒：然後在錢包多塞了幾千塊。
母　　：跟你們相處沒有問題吧？
大女兒：很好，沒問題。（頓）他是 gay。
母　　：嗯，很好。
大女兒：Gay 向來不是她的管轄範圍，她多少假裝認真地翻看了下我妹的作業簿後，出門去找她那些不是 gay 的朋友了。

　　　　母離去。門突然被踹開來，大師上。

城堡裡的公主　059

大　　師：（揪住四眼的衣領）你那是什麼意思？
四　　眼：什麼什麼意思？
大　　師：我不需要你的同情。
四　　眼：只是申請社會救助，有照護人員定期來看一下你媽跟你妹的狀況不是很好嗎？有那麼嚴重嗎？我也有交代他們要在你上班的時間才能來⋯⋯喔，今天你提早下班了。
大　　師：我告訴你，我對你的屁──
大女兒：請注意這裡有小孩。
大　　師：我對你們這種屁精一點興趣都沒有。
小女兒：你不要這麼說四眼，太過分了。他很好的！
大　　師：我讓你們看看他是怎樣的人。

　　　　　　大師扯開四眼的衣服，露出四眼手臂上的針孔。

大女兒：四眼你！
大　　師：到底為什麼？你一個國立大學的研究生，要研究專題也就隨便找幾個人訪談問問就好，跟到這裡來到底是想幹嘛。
四　　眼：我只是想要了解你們的生活。
大　　師：我們的生活？你在這兩姊妹家裡能體會到什麼我們的生活？你多打兩管就能體驗到我們的生活？我告訴你我們的生活是什麼，（邊說邊毆打四眼）這樣的生活你過不過，這樣的生活你過不過，蛤？
四　　眼：不要打了不要打了。
大女兒：我跟我妹在旁邊默默地看著一切，我不說話是我還在親眼目睹四眼布滿針孔的手臂的震驚中回不來，沒道理我看不出來，毒蟲我見多了，我只能說服自己應該是四眼吸毒沒

多久所以還沒出現「那個樣子」。
小女兒：（揪住四眼）你還會來教我嗎？
大女兒：莫名的四眼家教課還是繼續，有時連大師都會加入，你會很訝異他連自己的名字都不會寫。
四　眼：虧你還叫大師哈哈哈。
大　師：你笑什麼！

　　　　四眼與大師兩人曖昧交流。

小女兒：有時家教完會遊戲，我姊最喜歡蒙著大家的眼讓大家去找食物，姊說，狗最厲害就是在哪裡都找得到食物，找得到食物就活得下去，所以你也要學會找食物。

　　　　四人都蒙著眼，他們互砸食物，或舔食，或聞食物，四眼與大師聞到了彼此，他們開始溫柔地啃食對方，小女兒吃飽饜足開始打盹。大女兒摘掉眼罩。

大女兒：那是我看過最美好的一次性愛，就算在爸媽還沒吵架之前，我半夜被噩夢驚醒，抱著小熊去主臥找媽媽問：爸爸為什麼要壓在媽媽身上喘氣？爸爸說媽媽呼吸有點不順在幫她度氣，都比不上。我找到以前我們家用來拍妹妹學會爬時的那台 V8，拿來側錄他們做愛的過程。後來檔案還流出去被不知道哪來的片商出了一部片，叫作《他與他男友的人屌》，不知道誰取的超爛，完全是詐騙，整個畫面不說臉，連下巴的側面都沒拍到，更不用說什麼大屌，頂多就讓人看到那裡黑麻麻的兩團，但那部片，據說得到了

非常好的評價……「在晃動鏡頭中我們看見了兩位同性愛侶的靈魂交媾充滿著後現代意識流的美感這不僅是跨時代性別議題的突破更是大災難後主體碎裂中主體建構的再度完成。」……我拍他們散著熱氣的毛孔，滑落汗滴的頸窩，微微用力筋絡就很明顯的小腿肚，還有平常很少被看見的胳肢窩。拍著拍著……我放下了，用鏡頭去拍他們好像是一種褻瀆。（四眼與大師緩慢優美的動作，最後癱在沙發上，完事般靜止）只是，最後他們還是都死了。Loser.

四眼起身，將保險套打結丟掉，抽幾張衛生紙隨意擦拭，把衛生紙丟給大師。

大　師：為什麼你一定要這樣？
四　眼：怎樣？我對你還不夠好嗎？（傾身向大師，想要溫存）
大　師：（躲開）我不會說。
四　眼：我幫你媽跟你妹做的安排不夠好嗎？現在他們安置在專門的療養機構，你也不用擔心，那些機構我都認識的，有先打點過了，絕對不會虐待你媽跟你妹，這樣你也能安心地過你的日子，或是，跟我一起過日子。
大　師：（講話開始有點口吃）你不要說話，我不像你們讀書人，那麼會說話，我不知道，她們是我媽跟我妹，怎樣應該，都要跟我住在一起，我自己一個，好像太──
四　眼：那我呢？你有沒有想過我……

大師搗起耳。

小女兒：姊，那些警察說什麼？
大女兒：警察說的話能信嗎？
小女兒：我還是想聽。
大女兒：說四眼吸毒過度，說大師強迫四眼吸毒，然後自己也注射過量的毒品，因為知道這是沒有結果的愛情，所以兩個一起殉情。
大　師：我每次聽到你們讀書人在那裡頭頭是道謝謝對不起的時候我都覺得每句每句都是他馬的髒話。
四　眼：哇，大師！這真的是我認識你以來聽到的最長的句子了！
大　師：閉嘴！閉嘴！（拿出針筒）你喜歡這玩意兒不是嗎？你喜歡到會跪在我腳下求我給你，你要，我現在就給你呀。
大女兒：又說，兩人一起去參加嗑藥派對，但不願讓對方被別人上，太不上道了於是被輪姦插滿藥品而亡。
大　師：（甩四眼巴掌）幹你這賤貨！
四　眼：看我被別人幹你還不是在旁邊打槍？你就不賤嗎？
大　師：幹，看我肏死你。
四　眼：（恍惚）來呀，來呀，幹死我呀。
大女兒：又說，其實是大師的預謀犯罪，他替母親與妹妹投了巨額的保險，然後悶死他們，買來一堆貨想與四眼提前慶祝，可是一個過度就再見了……最浪漫的版本是說，四眼本來就癌症末期，手臂上的針孔都是打止痛用的，大師本想支持他陪他一起抗癌，可是最後四眼痛到受不了，大師乾脆跟四眼一起去死。
四　眼：不行，大師，我真的撐不下去了，快點給我。（大師搖頭）我這樣早就沒救了，我現在好痛苦，頭好像火在燒，背後卻像被冰鑽從脊椎鑽到腦髓頂一樣，整個人都快爆炸，只

要現在能紓解我的痛苦就好，拜託，我求你。

大師憐憫地看著四眼鼻涕眼淚屎尿俱流的痛苦模樣，把針筒注入四眼後，再注入自己，兩人緩緩躺下。Crew用塊大黑布把兩人的身體捲起，拖走。

大女兒：這麼多說法，你覺得是哪一個？
小女兒：（搖頭）不知道。
大女兒：反正不論如何，他們最後都還是死了。Loser loser loser……

大女兒重複低喃、狂笑、叫囂著「loser」，小女兒隨後也跟著加入，兩人一起在沙發上彈跳大叫「loser」，叫到累壞癱在沙發上。

第七場

　　　　　空台。投影打出 Disney 的城堡標誌，光影閃爍，歡樂愉悅的音樂，大小女兒著夢幻公主裝出場，他們唱歌跳舞[1]。

男　　聲：大朋友、小朋友、爸爸、媽媽、男孩、女孩，歡迎來到魔幻城堡 Disney 樂園，您夢想成真的地方就在這裡！現在就讓兩位公主為我們獻唱一曲。

大小女：（白）大家好！歡迎來到 Disney 樂園！一起參加我們的慶祝派對，現在派對即將開始囉，大家準備好了嗎？Let's go!（唱）我們即將舉辦個派對，是你從來沒見過的精采。（白）喔，這真的是太使人興奮了！你準備好了嗎？我們已經都準備好囉！（唱）快點作好心理準備，我們就要翱翔在天際，感受風——這個樂園充滿各種想像力，每個人都可以盡情分享——加入我們的派對吧——就快開始了——加入我們的派對吧——我們的夢想真的會成真唷——快點加入我們的派對——還有好多事要做——

　　　　　小女兒還在唱著跳著，大女兒動作有點緩慢脫拍。

大女兒：妹，我有點累了，年紀大了，你繼續你繼續⋯⋯（離開舞台）

---

[1] 舞步跟歌詞參考Disneyland的迎賓表演秀影片，歌詞大略由英文直譯。

小女兒沒有注意到大女兒已經走了，繼續唱著跳著。

小女兒：（唱）快點作好心理準備，我們就要翱翔在天際，感受風——這個樂園充滿各種想像力，每個人都可以盡情分享——加入我們的派對吧——就快開始了——加入我們的派對吧——我們的夢想真的會成真唷——快點加入我們的派對——還有好多事要做——

小女兒發現自己副歌的部分好像跳錯。

小女兒：第一次是這樣，第二次好像是這樣，第三次……我記不得了啦，姊。姊？姊？姊你去哪裡啦，我找不到你啦！姊，你不要放我一個人在這裡啦，這裡好大，我會迷路。（哭了起來）
大女兒：（已拆掉假髮綁起長裙擺，拿著一支冰淇淋走進舞台）怎麼啦，怎麼啦，我不過是去買支冰淇淋而已呀。
小女兒：冰淇淋！
大女兒：一隻冰淇淋竟然要一百六，果然是 Disney 樂園。
小女兒：我們有那麼多錢嗎？
大女兒：當然是裝可憐騙到的愛心冰淇淋囉。

小女兒接過冰淇淋高興地吃著，大女兒看著。

小女兒：姊，你要吃嗎？
大女兒：不用不用，我看你吃就好了。
小女兒：你沒買自己的份嗎？

大女兒：我沒說我還有妹妹。
小女兒：還是我分你吃好了。
大女兒：不用啦，我是大人了，不愛吃這個的。
小女兒：你絕對不是這樣跟剛才的販售員小姐說的。不然販售部在哪？你帶我去，我再跟那個小姐要一支，我比你可愛多了一定很容易。
大女兒：不用啦，就跟你說我不要了。
販售員：（遠方傳來搖鈴聲。販售員全身著乳牛裝，脖上掛著一鈴鐺，進）咦，妹妹，你還在這裡呀？
小女兒：（甜笑）大姊姊好。
販售員：你好呀，這也是你們教養院的小朋友嗎？
小女兒：我是她妹妹。
大女兒：我們教養院都以姊妹相稱的。
小女兒：我真的是她妹妹。
販售員：姊妹倆都進教養院呀，好可憐。（看見冰淇淋在小女兒手上）你剛才來討的冰淇淋是要給妹妹的呀，好乖，不早說，我再給你一支。

　　　　販售員小姐再做一支冰淇淋遞給大女兒。

小女兒：（甜笑）謝謝大姊姊。
販售員：不客氣，快去玩吧。教養院的小朋友很少能有機會來 Disney 樂園玩呢。還是說，你們想不想跟公主合照呢？
小女兒：（興奮地）可以嗎？
大女兒：妹你剛剛不是看到了嗎？要跟公主合照要排隊排很久，而且我們沒有錢了啦。

城堡裡的公主

販售員：咦？跟公主們合照不用再付錢呀，你們不知道嗎？
大女兒：我們第一次來。
販售員：奇怪，這個我記得一入園的時候，導覽員都會說明的呀。好唷，不然，你們要不要跟我合照呀？
小女兒：跟牛合照？
大女兒：大姊姊，你穿這身乳牛裝是挺可愛的，可是……
販售員：別看我這樣，我以前也是當公主的唷。（轉圈）好嘛，我們合照嘛。
小女兒：可是……可是……
大女兒：可是我們沒有帶相機，對，我們沒有帶相機。
販售員：沒關係我有帶（神速地拿出拍立得相機，拉著大小女兒變化幾個姿勢拍了幾張照，拍立得相機緩緩輸出一張張顯像相紙，紛紛掉落在地上）。我跟你們說唷，我以前可是白雪公主呢。
大小女：真的？
販售員：小朋友，事情不順利的時候要怎麼辦呢？喔，就唱歌吧！[2]（唱）開開心唱首歌——只要你放輕鬆——世界上一切多美好——你沒有惆悵——開開心唱首歌——把所有煩惱都掃空——現在只要你輕輕大聲唱——請不要發牢騷沒依靠要微笑——世界變得美麗——每一處都充滿陽光——只要你開開心唱首歌……[3]

　　販售員的歌聲十分美妙，大小女兒也像森林裡的小動物們沉醉在歌聲裡。

---

[2] 迪士尼卡通《白雪公主》的台詞。
[3] 迪士尼卡通中文版《白雪公主》裡的歌詞。

大小女：（讚歎）喔——
販售員：謝謝你們，謝謝。不過現在最多就只能唱一首歌了。
大小女：為什麼呢？
販售員：以前為了要學公主說話，後來喉嚨都長繭，嗓子就壞了……而且，公主最多只能當到 27 歲唷，我還在這裡唱公主歌，被別人看到就不得了了。
小女兒：喔……
販售員：傻女孩，不要傷心難過，還能留在這裡為你們服務就是我最大的快樂了唷，現在聲音已經算比較好了，以前嚴重的時候，我說起話是這——樣——的——唷——（「這——樣——的——唷——」的嗓音非常粗糙恐怖，有如砂紙磨的卡通裡惡婆婆的聲音，小女兒聽了都快嚇哭）小妹妹不要哭，再給你一支冰淇淋唷。

> 販售員再挖一球冰淇淋給小女兒，遠方傳來搖鈴聲，牆上打出迪士尼樂園的投影，販售員入神般地朝投影看，鈴聲跟影像都好像在召喚她。

販售員：女孩們，今天跟你們玩得很愉快，下次來玩還要記得找我唷。
大女兒：我們要怎麼找你呢？大姊姊？
販售員：喔……（拿起自己脖上的鈴鐺查看）我的編號是 031716，要記得唷。
小女兒：031716 再見。
販售員：再見。（販售員緩緩地朝投影牆走，越走身子越彎，彎到很自然地變成四肢著地用爬行的，搖鈴聲又再次響起，販

　　　　　售員有如回應般仰頭「哞──」了一聲）我真的該走了。
大小女：再見。
販售員：（爬行一陣後又轉回頭跟大小女兒說）你們知道嗎？當乳
　　　　牛老到產不出牛奶的時候，就會被當作肉牛宰殺來吃唷
　　　　──哞──（繼續爬行，消失）
小女兒：姊，我不要變成牛，不要變成牛。（蹲坐地上啜泣）
大女兒：不會的、不會的。

　　大女兒安慰小女兒時，手中的冰淇淋掉落在地，數隻螞蟻爬近冰淇淋，數隻、數列、數群的螞蟻，爬上了大小女兒的腳，掩蓋了整個舞台面。

第八場

　　大小女兒都癱在沙發上不想動，有點衰弱的感覺。門鈴響，他們不動，門外有撞擊聲，不動，後來門外傳來一種類似小動物的咽鳴聲。

大女兒：不要管。
小女兒：可是說不定是什麼迷路的小狗小貓——
大女兒：你有在我們這裡看過什麼正常的小狗小貓嗎？在爐子裡被煮，還要配酒被吃的是正常的小狗？還是脖子被纏滿橡皮圈慢慢沒有呼吸的是正常的小貓？還是你以為牠們那樣的時候還可以對你搖尾巴掀肚皮？再說，再說，你都忘了上次撿回來的四眼，後來就——
小女兒：不要！不要四眼，不要死掉。

　　小動物的咽鳴聲還是一直傳來。

小女兒：我沒聽見我沒聽見。
大女兒：很好。

　　燈光變暗，小動物的咽鳴聲還是一直傳來，但越來越微弱。大女兒打著手電筒去開門。

大女兒：我就知道,絕對沒什麼好事。

> 大女兒咬著手電筒拖一個受傷沾血很瘦弱的男孩進屋。男孩虛弱地發出咽嗚聲。

大女兒：敢把我妹吵醒的話我直接從陽台把你給丟下去,我相信絕對不會有人在意。

> 男孩安靜。大女兒把男孩拖到沙發上,用毛毯將他捲起來,餵他喝牛奶。時間流逝。早上。小女兒好奇地觀察窩在沙發上睡覺的男孩。大女兒走進。

大女兒：喔,你已經看到啦。
小女兒：原來不是小狗或小貓,是小男孩呀。那我們可以養他嗎？
大女兒：你連自己都養不活了。你忘了四眼——
小女兒：四眼他是大人嘛,大人很容易死掉,男孩是跟我一樣的小朋友,不會那麼快死掉。
大女兒：死不死掉其實跟年紀沒有絕對的相關。
小女兒：（含淚）好嘛,他會活得好好的,我就要一個男孩,代替四眼,跟我一起長大。
大女兒：（頓）他是你的了。
小女兒：喔耶。

> 大女兒準備早餐。三人坐在餐桌上,大小女兒拿起東西吃,男孩靜止不動。

小女兒：他怎麼了？不餓嗎？姊都說早餐最重要要吃飽飽咧。
大女兒：怎麼了？吃呀，放心，沒有下毒。

   男孩靜止不動。

大女兒：吃！

   男孩遲疑地拿起食物。

大女兒：吃！

   男孩緩慢地吃起食物。

大女兒：你叫什麼名字？

   男孩沾了牛奶，在桌上寫字。

小女兒：我看不懂。
大女兒：你不會說話嗎？
小女兒：姊，你看他寫字好像畫畫唷。

   男孩又沾了牛奶，抓過大女兒的手，在她手掌再次寫下。

大女兒：我還是看不懂。

   男孩停頓，把大女兒手心的牛奶液體舔掉。

小女兒：姊，他好好玩唷，所以我們還是撿回一隻小狗了。

大女兒端來一大臉盆，小女兒注水，男孩站在裡面，兩女兒幫男孩洗澡。

小女兒：姊，他能長成一個很好的男孩吧。
大女兒：誰知道。
小女兒：我會陪他玩的。
大女兒：很好，你現在是姊姊了。
小女兒：可他都不會說話。
大女兒：你當初也只會啊吧啊吧地叫。
小女兒：至少我還有啊吧啊吧地叫，他從來沒說過話。你說話呀，你說。

小女兒用手想扒開男孩的嘴，男孩很不舒服地躲開。

大女兒：別鬧了。
小女兒：我是在跟他玩的。
大女兒：你那是跟他玩還是在玩他？來，試著輕柔地對他說話，耐心看他長大，用溫暖的手撫摸他，像我以前對你的那樣……換你來梳梳他的頭髮。

小女兒幫男孩梳頭，用力過猛男孩痛得縮到大女兒邊。

大女兒：妹，好好對他，他以後是你的。
小女兒：真的嗎？

大女兒：當然，我都會把好東西留給你的不是嗎？若他是壞東西，我馬上除掉。

小女兒：（對男孩）那你今天就當我的妹妹。

   小女兒拉著男孩一起上床睡覺，大女兒幫他們蓋好被。

大女兒：每次看到他們的時候，都有種動物一家親的感覺。跟男孩一起睡還習慣嗎？

小女兒：他很暖，只是有時會踢我。

大女兒：以後就不會了。

   大女兒回到自己床睡。過了一會，男孩走到了大女兒的床邊。

大女兒：怎麼了？妹又對你怎麼樣了嗎？你們都是孩子嘛，有時要讓著她點，畢竟這麼久都只有我跟她，她一直是被當作貝比來疼的⋯⋯

   男孩擠到床上跟大女兒睡。

大女兒：這次讓你，下次不行囉，要知道，你是妹的，她看到會生氣的。需要唱安眠曲給你聽嗎？怎麼了？還是生病不舒服嗎？

   大女兒想要探男孩的額溫時，被男孩反手握住手，就緊抓著握在懷裡不動。

大女兒：（笑）你什麼時候力氣變這麼大了？（頓）你到底幾歲？……算了，問你也不會說。

　　　　男孩比手畫腳。

大女兒：我看不懂。

　　　　男孩發出低沉的喉音抗議。

大女兒：你咬我呀。

　　　　男孩試探性地輕咬了大女兒，大女兒沒阻止，男孩繼續。小女兒下床看著男孩與大女兒。

大女兒：我知道我妹在看，我還是讓它發生。男孩跟我妹之間只是小動物般的……兄妹之情吧。但他看我的眼神不一樣，我感覺得出來。男孩雖然瘦弱，但絕對沒有看起來的那麼小，幫他洗澡的時候就知道了。我希望他可以跟我妹在一起，成為我們家的一分子，可他在我妹睡著後，就會偷偷跑到我床邊，看我。我承認這有種優越感，從小到大眾人的目光都在我妹身上，但他只對我專注。反正我終究得跟某個男人睡，不是這個就是那個，至少跟男孩，在我的床上，我比較有安全感。

　　　　燈光轉換，大女兒撫著肚皮走到客廳。

小女兒：姊，這就是你說的一家子嗎？我會有弟弟還是妹妹？
大女兒：應該是要叫外甥。

　　　　大女兒開始打起毛線。

小女兒：姊，你在幹嘛？
大女兒：在打寶寶的衣服呀，寶寶很快就會長大了，當初我看媽的肚子還那麼一點而已，一下子你就噗通出來了耶。
小女兒：那我的毛衣呢？
大女兒：你也要嗎？我不知道毛線夠不夠耶……打完寶寶的衣服再看看好了。你看我還挑綠色的毛線唷，不知道寶寶是男是女，還是選中性一點的顏色好了……
小女兒：（激動地）你為什麼要這樣對我！（大女兒沒反應）我們哪來的錢養寶寶？
大女兒：男孩說他要出去工作囉。

　　　　男孩著西裝走出。大女兒走到男孩身邊幫他整理西裝。

大女兒：我找了一下爸的西裝竟然都還在呢。你看，我們現在是個家了。
小女兒：他能做什麼？
大女兒：什麼？
小女兒：我都不能出去為什麼他能出去？他連話都不會說！
大女兒：（抱住小女兒）惜惜唷，惜惜唷[1]。（示意男孩走開）他

---
[1] 台語，「疼你」的意思。

　　　　不過就是個外人呀，現在我們家又要有一個新生命了，這樣不是很好嗎？
小女兒：可是他都不會陪我睡了。
大女兒：（頓）不然寶寶生下來陪你睡好嗎？不對，你不會照顧寶寶……

　　　　燈光轉換。大女兒仍在打毛線，肚子看起來又大了一點。

小女兒：（喃喃）那本來是我的，那本來應該都是我的……
大女兒：妹，你可不可以不要一直在那裡唸唸唸，我頭好痛。
小女兒：你不要我了。
大女兒：（頓）我怎麼會不要你呢。（客廳燈開始明滅閃爍）哎呀，燈泡壞了呢，他又晚上才會回來。你可以幫忙換個燈泡嗎？我手上這件就快完成了。
小女兒：我才不會做換燈泡這種事。
大女兒：好吧……就差一點點了。

　　　　大女兒拿出工具，爬上椅子想要自己換燈泡，小女兒看著。

小女兒：姊，小心點。

　　　　大女兒很困難地換好燈泡，下椅子時腳步不穩，跌了下來，發出哀號聲，小女兒依然只是看著。燈光轉換。大女兒繼續躺在地上，小女兒坐到原本大女兒的位置，繼續打著毛線。男孩回來。

小女兒：你回來了。

男孩看見地上躺著的大女兒跟滿地的血，盡全力發出最大的嘶吼聲，衝出門外，汽車撞擊聲。小女兒繼續打著毛線。

小女兒：我們本來可以很好的。

終場

　　　　　微弱的燈光，大小女兒蓋著毯子躺在地上。

小女兒：姊，我真的有那麼壞嗎？
大女兒：這個故事的道德教訓就是，你以後要對我好一點。（頓）
　　　　或許是我比較壞，故意要把你講成這樣。
小女兒：姊……是我餓昏了嗎？我好像看到……
大女兒：什麼？
小女兒：那裡有三個人拿著樂器走進一座好漂亮的花園……

　　　　　歌隊三人帶著白面具，拿著樂器進入。歌隊有點賤有點
　　　　　煩，母著皇后衣，在角落撥弄著玫瑰花。

歌隊甲：女士們，請原諒我們這群迷途的旅人，飄渺在浩瀚的宇宙
　　　　中，無意間跌入了這座美麗的花園，又或是命運的捉弄，
　　　　讓我們——

　　　　　大小女兒好奇地靠近他們。

歌隊乙：美麗的女士們，很榮幸認識您們。
歌隊丙：（喃）話都被他們說光了，這就是排第三個的壞處。不然，
　　　　我們來為你們吟唱一首詩歌吧！

甲＆乙：好主意！
母　　：不，不必了，不用客氣。
歌　隊：沒有客氣，我們堅持。（〈可愛的小羊〉曲調）女士的花園，好美好美，走了進來，真的好美，見到了三位女士，長得是非常美——讓我們來為你唱首歌，就這首歌，歌頌你們的美。

　　　　母女三人弱弱鼓掌。

母　　：看來你們都見著我家兩位乖女兒了。
歌隊甲：我還當是你妹妹呢。
母　　：呵呵，真會說話。
歌隊乙：要不讓我們為您兩位千金朗誦一首讚美詩吧。
歌隊丙：就愛逞威風。
歌隊乙：嗯哼。一家深居桃源鄉，兩女娉婷翠花香，三位旅人驚豔唱，四方鄰居皆共賞。

　　　　大小女兒有點受不了地翻白眼。

母　　：歌隊該不會只有這樣的功能吧？
歌隊甲：喔，女士，你可不要小看歌隊。
歌隊乙：歌隊除了負責記錄與流傳故事，也為戲劇動作的情境渲染、介紹人物角色、指出事物的重點、展現市民的觀點、潤飾時間的過渡⋯⋯還有，最後，但非最不重要的，分場，也是我們的工作。

　　　　　　　歌隊乙說完後看著歌隊丙，歌隊丙不情不願地繼續說。

歌隊丙：為劇本立個道德架構、視為理想觀眾、給角色意見（大部
　　　　分都站在主角這一邊），唱歌跳舞也是我們的工作。夠了，
　　　　不要再吊書袋了吧。
歌隊甲：反正沒什麼人聽得懂。
母　　：我倒是知道一件事。
歌隊乙：願聞其詳。
母　　：這齣戲我主角，這個家我當家，現在輪到我說話了。

　　　　　　　歌隊戲劇性地退開。大小女兒側坐在沙發上，表情空洞，
　　　　　　　像個漂亮的傀儡娃娃。母撩起裙子，踏上椅子、踩上桌子，
　　　　　　　氣勢十足。

母　　：說到我們家這個大女兒呀，嘖嘖，年紀已十九了。奈何，
　　　　如你們所見，我們家深居簡出的，實在是沒辦法替她物色
　　　　什麼青年才俊，之前國王說出去要帶回來她的丈夫呢，可
　　　　國王也不知道什麼時候才會回來，我可真擔心呀⋯⋯大公
　　　　主的個性十分溫順體貼，家中的一切都是她打理的，當然
　　　　這都要歸功於我什麼事都不會做，才養得出這麼一個萬能
　　　　的女僕，喔不，是女兒，我絕對不是把女兒當傭人看待，
　　　　是她自己愛做嘛，瞧這手兒做家務都粗了，媽咪呼呼。雖
　　　　然十九歲是大了些，但剛好是正正成熟的年紀，飽滿的蜜
　　　　桃多汁欲墜，令人垂涎欲滴，識貨的客官就要趁這時採。
　　　　而我們家這個小的呀，剛滿十五多可愛，個性是驕縱了些，
　　　　不也都是我們把她給慣壞的，但我們家有本錢寵壞她，你

們說是不是？國王說呀，小女兒的夫婿得慢慢物色，等他出去各國遊歷，找到適合加入我們家的，願意跟著我們一起寵我們小女兒的才行，反正小公主才十五歲嘛，還早還早。青澀的果子，入口難免嗆辣，但也別有一番風味。這兩個寶貝女兒不知道讓我有多幸福！但她們好可憐喔……她們可憐的地方在於不知道自己是多麼可愛，她們最可愛的地方也就在不知道自己有多麼可憐……你們三個，過來！（歌隊在剛才退開後，被母的演講給催眠似的，沒醒來的樣子）就你們三個！這裡還有別的三個人嗎！

歌隊有如臣子般快步向母下跪。

母　　：就你們三個，橫豎這兒也沒別的男人了，就跟我女兒結婚吧。
歌隊甲：承蒙愛護但……
歌隊乙：女士可能有所不知歌隊的潛規則是……
歌隊丙：我們是中性的。
母　　：什麼？
歌隊丙：歌隊，在性別上是中性的，沒雞雞也沒雞掰，下體空空如也。極端來說，存在也是中性的，我們不是三個人，歌隊是一體的，就算是三千六百萬人也只能發出一種聲音。所以很抱歉，無法為您效勞。
歌隊乙：既使如此，我們就如一開始莫名其妙地出現一樣，無聲無息地退下了吧，即使如此，我們也深知一位母親的擔憂與焦慮。
歌隊甲：我們將會在外周遊列國傳唱，傳唱某一座森林的深處，住

　　　　　著溫柔善良的母后與她兩位可愛可親的公主，傳說散布後總會吸引些王子勇士來探訪的。

母　　：唉，最好是，不然我們都快發霉了。
歌　隊：如此我們便離開了。
母　　：嗯。
歌隊甲：真的要走囉。
母　　：嗯。等等。

　　　　歌隊甲很高興地靠近母。

歌隊甲：（對乙丙）你們可以走了。
乙＆丙：嘖。
母　　：怎麼他們就走了咧，我剛剛忘了給你們打賞。（打開錢包）拿去。
歌隊甲：你真的認不出我來嗎？
母　　：你歌隊甲呀，唱得還可以。
歌隊甲：你真的認不出我是誰嗎？（擺姿勢[1]）
母　　：嗯……我知道了！大衛嗎？
歌隊甲：不是，你真的認不出我是誰嗎？（擺姿勢[2]）
母　　：蒙娜麗莎是女的呀……
歌隊甲：喔不你真的認不出我是誰！（雙手捧住兩頰[3]）
母　　：喔不，我知道，吶喊！不是，他叫什麼名字……孟克！不，這是畫家的名字。

---

[1] 擺出大衛雕像的姿勢。
[2] 擺出雙手懷胸蒙娜麗莎的姿勢。
[3] 孟克吶喊。

歌隊甲：你竟然認不出我是誰……（沮喪地雙手打開頭微垂）
母　　：（突然跪下來）我敬愛的主！請您饒恕我這隻充滿罪惡的小綿羊吧，咩──
歌隊甲：我走了。
母　　：（追了上去撲抱）小淘氣，誰認不出你就是我最頑皮的老公。

　　　　歌隊甲欣喜的時候，大小女兒瞬間幫他罩上了三太子大頭罩。

父　　：（摸摸大小女兒的頭）孩子，你們母親就是愛跟我玩遊戲。

　　　　父母開心地離開舞台。

小女兒：姊，這是你講過最快樂的故事了。
大女兒：大概吧。（默）不過也可能是我餓到開始閃跑馬燈也說不一定。
小女兒：就像《螢火蟲之墓》一樣嗎？每次看我都會哭呢。
大女兒：現在是 Disney 的哏用完了就動到宮崎駿身上了是不是，哈哈哈。
小女兒：姊，還是不要笑好了，越笑肚子會越餓。
大女兒：還是睡吧。
小女兒：還是睡吧。

　　　　燈漸暗。鑰匙開門聲。母開了燈，燈亮，跟第二場一樣，地上髒亂，布滿了垃圾食物的包裝之類。母隨便將客廳茶

　　　　　几上的垃圾掃到地上，擺放手上提的一包包食物。母看到
　　　　　地上躺著的大女兒，過去蹲下來拍拍她的臉。

母　　：怎麼一天不在就搞成這樣呢，都吃些垃圾食物，真是。醒
　　　　醒，（拍大女兒的臉）醒醒。
大女兒：（朦朧地）媽。
母　　：唉，給你的錢怎麼都拿去買垃圾食物了呢，至少也可以打
　　　　電話叫外送啊。
大女兒：媽（抱住母），我好想你。
母　　：我也很想你，寶貝。以後上面還說要出差過夜的話，我就
　　　　都回絕好了，瞧我一天不在你就變成什麼樣了，活像個沒
　　　　人要的孩子。
大女兒：嘿嘿。（頓）妹咧？

　　　　鑰匙開門聲。

母　　：聽，應該是你爸回來了。

　　　　劇終。

現世寓言

場景

既簡單又花俏。簡單是缺乏經費（就算很有經費也得做成沒什麼經費的樣子），花俏來自於極其認真的製作，認真到有點荒謬的地步，像是很有熱忱但沒錢的話劇社做出來的布景，或者乾脆簡單到陽春的地步。整體而言，整齣戲的氛圍有如小劇場運動正盛時。

第一場
你知道北極熊是被自己給冷死的嗎？

　　一個很冷的地方，一條長椅，Polar（男）穿著工人連身衣坐著抽菸，享受休息時間。另一個男走了進來。Polar 微皺眉，男沒看見，但自覺打擾到 Polar，想離開時，Polar 又退後一步像是給男讓位，男略試探地靠近，Polar 點了頭。男裝扮與 Polar 同。男搜尋口袋，Polar 用動作、眼神示意「要菸嗎」，男用動作、眼神示意「我有」。男終於找出皺巴巴的菸盒（非市售紙盒，而是專門放菸的鐵盒或是皮製盒，看起來很有歷史），從裡頭抖出幾條乾扁又短的菸頭，害羞地收了起來。Polar 掏出菸，男道謝接過，Polar 幫男點菸。男舒爽地吞吐煙霧。

男　：（講話時一人飾兩角，很討好的活潑樣）小時候我老子就常說：「哇，小子喂，過來過來。」我一靠過去後就呼得我滿臉菸，把我給嗆得！他老子就哈哈大笑起來。這叫作飯後一根菸，快樂似神仙對吧？有次我想試試那滋味，在我搶過那支菸時，不小心給菸頭燙到了下。他老人家一把抓住我，給我打屁屁，輕輕一下。「手指頭有沒有受傷？沒有，那就好，長大再給抽呀！」然後邊打著板子唱著什麼《四郎探母》的，《四郎探母》你知不知道啊？我也只會哼哼音調了，他們那年紀的老人家每個都能唱上那麼一

　　　　段的,老人家每每唱得一把鼻涕一把眼淚⋯⋯

　　　　Polar 沉默。

男　：後來他老人家也沒能活到跟我一起快樂似神仙,對嘛,就跟我們一樣,遞菸、點菸、吸菸、吐菸,哥兒們,哥兒們。就這麼簡單。誰叫他鬍子一翹就嗝屁兒啦,只留下個菸盒⋯⋯也沒裝菸⋯⋯這可算古董囉。

　　　　Polar 沉默。

男　：你在這裡做很久?

　　　　Polar 沉默。

男　：聽你口音不像是本地人。

　　　　Polar 沉默。

男　：老兄,不能這樣的,你完全破壞了「陌生善意原則」。

　　　　Polar 挑眉。

男　：是這樣的,所謂「陌生善意原則」就是,普通的對陌生人會有的善意⋯⋯講了等於沒講。好,別看我這樣,出門在外,我可是常常得到陌生人的善意幫助,而我,也會盡量

釋出對陌生人的善意，比如像是對你⋯⋯有一句話不是這麼說？「當你對世界微笑時，世界也對你微笑⋯⋯」Cheese.

　　Polar 吐菸。

男　：好吧，至少你沒走，至少我沒挨揍，至少我們哥倆還能在這裡一起，抽兩根⋯⋯爽呀。

　　沉默。

男　：你真鐵石心腸，不過這樣也好。有時那些陌生善意，往往會演變成掏心掏肺⋯⋯可真是掏到深處無怨尤，掏到最後我都得為他爸外遇負責，為他媽得癌症難過，為他家小孩成績不好跟著一起推託「那都是別家小孩把你家小孩帶壞的啦」，搞到後來我只要搭乘大眾運輸工具，一坐定我就睡，搭電梯我也全程低著頭。

　　Polar 沉默。

男　：嘿老兄，不是我歧視什麼，你不會是聾啞人士吧？

　　Polar 輕笑。

男　：這才正常嘛，還會笑就表示「正常」。跟我一樣說著「萬物人人皆平等」，但其實就隱含著莫名優越感的「正常」，

正常的普通的正常優越的正常……

　　　男突然沉默。

Polar：說一說那些善意的陌生人。
男　：有興趣了吧？

　　　Polar看到男的菸抽完了，要再幫他點一根。男拿過菸，卻婉拒了Polar幫他點菸。

男　：沒關係，夾著就好。我限制自己一天最多只能抽一根，你知道，年紀大了，只是手指沒東西怪寂寞，夾著就好、夾著就好……（男這樣說卻還是做出吞吐煙霧的動作）從小，我就超容易跟陌生人搭上話，我還記得……應該是高中的時候吧，傍晚五點我都要在某個站牌等公車去補習，那個時候……就像是現在這個樣子吧，灰灰濛濛的天氣，不過那時候我還不會抽菸……我就坐在那裡，聽著卡式隨身聽，想重複聽某首歌還要自己用手指倒帶的那種舊機型。旁邊有個媽媽，很瘦很白有一點點駝背，臉色很憔悴，但看得出來年輕時是頗有姿色的那種。她坐在長椅的另一端，低著頭，雙手緊捏著手中的塑膠袋。她捏著塑膠袋的用力程度，好像是僅有那麼一只紅白相間的塑膠袋。那時候還不會有在車站跟你討零錢說少幾元就能坐車回家的那種人，於是我秉持著童子軍的精神，雖然我每個月零用錢只有三百塊，我還是主動開口：「太太，你是不是沒有錢坐車回家？」她嚇得往後一退，看我也只是個國中生，就回說：「我

　　　　　弄丟了我的孩子……」
Polar：小朋友走失了嗎？

　　　　男阻止 Polar 繼續說。

男　　：她就只是一直重複說：「我弄丟了我的孩子、我弄丟了我的孩子……」越說越急還哭了。那是我第一次意識到女人的哭臉很性感……你要不要跟我說小朋友的名字，我幫你叫警察之類，我說。她突然大吼，你沒辦法的，我的孩子已經丟了……說完情緒就開始穩定起來，舉起手中的塑膠袋，在空中來回晃了幾下，搗住自己的口鼻，大口用力呼吸。那時候也不像現在這樣，看電視就能知道什麼緊張症、過度呼吸症之類的。我就坐在旁邊，靜靜地看她，重複這個動作兩、三次後臉色果然好多了。她說：謝謝你。然後講起她的故事。她就是個家庭主婦，家裡也很單純的，今年已經四十三歲了，夫妻感情很穩定，結婚十多年，也不過是想有個孩子，婆婆人很好，說不介意是男是女，都一樣疼。只是不知道怎樣，就是無法懷孕，什麼辦法都試過了……那你先生呢？不是我先生的問題，不是。前陣子原以為自己懷孕，初期症狀什麼都有中，今早很興奮地去醫院掛婦產科，是個連老公都特別請假的大日子。做了一大堆複雜的檢測之後，醫生說：「太太，你太緊張了，這只是假性懷孕。」怎麼會？明明什麼頭暈、嘔吐的症狀都有，還有，我月事也三個月沒來了。「待會幫你打個催經針就好，你應該是太想懷孕，連身體都跟著你騙自己。先生，還是……你太太之前已經做過檢測了，要不要先生你……」

現世寓言　093

聽到這裡我拔腿就跑出醫院，隨便坐上一台公車，現在都不知道自己在哪裡……

Polar：後來？

男　：後來，我帶她回到醫院，她先生果然還在。還有……她先生的「好朋友」也在，那位太太說她先生跟那位好朋友交情甚篤，跟她感情也很好非常支持他們的婚姻……我他馬的，難怪夫妻生不出個屁。

Polar：你覺得怎樣？

男　：什麼覺得怎樣？

Polar：這種感覺好嗎？我是說像這樣……

男　：幫助別人，還不錯吧。

Polar：你覺得你有幫助到嗎？

男　：不然要幫她懷孕嗎？我很樂意。

Polar：……

男　：嘿，不要那麼嚴肅。那年代的女人又不像現在這樣，各個都有工作、又晚婚又不婚的，只要跟個男人結婚，有個穩定的家庭，過著平靜的日子也就夠了吧。我看那位太太也不是不知道，只是還需要時間吧。

Polar：或者永遠都沒辦法呢？或者，沒辦法到沒辦法的時候……

男　：所以？如果是你肯定連看都不會看她一眼，就把她丟在陌生的公車站吧，就算隔天看到社會新聞有姦殺案，我猜你眉頭也不會皺一下，至少我還能確定在我把她交給她老公手上時，她還是好好完整的一個人。現在不需要你來跟我說該怎麼做。

Polar：這樣就夠了。

男　：不然你還想怎樣？我啊，還在……

Polar：比如說，還在某個失業中年男子想不開時跟他把酒言歡，在某個青少年灰心喪志時鼓勵他明天會更好，扶老太太過馬路之類的。……所以所謂「善意的陌生人」，其實是你。
男　：唉，沒你說的那麼好。

　　　沉默。

男　：我看你一個人坐在這裡抽菸，一副就是有心事的樣子，說吧。

　　　沉默。

男　：說吧，說出來會好過一點。

　　　沉默。

男　：不對吧，老兄，我環遊世界都沒遇過像你這樣的人。這麼說好了，我們算是有緣，有緣吧，我剛遠遠看到你一個人縮在這裡抽菸，剛好我也想要來一根，湊了過來。雖然你一開始也挺不情願的，後來不也就遞根菸給我了嗎？我就把它視為「無聲的陌生善意」可以吧？我想我們剛剛也還聊得挺開心的，沒什麼好不能說的。

　　　沉默。

男　：不說，不說我走了。

　　　　　Polar 沉思般吞吐著煙，男背對離去，Polar 緩緩開口。

Polar：這裡是北極阿拉斯加的一個小村莊，全村居民一百多人，超過一半是老人跟小孩，剩下的青壯年，七成都在這間工廠工作，不是這間工廠薪水福利有多好，只是這裡鳥不生蛋，就只有這間魚罐頭工廠，剩下的不是自己做一些小生意，就是還莫名堅持著愛斯基摩人的原始狩獵生活。如你所見，每到漁產期間，這裡總會湧進大量來打工的外來客，其中八成是二十多歲的青年，說這是體驗生活，像鮭魚奮力產卵幹了這一批，明年又全部換新。其他有些是鄰近村莊來的，有些是在地人的親戚朋友之類，來探親順便賺外快。看你的樣子，黑髮黃皮膚，請別誤會，我不是種族歧視什麼的，應該是亞洲人，看你的髮根泛白、眼袋皺紋的程度，加起來至少跟我一樣快中年了。你來這裡做這種勞力密集的粗重工作幹嘛？也是體驗生活嗎？

　　　　　男想辯解。

Polar：我的愛人死了，餓死的，就死在我面前。

　　　　　舞台上方突然掉下來一個黑熊標本，連頭帶身體毛皮，像是獵人屋裡面目猙獰的地毯。Polar 百般愛憐地撫摸黑熊頭。

男　：他不是一隻黑熊嗎？
Polar：黑熊怎麼？你有種族歧視嗎？你看就算他已經死了眼睛還是如此炯炯有神，毛髮還是這麼烏黑亮麗⋯⋯你有看過哪

　　　　　一個人類比他還美的嗎？
男　　：可他又不是人類……
Polar：夠了，我可不想聽見你說我愛人的壞話，他還在這，你也
　　　　未免太沒禮貌。
男　　：呃，對不——
Polar：不必。

　　　　Polar繼續百般愛憐地撫摸著黑熊，像在梳理他的毛髮。

男　　：可是你不是……
Polar：我怎麼？
男　　：你不是一個「人」嗎？
Polar：我愛人死後我的確是一個人。
男　　：不，我是說，你不是一個「人類」嗎？
Polar：原來有人會自我介紹說：嘿！我是哺乳綱靈長目人科人屬
　　　　智人種嗎？其實我是一隻北、極、熊。

　　　　Polar講得極其慎重到男等待著有些什麼發生。

Polar：愣在那裡幹嘛？再怎樣我也不可能在一個人類面前露出真
　　　　面目，你不知道北極熊瀕臨絕種嗎？一被看到又是大呼小
　　　　叫，你們人類真的很沒禮貌。

　　　　Polar對著黑熊說些悄悄話。

男　　：可是……你是北極熊，他是黑熊，你們怎麼會搞在一起？

現世寓言　097

Polar：你反對多元成家方案嗎？

男　　：我⋯⋯不⋯⋯我⋯⋯怎麼⋯⋯敢⋯⋯

Polar 掉進自己的回憶。

Polar：那年⋯⋯真的過得很糟。環境一直以來的破壞，海洋汙染嚴重，鮭魚大量減產，海裡只釣得到塑膠袋。我拿著魚竿，我的愛人倚在我身旁，爪子滑過零下十八度C的水面，我們一邊等待不會上鉤的魚一邊很浪漫地說，只要熬過今年的饑荒，明年情況一定會好起來，我們就可以組織我們的小家庭。生個孩子吧我說，討厭說什麼呢他說，我連名字都想好了我說，八字都還沒一撇呢他說⋯⋯就叫灰熊[1]了，我們的孩子能夠在這種艱困的年代生存下來簡直灰熊厲害。當時我沒注意到他其實已經在強顏歡笑，多日的飢餓，還有從亞熱帶搬來極地的氣候落差，讓他馬、上、就、要、死、了。怪我都怪我，就算讓自己融化脫皮我也要搬去阿里山跟他一起住，還天真地相信他說什麼愛可以克服一切，瞧我們連個小小的飢餓都忍受不了。我是隻北極熊，能夠冬眠，新陳代謝可以降下來度過嚴冬。他只不過是隻黑熊呀，當初應該還是要讓他能在森林裡蹦蹦跳跳快樂地獵殺小動物才是，瞧瞧他現在變成什麼樣⋯⋯（Polar打開黑熊的嘴，將自己的頭伸了進去，Polar把自己塞進黑熊的皮，像是套上了黑熊皮）你當初為什麼不聽我的話吃了我呢？瞧，你現在不就能好好吃了我嗎？當時為了能讓你吃掉我，

---

[1] 真的有灰北極熊這個品種，為北極熊及灰熊混種而生。

我拿過小刀，在自己腕上劃下一刀，血用噴的將背景的雪白都染紅，你眼睛也發紅瞪直的饞樣。你吃了我一隻手，我們還能繼續等著冬天過去。還繼續餓怎麼辦？我再給你一隻腳。我是你愛人，我讓你吃，我的血肉變成你的身體有什麼不對？他搖搖頭，馬上跳下剛才鑽開來釣魚的冰洞，我跳下去也晚了。把他撈起來後，再怎麼捶心肝都已經停止呼吸，我痛哭、我大叫⋯⋯但我怎麼能辜負他的心意？我拿出小刀，把他的血肉內臟都挖出來，填滿自己的胃，是他選擇讓我活下去，我便活下去，即使我那顆愛人的心也跟著冰凍了⋯⋯我埋在雪裡過了一個冬天醒來才發現，原來北極熊是冷死的⋯⋯

男不知如何反應。

Polar：後來不知過了多久，鎮上開了一間魚罐頭工廠，我就偽裝成人類應徵進來工作。這裡有捕魚的機械裝置，鮭魚再少也是成堆撈上，這工廠唯一的福利就是可以吃到飽，all you can eat!⋯⋯我的愛人多傻⋯⋯現在他在我體內，我溫暖他的身子⋯⋯

Polar 極其眷戀地環抱住自己，撫摸套在身上的黑熊皮，男呆愣。

Polar：其實你有想過吧，想過那位太太可能會想不開，本來用來幫助呼吸的紅白塑膠袋，只要一套上了脖子一勒緊，不到幾分鐘就可以死掉，乾乾淨淨、輕輕鬆鬆地死掉⋯⋯（突

然抓住男）我的愛人死後變成了餓死鬼，他現在就站在那裡跟我說：他、很、餓！

　　男落荒而逃。Polar 看著他離去的方向。

Polar：這是北極今年最冷的笑話。

　　默。Polar 坐定，緩慢拿出菸，點火。

Polar：我抽菸，就是不想說話。

第二場
熊與鴨

　　早晨,公園。有人推著老人輪椅經過,有人牽著小狗散步,有人慢跑,彼此點頭打招呼,說著各國語言,相處融洽。兩台嬰兒車被推出,熊與鴨躺在嬰兒車內。熊畫著黑眼圈,身形非常巨大,嬰兒車有被壓垮的危險。鴨很瘦,穿黃色緊身衣皮膚塗螢光黃,裝個扁嘴(看起來倒有點像李小龍)。熊發出嬰兒的咿嘴聲,鴨踢了熊一腳,熊不理會鴨。

鴨　：(使勁踢翻熊的嬰兒車)死胖子快點站起來,沒人給你奶喝。看!嬰兒車都快被你壓扁了。
熊　：明明就是被你給踹的……(笨拙地爬起身扶起嬰兒車,自己從嬰兒車後掏出奶瓶)我自己不會喝唷,奇怪。

　　鴨搶過熊的奶瓶喝。

鴨　：都那麼胖了還喝!這有毒耶還喝!你不能喝,我喝。

　　熊大哭,兩個女人聞聲跑過來,鴨見狀馬上轉過身打自己一把耳光。

鴨　：(啜泣)我、我也不知道怎樣……熊他就過來打我……

現世寓言　101

女A：熊，不可以這樣對其他小朋友，快點道歉。
熊　：我……
女B：哎呀，沒關係啦，小朋友都這樣，等等就好了。來……（遞給鴨嬰兒餅乾）阿姨代替熊給你道歉喔。
女A：哎呀，你這樣會寵壞孩子的，兩個小朋友等下要好好相處喔。

　　　　兩女說笑下場，鴨馬上把手中餅乾丟掉，熊既委屈又驚愕的看著鴨。

鴨　：看三小！想打小報告學著點。誰要吃這嬰兒食品，ㄆㄨㄣ！全世界就只有大人以為嬰兒都應該吃嬰兒食品，最愛餵什麼肉泥菜泥，我看到就只想把那坨爛屎往他們臉上噴。
熊　：（被逗開心）我覺得ㄋㄟㄋㄟ挺好喝的呀！
鴨　：還喝！毒死你！不管了，（搶過奶瓶）不要叫，借我喝兩口就好。
熊　：你餓很久了嗎？我這裡還有……
鴨　：你哪來那麼多食物？
熊　：飼育員給我的，他有時還會給我一點肉，他說我長大後就要出去工作，那時就只能吃竹子了。
鴨　：馬的，現在就開始想要剝削你了。
熊　：沒辦法，我們這種都是家傳事業，全家都簽給動物園了。像我媽現在每天都得出去上班……
鴨　：那麼慘，之前我颱風下雨還可以休息，當然我現在因病修養啦，爽。
熊　：小聲點，你忘了我們當初多困難才幫你弄到一張躁鬱症患者的獸醫證明。

鴨　：對,噓。哪時也幫你弄一張?
熊　：小事,現在還不到時候,兩個同時躁鬱的話,怕他們以為又有什麼傳染病在恐慌。以前動物園要簽契約時都說只要吃吃竹子呀,滾滾地啦,溜溜滑梯,累了就可以睡覺。醒來後又把之前的事情又做過一遍後又覺得無聊又繼續睡覺,八成都是在睡覺。結果做了一、兩年後我媽說想回老家了,動物園的人就半夜來敲鑼打鼓地鬧耶,要知道對於一隻貓熊來說,睡飽飽是最重要的,不然你看我都黑眼圈了。
鴨　：光聽我憂鬱症又發作了。
熊　：你是躁鬱不是憂鬱,要記住,不然複診被醫生發現你就慘。
鴨　：你對我真好。
熊　：嘿嘿。
鴨　：……至少你跟你媽還能在一起,像我媽,生了我們幾個兄弟後就把我們賣到各地去,錢賺飽就不知哪去了……我沒有媽媽……兄弟四散……我是汪洋中的一隻鴨,飄零的孤獨的寂寞的淒涼的……

　　鴨壓抑地啜泣著,熊拿出奶嘴安慰他。

鴨　：不用,拿走,我已經不是貝比了,不要拿那種東西騙我。媽咪是什麼東西!全天下最不需要的就是媽咪了!打從出世一睜開眼我就對這世界感到絕望了,那麼多支大炮(模擬扛攝影機、相機的動作)對著你,什麼事也不能做,更絕望的是只要出來就再也回不去了,現在我們要為自己的未來想想辦法。
熊　：你好成熟喔。
鴨　：你難道沒有一點危機意識嗎?

現世寓言　103

熊　：什麼危機？

鴨　：這些人，就是這些人，他們今天愛你，明天就很可能討厭你睡棄你把你抓去丟了你知道嗎！當我那麼大的時候（鴨裝巨大狀，輕搖晃著身子），人們就會說「好可愛好可愛」，可是等我消了氣變小後，他們看著我就像在看笑話，還說我像一顆荷包蛋，他們怎麼可以這樣侮辱我。明明所有的東西，包括你這隻肥仔，都是小時候最可愛了，像貓呀狗的，小時候也是都被人搶著抱來抱去百般疼愛，每個在街頭流浪的動物都會眼屎鼻屎齊流說他以前多惹人愛，老了以後就被載去丟草叢……只有我、只有我是在那麼大那麼大的時候才會被說可愛，現在我這麼黃這麼瘦這麼小，還患有憂鬱症（熊：你是躁鬱症，不要搞錯。），帶去醫院醫生也只說你這個嬰兒黃疸有點嚴重，等等打根針就會好很多。

熊　：我媽是有跟我說過，好好享受這段日子，長大以後雖然還是有人來看你，但他們看著你就還會用惋惜的眼光搖搖頭說，唉，長大後就沒那麼可愛了，好像長大是你的錯似的，但不用擔心寶貝，你在媽咪心目中永遠是最可愛的。

熊感動緊抱鴨。

鴨　：夠了夠了不要抱我！你這天真的死胖子！我都已經這麼瘦了你還想把我榨出汁來嗎？為了我們兩個，我要策劃一個大逃亡，我現在因病休養，現在他們在商量要調哪來的遠房親戚來替代我的位置，我正好趁亂逃出去，你現在也還是隻小貝比他們比較看不見，趁晚上……現在我們先來演練一下。

　　　　鴨拿出一桶黑墨汁倒滿熊全身。

鴨　：燈光全暗。

　　　　燈光全暗。

鴨　：成功，看不見你啦，笑一下。

　　　　黑暗中白閃光。鴨朝著熊靠近，抓住他。

鴨　：好，我抓到你了，我們走吧。
熊　：可是我們都看得見你啊……很清楚。

　　　　沉默。鴨看見自己整身螢光黃在黑暗中仍很顯眼，將黑墨汁
　　　　倒在自己身上卻染不上黑色。燈亮。

鴨　：幹，我的外皮是防塵防鏽防滲透的高奈米材質……絕望了，
　　　我絕望了，我絕望了啊啊啊啊啊！
熊　：冷靜！冷靜！呼——吸——呼——吸——冷靜想想，應該還
　　　有辦法的。
鴨　：我想……我想……他馬的！我想不出來啊！崩潰！我要撞
　　　牆！讓我死了吧！
熊　：你不要這樣，不然來我的動物園好嗎？雖然要簽賣身契但至
　　　少三餐有得吃不會餓死，動物園那麼大，總有個地方給像你
　　　這樣又黃又瘦又小的鴨子住。
鴨　：讓我死了吧！我還有沒有尊嚴呀！

現世寓言

熊　：你一定要撞的話就撞在我的胸膛吧！來吧！我準備好了。
旁白：在鴨哭得呼天搶地的時候，忽然一陣狂風吹來。

　　　停頓。

鴨　：就是這個！就是這個！改變的契機！
熊　：什麼？
鴨　：時候到了！你沒看過《桃樂絲歷險記》嗎？
熊　：什麼？
鴨　：《綠野仙蹤》？（熊仍疑惑）……喔……那個什麼來著……奧、奧、奧、《奧茲大帝》！（熊恍然大悟）真他馬的年代差異。
旁白：在鴨感嘆歲月的同時，一陣狂風吹來。
熊　：可是沒有風啊？
鴨　：是不是演員啊你！有點職業道德好嗎？

　　　鴨極其文藝誇張地演出被風吹走貌，熊見狀只能尾隨。鴨與熊滾出舞台又滾回了舞台。

熊　：我們現在是怎樣？
鴨　：噓。

　　　一家人（爸爸、媽媽、兒子、女兒）上。爸爸很煩躁，媽媽盯著小孩，兒子邊走路邊滑手機，女兒很興奮。

女兒：把拔把拔鴨呢？

> 鴨聽見自己被呼喚，驕傲地挺身站在女兒前面，但女兒不理會他，他繼續向女兒逼近。熊與鴨都在旁邊晃，但人們都看不見他們。

女兒：馬麻人好多好擠喔。
媽媽：小心一點。
兒子：看到就可以回去了吧。
媽媽：有必要這麼不耐煩嗎？一個禮拜就要求你跟家人出來一天有這麼勉強嗎？家庭日就是要全家人出門培養感情你知不知道。
兒子：卡位卡位快點卡位。
爸爸：好啦好啦，不要在外面吵，大家都在看了。
女兒：好擠喔。
媽媽：大家都在看怎樣？就讓他們看！我就不信只有我們家這樣，還不是你，一要你開車帶我們出門就那麼不情願，要不是我要開車你也不讓我開，要不是我們家只有一台車子，不然我就只跟女兒出來看就好，稀罕啊！自從結了婚後，出來玩、餐廳吃飯都省了，久久一次還是女兒說要出來玩，我這做媽的沾個光，出門當保母，不然平常連去大賣場採買，你都把我丟在賣場門口，給張信用卡就好像盡到你為人丈夫的責任似的……

> 爸爸很無奈，兒子跟女兒漠然，兒子打手機，女兒繼續引領期盼。

現世寓言

兒子：妹，我幫你打個卡。

　　　兒子用手機幫女兒拍照後打字。

兒子：好了。
女兒：我看我看！（搶過手機）「我妹在等什麼黃色小鴨，超蠢。」

　　　女兒生氣追打兒子。一對年輕情侶上。

女友：小鴨在哪裡？
男友：（滑手機）看地圖就在這裡……
女友：只有看見人頭呀！小鴨在哪裡！我不管我不管！我現在、就要、看見、小鴨！
男友：好好，我再查看看寶貝……
女友：再找不到就分、手！
男友：我都已經請假還坐高鐵帶你來了你還想怎樣……
女友：我不管！我就是沒有看到鴨！
男友：我看新聞就在這，也問了網友做了功課，剛剛路邊賣薑母鴨的攤販也都說在這，你沒看到那是要我去哪裡找給你看！
女友：你凶我，你不愛我了……
熊　：不然看我也不錯啊……
女兒：看！鴨出現了！

　　　眾人往女兒指的方向看過去。舞台一角飄起一個小小的鴨子氣球。

鴨　：（大叫）媽——咪——
女友：人太多了看不見……
男友：寶貝，我背你。

　　　爸爸在一旁見狀輸人不輸陣，連忙扛起女兒。

兒子：噁心。
鴨　：媽——咪——媽——咪——我在這裡你有沒有看到——時機歹歹連媽咪都要下海？媽——咪——等我一下，我等下就過去，等我，媽——咪——

　　　眾人輪流說兩次的「好可愛……」，集體被催眠般的幸福感，靜靜地看著飄蕩的鴨子氣球。

旁白：突然，世界末日來了。
鴨　：這麼快！
旁白：大地震來了。
熊　：有地震嗎？
鴨　：被你這麼一說好像開始有點頭暈了。

　　　眾人被地震震得東倒西歪。

旁白：大海嘯來了。
兒子：海嘯啊啊啊啊啊——

　　　鴨子氣球飄走，兒子被海嘯吞沒，漂來一只小孩用的鴨子便器。

現世寓言　109

鴨　　：媽咪，我就知道你來救我了。

> 鴨一隻手抓住一只把手，另隻手抓住熊。爸爸搶上便器寶座，情侶抓尾椎，沒兩下就手滑漂走了。女兒還在爸爸肩上，媽媽緊抓爸爸大腿。爸爸想用手臂滑動，發現負擔太重動不了，沉痛地看著媽媽，媽媽落淚。

爸爸：快點，我在等你說話。
媽媽：不要──
爸爸：你不說的話我就替你說了，再見！

> 爸爸把媽媽踹開，媽媽隨即被捲走。

爸爸：老婆再娶就有了。（把肩上的女兒取下）好，就你了，做爸爸的老婆好嗎？

> 女兒開心點頭，親了爸爸一下，爸爸繼續用手臂當槳划。划了半天還是發現划不動，才看見把手掛著鴨跟熊。爸爸硬將鴨的手給扳開。

鴨　　：如此狠心！只有跟媽咪求救了，媽咪，渡一口氣救命吧。

> 鴨與鴨子便器嘴碰嘴，鴨像是被灌氣般膨脹。

鴨　　：謝謝媽咪！媽咪再見！熊，抱緊我，走了。

鴨與熊漂走。剩下爸爸跟女兒坐在鴨子便器上，女兒緊抱著爸爸，爸爸奮力划著，好似一對亡命鴛鴦。

爸爸：我一定會讓你活下來的，寶貝！

時間流逝。女兒累癱在爸爸背上，爸爸無法行動，拍拍女兒的臉發現女兒已無意識，把女兒推下。時間流逝。海浪聲。爸爸趴著，手中抓著一塊黃色塑膠布。兩個野人上，戳戳爸爸，確認他已無生息，兩個野人示意爸爸是一頓佳餚，要把他搬回去吃，兩人挪動爸爸時發現他手裡緊抓著的東西，兩人研究半天不知是什麼東西，拿來圍在腰間好像又太大，最後兩人很高興發現可以把爸爸放在塑膠布上，一人拉一邊，拖走。

第三場
嬰兒會議[1]

一長桌五張椅、側邊一立式麥克風。司儀進，調整麥克風。這一場只有司儀講的是華語，其他講的都是嬰兒語，例如噠噠噠吧吧吧嘛嘛嘛之類的，充滿無意義的發音或間雜著聽得懂的單字，除了司儀外的角色動作需極其誇張且擬幼童。

司儀：2013年全球領袖長桌和平會議，正式開始。有請各國領袖入位。

五位著正裝男女不拘列位整齊入座。

司儀：發言規則如下：每位發言五分鐘，時間到即按一長鈴（示範響鈴），回應三分鐘，時間到即按一長鈴（示範響鈴）。現在有請總統發言。

總統站起身整衣，司儀馬上變成紀錄。總統很正經地講著嬰兒語，其他演員也很認真地皺眉或點頭，司儀邊記錄邊唸唸有詞。

---

[1] 理想上這場希望真的由嬰兒演出，但太理想了，於是以大人代之。

司儀：「戰爭……十年不斷……各國介入……為了和平的遠景……」

司儀邊記錄邊注意時間，按下長鈴，總統很遵守地結束發言坐下。司儀繼續唸唸有詞地記錄：「各國代表應提出己力……」國務卿開口想發言，司儀示意阻止，國務卿憤恨拿出奶嘴咬，等待司儀抄寫完畢。

司儀：好的，謝謝總統的意見，剛剛是國務卿想要回應是嗎？請發言。

國務卿很激動地發言。

司儀：「不論……種族問題不是國家問題……根本性……各國應管好自己的人民……宗教狂熱分子……影響世界經濟貿易……」總理，請勿干擾他人發言。「當前問題……全球經濟衰退……」總理，第二次提醒，請勿影響他人發言，待會兒會有你的時間。好，我知道，謝謝國務卿的回應。在此提醒諸國領袖，此次會議是 2013 年全球領袖長桌和平會議，關注的主題為世界和平，尤以近十年來紛爭不斷且死傷慘重的各地戰爭，今日需要各位領袖提出建言作個決斷，若要探討經濟議題等，（查看行事曆）明天同一時間有個 2013 年十大領袖經濟起飛會議，食品安全、能源危機、核電存廢等也都有排定時間，一個個來好不好？屆時會再邀請列位出席。好，接下來請一直很想講話的總理發言。「總而言之，不管世界和平還是全球經濟，簡單來說就只是利益問題，」請講慢一點，「在座誰都知道，皇后與國務卿早在

現世寓言　113

去年訂定了經濟合作契約，而將軍向南侵略，背後的資金是皇后在提供，武器來源則是國務卿，我不曉得這些人有什麼臉大言不慚地坐在這裡大談世界和平，簡直其心可議噁心透頂……」，請勿涉及人身攻擊，……總之──

司儀還在奮力抄寫時，皇后已經一拐子讓總理流鼻血，將軍拉住皇后，國務卿躍躍欲試想加入戰局，總統躲在旁邊，總之就是很混亂。司儀拚命按響鈴也沒人理會，突然有不一樣的響鈴傳來，司儀敲擊地面，從地底的祕密空間挖出一支話筒。

司儀：喂？這裡是世界領袖長桌會議的緊急電話，沒有急事不要打過來，有很緊急嗎？什麼？不好意思訊號不太好的樣子，等一下……（司儀把電話整台拔出，想要整理一下電話線卻反被雜亂的電話線給糾纏住，最後一怒把電話線都拔掉）喂？不好意思還聽得見嗎？奇怪，不是電話線的問題，好，我知道，是我這裡太吵，你等一下。（司儀從褲腰拔出了巴掌大的槍，隨便對亂成一團的領袖們射了一槍，其中一個倒下，其他人驚愕）好了，請說。……是，所以現在是停戰？沒？停火而已……好，協議停火多久？……二十四小時？要知道會議的決議？可能沒辦法，二十四小時之後這裡又變成了全球經濟會議，那時電話你也打不進來，因為你的問題不是經濟問題，九號總機小姐會把你轉到別的地方去。……你們那裡現在是要停戰或開戰怎麼辦？我怎麼知道！我現在這裡也一團亂，你去問總機小姐吧！總機小姐不是應該他馬的每件事情都要知道但其實根本他馬的每件事都不知道只背得起來其他的分機號碼不然就是唬弄人掛上電話嗎？什麼？九號

總機小姐叫你來問我？等等（司儀再開幾槍，其他人全部倒下）真他馬不負責任的公務人員，好，你待會再打電話過來。待會兒是哪時候？我怎麼知道你那裡時間跟我這裡時間差多少？好了好了，等我先處理完這裡的事再說，你過一會兒再打電話過來，轉總機說明一次，再轉分機解釋一遍，再轉分分機解釋第二遍，大概轉個九遍又可以接到我這裡來了，到時我再跟你說這裡的決定好嗎？不好？掰。（掛電話）

司儀把倒成一團的領袖們一一扶起，把他們放在椅子上，幫他們一一戴上圍兜兜，其中有兩個已經醒來，對司儀表示抗議，但無聲。

司儀：好了好了，既然都已經醒過來了就順便把你們的同伴也給叫醒，剛剛那只是消音槍加上一點點麻醉效果而已，等下就好了，現在讓我們安靜地享用小點心好嗎？點心時間到了。餓也吵飽也吵，只有把你們嘴巴塞滿才不會吵……

司儀搖點心鈴，領袖們都乖乖坐好等待，司儀圍上圍裙拿起鍋勺分食。

司儀：什麼？是綠豆湯啊！怎麼又是綠豆湯？對綠豆湯有什麼不滿嗎？你們這群不事生產的小屁孩，給你們吃就不錯了，再叫什麼都沒得吃！……綠豆湯最好綠豆湯最棒了，ㄋㄟㄋㄟ都比不上綠豆湯？算你識相……

司儀分完綠豆湯後，很疲憊地坐在一旁點菸休息。領袖們吃

現世寓言　115

完綠豆湯，紛紛打起嗝，聽見彼此打嗝聲很開心地笑著。電話鈴聲又響起。

司儀：喂？好，現在可以說話。會議對於兩方戰爭的決議？好，稍等一下。（握住話筒）各位領袖們，你們有結論了嗎？

領袖們還在為彼此打嗝的怪聲音格格笑，突然有一人面目凝重，皺眉臉色用力發紅，大家期待地看著他，結果發出好大一聲響屁，其他領袖們都嚇到後又隨即哈哈笑。

司儀：（喃）天哪超臭，不知道是屙屎還是放屁，全部都一起來我還得了！（對話筒）好，司儀在此宣布，本場會議決定，兩方戰爭正式──

領袖們全部面目凝重臉色發紅，一起發出好大好響的屁。司儀握著話筒倒下，微弱地說：「中了……暗算……」領袖們見司儀倒下後，拿鍋勺敲打司儀，用大鍋罩住司儀的頭，以金鐘罩魔音穿腦攻擊，拿出司儀腰間的配槍，對他瘋狂掃射，群起發出啊啊噠噠噠哇哈哈哈的槍聲與笑鬧。燈暗。

第四場
兄弟戰爭

  黑暗中傳來啊噠噠噠的槍聲,燈漸亮,微暗黃。各處散落著箱子的戰場廢墟。甲乙以兩邊堆滿的廢棄紙箱,作為各自的碉堡,躲在後方。氣氛肅殺緊張。甲拿著槍枝拚命對乙掃射,乙躲藏等待甲用完子彈後,朝甲丟了一顆炸彈。

甲:(拿著對講機)呼叫司令,呼叫司令,現在已指示全面開打,請求後方支援,over。(甲等了一下發現對方沒回應,繼續講)請求司令下令支援(頓)請求司令下令支援(頓)請求司令下令支援——(頓)Shit!

  甲躲在紙箱後,清點自己還有多少攻擊武器。

乙:(拿著對講機)呼叫士官長?士官長?(再重新調整)呼叫少校?少校?(再重新調整)呼叫上將?上將?靠!誰知道哪裡叫得到上將,全部人都死光了是不是!二等兵(查看自己的兵牌)編號03439537,血型O,在此非常時期直接晉升為士官長……不對,是少校……管他的,現在的首相到底是誰!上將你說是吧,現在就自己幹了你說是吧!戰到一兵一卒也要為自己的兄弟們報仇才死得光榮你說是吧!衝啊!

乙衝向前，甲搶先一步衝出按下電磁脈衝器。

甲：哈哈哈，你沒辦法討救兵了吧！我剛剛已經按下電磁脈衝器[1]，放心，不會傷害人體，我國倡導無核家園！只是範圍內的數位訊號全部失效！
乙：我國的對講機是數位類比雙頻的啊？
甲：啊幹。（查看自己的對講機）啊幹。我剛聽到你在跟你的上將說話是吧？叫他出來談判！
乙：先生你哪位？
甲：我是甲方的⋯⋯總司令！快點派出你們的上將來談停戰條約。快！不要逼得我再拿出武器！
乙：⋯⋯我就是乙方的上將，有何貴幹？

　　停頓。

甲：騙人！我看你樣子就只是個大頭兵！
乙：你才騙人！你肩上還縫著兵階呢！說謊！說謊！
同：可惡！

　　甲乙扭打成一團。甲拿出槍枝抵住乙的頭。對峙。

乙：按下去啊，怎麼不按下去，按下去你們就勝利了。
甲：你手裡握住的是手榴彈吧！不要騙我了！大不了我們一起同歸於盡！

---

[1] 電磁脈衝器會讓數位訊號失效。

兩人又是一陣扭打。

甲：……這支槍早就沒子彈了。
乙：我手中握著的是個空包彈。
甲：我們各退一步吧。
乙：你先退。
甲：你先退。
乙：你先退。
甲：……你的東西頂住我了。
乙：……你也頂住我了。
甲：這是正常的生理反應我有什麼辦法！
乙：……
甲：……好，我們現在數到一二三，各自往後撤退。
乙：……好。
同：一二三。

　　甲乙鬆開彼此，甲往後退時趁機用膝蓋用力頂了乙下體，乙疼痛難耐地退回去。沉默。

甲：男人激不得。
乙：我、懂。
甲：我們這裡……好像就剩我一個了，你們那裡……我猜也是……既然我們這麼有緣不如來自我介紹一下認識認識。
乙：嗯。
甲：……我先開始好了，我叫阿明，今年十九歲，住在南國的狗鎮，狗鎮你應該有聽過吧，那裡盛產水蜜桃，啊……大概就是這個

現世寓言　119

季節吧，有很多遊客會去採桃⋯⋯以前戰爭還沒開始的時候，北國也有很多人會去我們那玩⋯⋯你呢？

乙：我是小華，今年也是剛好十九歲，你是南國人我當然是北國人⋯⋯貓村你也知道吧？你們盛產經濟作物水蜜桃，我們那是以小雛菊聞名，雖然只是普通的小花朵，當初只是農夫休耕時種來施肥用的，但後來卻變成地方特色，滿山滿谷的小雛菊美不勝收⋯⋯

甲：聽起來好美⋯⋯我好像有聽我媽說過，她當初就是去北國貓村觀光的時候⋯⋯遇到一位年輕俊秀的帥哥，當晚就以地為床、以天為被撼落去⋯⋯才有了我。

乙：哈哈哈，這種事常有，我們那都會說自己是花的孩子。

甲：不知道還有沒有機會去⋯⋯

乙：我未婚妻現在如何了呢⋯⋯

甲：兄弟，你上戰場幾年了？

乙：兩、三年了吧，每天都一樣，早忘了日子。未婚妻的信件也從一週一封，變成一個月一封，最近收到的信好像是去年底的事了，寄來她的喜帖，新郎是別人，孩子一歲多了⋯⋯真恭喜她。

甲：別難過，女人再找就有了，我看你一表人才，人生還有希望。

乙：⋯⋯其實我最近發現，我好像對男人比較⋯⋯

甲：停！⋯⋯你只是突然脆弱，現在不要說這個。

乙：你只是害怕承認你也有同樣感受吧？

甲：住嘴！

兩人說話間，慢慢離開碉堡後往中間移動。

乙：⋯⋯好，我們都不說。你想回家，我也很想返鄉。不如我們就

在這裡休戰?

甲:可以嗎?

乙:你們那一國軍隊就剩下你,我這也只有我,我們訂下和平契約不就代表兩國休戰了嗎?

甲:說得也是⋯⋯本來就是兄弟國,我也搞不懂這幾年到底在幹什麼?死的都是自己人⋯⋯

乙:我也不懂⋯⋯人都死光也不需要懂了。

　　甲乙兩眼神相對,堅定地宣示:「甲乙兩方在此協議,南北戰爭正式結束。」燈光轉換。甲乙衣衫不整地靠在一起。兩人的手臂上有一個胎記,併在一起合成一顆完整的心。

甲:究竟是上天的創治[2]?

乙:還是命運的作弄?

同:亦或是冥冥之中有無形力量的安排?

乙:哥⋯⋯

甲:你才是哥⋯⋯

乙:好,我們輪流當哥。

甲:難怪我媽老是跟我說我的命定之人在北國,原來就是你⋯⋯

乙:爸爸一直跟我說,我有一個失落的雙胞兄弟在南國,我一直期待戰爭結束可以去找你,想不到,現在就找到了⋯⋯

甲:⋯⋯我們往後可以怎麼辦?

乙:什麼怎麼辦?

甲:我們都是男人⋯⋯

---

[2] 台語,「捉弄」的意思。

乙：我贊成多元成家方案。

甲：又是兄弟……

乙：老爸後來再娶，生了三個弟妹，後母對我很不好……

甲：媽再嫁後，生了一個很可愛的妹妹，家庭很和樂，可是總覺得繼父對我就是很客氣……

乙：原來我們在自己的家都變成了外人，那就只能自己再另外組成一個家了，好嗎？我會照顧你的，你說呢？

甲：天涯海角，總有我們的容身之處。

乙：是的！我──

甲：別說，讓我先說我──

乙：不用說了我都懂我也──

甲：我──

　　燈光漸暗。背景字幕打出「PEACE & LOVE」。

第五場
環己基（代）磺醯胺酸鈉

第一場提到的魚罐頭工廠內。以超級變變變[1]的概念做個工廠運輸帶，一個 crew 躺在運輸帶下方踩腳踏車讓運輸帶運轉，兩個 crew 在運輸帶尾端整理、遞補東西。運輸帶上面有空罐頭跟匪夷所思的雜物，例如塑膠袋、嬰兒玩偶、隨便任何東西，就是沒有魚。第一場的 Polar、男跟一隻人造雞（有六隻雞翅八隻雞腿）和一個二十幾歲女，四人擔任作業員，揀選材料、填補罐頭、原料補給等。大家動作很快井然有序，把原物料塞進罐頭，如果裝不下就解體硬塞。一位上司上場向 Polar 說話，兩人說些什麼聽不清，上司下場。Polar 開始用一堆試管燒杯等調配詭異顏色的液體，調配好後自己試喝了下，然後一一加入罐頭內。

男　　：Polar，你加那些是什麼？
Polar：己二烯酸鉀。
男　　：請翻譯。
Polar：防腐劑。
女　　：……加那麼多不會有問題嗎？
Polar：（將手中的試管一飲而盡）你看我有什麼問題嗎？

---

[1] 日本現場綜藝節目。以人體及各種材料組合做出各種物件的創意發想。

女　　：或許你會有什麼問題但不一定現在看得出來。
Polar：那就對了，可能會有什麼問題但現在看不出來就是沒問題。剛才 boss 交代，這批貨送到目的地船運就要三個月，誰都不希望剛進貨的罐頭只剩三個月就過期了對吧？

　　　眾人繼續加工。上司又來跟 Polar 講話，上司離去。Polar 拿出一大包白色結晶體繼續往罐頭倒，倒到滿出來。

男　　：等等，這又是什麼？
Polar：氯化鈉。
男　　：翻譯。
Polar：連這你都不知道？
女　　：食鹽。
男　　：那就好。
女　　：不過……放那麼多沒問題嗎？
Polar：你們知道只要一次吃完一整碗的鹽就會中毒死掉嗎？

　　　男女搖頭。

男　　：你怎麼會知道？
Polar：我有食品技師證書。

　　　男女露出恍然大悟的表情。

Polar：不然你們以為我剛剛在幹嘛？

　　　　　　男女停止提供原物料，缺乏物料人造雞還是維持著自己的
　　　　　　工作，拔下自己的雞翅雞腿作為罐頭填充物。

Polar：好了好了，你們這樣欺負一隻雞對嗎？快點動手工作，等
　　　　下才有飯吃。
女　：你剛剛說只要一次吃下一整碗的鹽就會中毒，但你剛剛倒
　　　　下去的鹽明明就不只一碗！
Polar：你會一次吃掉一個魚罐頭嗎？
男　：⋯⋯我會。
Polar：你會一次吃掉一個魚罐頭且只單吃魚罐頭嗎？
男　：⋯⋯當然會配點飯麵⋯⋯澱粉類之類。
Polar：那就對了，沒有人會只單吃魚罐頭。好，芬蘭人會單吃一
　　　　種魚罐頭，那罐頭是樹皮做的，他們直接用火烤罐頭，最
　　　　後就會剩下一條烤魚，神奇吧[2]。但沒有人會只單吃這種醃
　　　　製的鐵皮魚罐頭，我說，太鹹了實在，如果真的有人只單
　　　　吃魚罐頭的話，也要對自己的健康管理負點責任。
女　：但你不是食品技師嗎？你怎麼能把責任都推給消費者！
Polar：好，我是一名食品技師，但我更是這間魚罐頭工廠的小小
　　　　員工，每個月領固定的薪水做固定的事，這間魚罐頭工廠
　　　　是食品製造業但其實你們都誤會了，現在什麼產業都是服
　　　　務業。有沒有看到罐頭標籤上的免付費專線？有人打來說
　　　　等罐頭送到都快過期了，我們就加防腐劑，有人打來說不
　　　　夠鹹，我們就幫他加點鹽，有些地方的口味偏甜，我們便
　　　　加點環己基（代）磺醯胺酸鈉，就是所謂甜味劑。雖然這

---
[2] 芬蘭真的有這種魚罐頭。

現世寓言　125

只是間小小的魚罐頭工廠，但你不要小看它，我們的產品遍布全世界各地。
女　　：真的嗎？（拿起罐頭查看）我怎麼好像沒有在台灣看過這種罐頭？
Polar：（拿出阿榮牌鯖魚罐頭）這個有看過了吧？
女　　：天哪！你怎麼會有這個！我光看到口水都快流出來！快給我給我！
Polar：我不是告訴過你們，不要欺負雞的嗎？

　　　　Polar 高舉著阿榮牌鯖魚罐頭，走到人造雞旁邊，阻止他繼續拔下自己的雞翅雞腿。

Polar：你們再讓雞拔下自己身體的一部分去塞罐頭的話，我也會把你們塞進罐頭，或許那個罐頭最後會回到你自己的家鄉。
男　　：他不是雞嗎？雞不是本來就是給人吃的嗎？
Polar：你應該還記得我是什麼沒錯吧？我的種族也吃人的你知道嗎？雖然我的種族也幾乎只剩下我了，其他都是被人類直接或間接殺死的，我抓一個人類來抵也不過分？話說太久沒吃人都有點嘴饞了……你說我們工廠的供餐不錯吧？
男　　：工作工作。
Polar：好好學習雞的犧牲奉獻精神好嗎？
女　　：他只是無腦。
Polar：（看著阿榮牌鯖魚罐頭，掉入回憶般）我跟雞的認識，便是由於手上這只罐頭……

　　　　男、女、包括人造雞，都停下來聆聽 Polar 的故事。

Polar：那年，我還是個青壯年，頭髮比現在雪亮，工廠派我開船押貨──
男　：你還會開貨運船？
Polar：我有駕駛貨運船的執照。
女　：為什麼在這種鳥不生蛋的地方你還可以拿到各種執照？
Polar：有一種方法叫作函授你不知道嗎，人類。每年，我都會運送一批阿榮牌鯖魚罐頭到台灣，每次都是我去的原因除了因為我有貨運船執照外，也是因為不能讓外人知道鯖魚罐頭竟然是鮭魚雜碎偽裝的，雖然他們也吃不出來。開車送貨完正想回飯店休息時，ㄎㄧ──碰碰轟隆隆。
男　：什麼？
Polar：雞出現了，不，應該說，雞闖進了我的世界，不，應該說，我撞見了雞。
女　：是你撞到了雞。
Polar：是雞來撞我的他那時有點頭暈。
女　：好了沒人要跟你追究肇事責任。
Polar：雞當時腦袋有點不清楚。
女　：他是人造雞本來就沒有腦。
Polar：如果我說科學怪人創造出的雞，尤其是這種六隻翅膀八隻腿的智商都一百八，你還敢吃雞肉嗎？

　　　男在旁開始嘔吐。

Polar：他們的飼料都是之前被淘汰的人造雞的肉，除了雞腿雞翅外的部分，吃久了才會頭殼壞去，原本也是很聰明伶俐……總之，雞已經在速食業服務很久了，各大產品都有他的足

跡，他的復原力也漸漸越來越差，終究被實驗室淘汰。我撿到他時已經是奄奄一息，我連忙用食品技師的專業把他給救活，他一醒來看見是個男人又想撞地死，我說別怕，我是跟你一樣的，我直盯著他，穿透他的瞳孔，希望他能看穿我跟他同類，有個動物的靈魂。即使他總說自己是人造雞只有腦袋沒有靈魂。（對人造雞）但我說你有你就有，不然你就是侮辱我對你的愛你懂嗎！又有誰像你這般犧牲奉獻的精神！

男　　：等等，你的愛人呢？那隻黑熊啊？
Polar：阿拉斯加沒有黑熊。
男　　：就你前幾天講的啊，你的愛人，還砰地從上面掉了下來，然後你還這樣那樣地摸他。

　　　　男的說詞跟動作都很詭異，其他人都用怪異的眼神看著他。

Polar：我跟你很熟嗎？你管我昨天今天明天愛誰。
男　　：呃。
Polar：我已經正式入股這間罐頭工廠，花了那麼多年……終於，人造雞點頭答應跟我結婚，明天補宴客，歡迎兩位來吃到飽。

　　　　Polar摟著人造雞離去，男女面面相覷。

男　　：那個我、那個剛剛，前幾天，我真的有——
女　　：我知道，他還跟我講說他是千年吸血鬼，專門拯救兒童病房的病弱處女讓他們重生。
男　　：虧我還那麼相信他。

女　：不過也很神奇,他總是可以找到可憐的人……生物,那隻雞也不知道哪來的,剛好滿足他的拯救者心態。你不覺得 Polar 入股罐頭工廠好像是在報復人類?
男　：我不知道……但他們看起來挺好的……我是說……如果他是在報復人類的話,那我們呢?是在報復社會嗎?
女　：你去吃喜酒嗎?
男　：我現在很沒胃口。(又想嘔吐)
女　：總是得吃東西才能活下去。明天我會去,你要去再一起來吧。
男　：我考慮改吃素。
女　：現在番茄有魚的基因,馬鈴薯還會自己製造殺蟲劑,不用想太多。(喃)他認為自己是熊就是熊,認為自己是吸血鬼就是吸血鬼,反正不礙事。

　　　　燈光轉昏黃。女望向遠方。

男　：很漂亮吧。
女　：聽說那裡的化工廠會排放出汙染嚴重的廢氣,才會把天空染得如此絢麗。
男　：唉。
女　：我寧可相信這只是單純的自然美景。
男　：唉。
女　：你知道有一個人很傷心的時候,會一整天看四十四次的夕陽嗎?因為他所居住的星球很小,他只要把板凳往前一搬就可以再看一次夕陽,我不知道是多麼地難過才會看了四十四次的夕陽……
男　：你現在很難過嗎?

現世寓言　129

女　：（搖頭）我只是想家。
男　：你應該只是來打工一陣子吧？快要可以回家了吧？
女　：不，我又要到下一個地方打工了。
男　：為什麼？
女　：不知道……可能是所謂體驗人生吧……
男　：可你不是想家嗎？
女　：我要一直在外面流浪，才能繼續想家。

　　　沉默。

男　：如果你不介意的話，讓我陪著你一起流浪吧。
女　：可是你沒有家。
男　：你有家所以流浪可以讓你一直想家，我沒有家所以流浪讓我找到一個家……

　　　沉默。

女　：這裡是世界的盡頭……我以前不知道在哪裡看到的，以前人類生存不易，北極居民會把老人放生在流冰上流放，讓他在汪洋裡自生自滅。我那時覺得好羨慕，好想要在自己覺得活夠了的時候，在屬於自己的冰塊上飄蕩，它慢慢融化，我就漸漸沉入海底，北極海很冷一定可以死得很快……魚蝦都來分食，然後我的小孩又釣起了魚，給我的小孩的小孩吃，多好。
男　：……那現在呢？

頓。

女　：還會有更美的風景在等著我們嗎？
男　：你沒看過極光吧？

　　　沉默。兩人繼續看向遠方。

第六場
動物園的故事

　　　　熊跟鴨了無生氣地躺在地上。

熊　：你至少也翻個身,都晒出印子了。

　　　　鴨翻身。

熊　：今天換你見客了。
鴨　：……不想動。
熊　：昨天是我,今天換你,不准賴皮。
鴨　：又沒有客人。
熊　：是誰說要每天都要維持能見客的狀態。
鴨　：我不想站著見客,躺著見客可不可以。
熊　：你當你出來賣的嗎?
鴨　：連出來賣這種詞你都學會了……嗚嗚嗚,還我天真純潔可愛的小胖肥仔……
熊　：……
鴨　：要賣也要有人買。好啦好啦……(爬起身)是的,要做個專業的動物園動物就要每天訓練,像我跟你說過的,起來起來。

　　　　熊爬起身。

鴨　：你有聽說過嗎？一個京劇演員，就算沒登台，也要每天吊嗓子、練功，一年有三百六十五天就要吊嗓練功三百六十五天，演員之為一種技藝——

熊　：可我又不是演員……

鴨　：你今天扮貓熊，明天扮北極熊，後天扮維尼小熊，怎麼不是演員。

熊　：可我確實是隻貓熊。

鴨　：好了，現在不要跟我吵這個。練功練功……

鴨開始帶著熊做些演員平常的聲音及肢體練習。

鴨　：你知道的，要當個動物園全方位的動物，首先就要觀察，例如一隻猴子，你就要觀察他走路的樣子、他手臂擺動的弧度、他們最常做什麼事……

熊　：我知道！他們最常互相抓蝨子。

鴨　：蝨子！That's right! Try it!

熊　：我嗎？

鴨　：這裡還有別人嗎？就你。

熊原先有點放不開，但越來越像隻猴子。

鴨　：喔喔喔……Awesome! You're awesome! 下次考慮讓你扮猴子。

熊　：可我的體型還是隻熊。

鴨　：那猩猩好了。

熊　：那你呢？

現世寓言　133

鴨 ：你知道我就只會嘴炮，相處那麼久，你還不知道我是負責說你就是負責做的那個嗎？
熊 ：喔。
鴨 ：反正我就只會理論。
熊 ：不要這樣說。
鴨 ：不玩了，先出門。
熊 ：你要去哪裡？
鴨 ：還不是要去辦那個該死的家庭證明……讓雞出來陪你……雞！雞！
熊 ：這不就是我們家嗎？
鴨 ：你知道見鬼的機關單位跟我說什麼嗎？說是要夫妻才能登記擁有動物園，所以我們現在頂多只能算是房客，還是三個毫無關係的房客。
熊 ：可是原本的房東都搭上仙人的船了。
鴨 ：仙人的船也撞上冰山沉了。雞！雞！快點出來，熊一個人沒辦法的。

人造雞穿著大衣很虛弱地走了出來。

熊 ：牠快死了。
鴨 ：我知道。（對雞）有什麼事我能為你做的？
雞 ：如果你到外面有遇見 Polar 的話，麻煩幫我跟他說聲，我愛他……
熊 ：他都拋棄你了，你還說這些。
雞 ：你不懂的，他後來遇到的那個女孩，從小就被家暴，十六歲了體重還不滿三十公斤，還……

鴨　：夠了我不想聽。總之他已經不愛你了，你才會被我們撿來這裡。
雞　：他不愛我沒關係，我愛他就夠了。
鴨　：我不管你愛他她愛他她愛你你愛他之類的，總之我等下就要去跟見鬼的機關周旋，說服他我們必須擁有這座動物園……我想到了，我們現在先來演練一下，待會順利的話，我會帶回一位西裝筆挺的官員，然後我會跟他說，我必須扶養一個智障跟一個殘障，如何辛苦等等等。
熊　：我以為我是你的伴侶。
鴨　：可是你看起來比較像個智障。然後雞，雞你把大衣掀開。

人造雞把大衣掀開露出身體，身體變形的肉感（有如培根的畫），原本掛著六隻雞翅八隻雞腿的地方，變成空洞的傷口，只剩下萎縮的一隻雞腿跟兩隻雞翅，還會抽蓄，令人感到恐怖、噁心的身體。

鴨　：好，雞，現在你跟著我講。（雞跟著複誦）長官大人你看，這就是我的身體，如此殘破不堪，但我對社會完全無恨也不要求什麼，只想要有個家，可以讓我們三個安穩地待下去……好了這樣就夠了，雞把衣服拉起來，再多就反效果。
熊　：這跟我們家有什麼關係？
鴨　：管他有沒有關係，這是個情感訴求的年代！
雞　：沒關係的，我就快要死了，能為你們做點事也好。
鴨　：你瞧，雞都這麼說了。
熊　：不應該這樣的……早知道我就不跟你來了。
鴨　：那你現在可以回去啊，看看還有沒有那麼多人追著你，回去

現世寓言　135

　　　　當你賣萌裝可愛的肥仔，回去啊。
熊　：我……
鴨　：有人來了。

　　　　Polar跟女進。熊跟鴨各自裝莫名其妙的動物形象，雞反應激烈但忍耐著發出呻吟。Polar跟女看著鴨、熊、雞無聲指點一番又離去。雞開始吐血。熊跪地，把雞抱在懷裡。

鴨　：不要告訴我那個就是Polar。
熊　：鴨，雞快不行了，怎麼辦？
鴨　：想一些美好的事情……
熊　：比如？
鴨　：比如我們在籌備動物園時有去參觀過其他的動物園。
熊　：然後。
鴨　：然後在逛那個動物園的時候，看到一群斑馬，全部動也不動的朝著某個方向站著，你覺得那是為什麼呢，雞。
雞　：我不知道……
鴨　：牠們朝著看得見草原的方向，預備往那個地方全力奔跑，用想像力。
熊　：牠們還記得如何奔跑嗎？
鴨　：我也以為自己記得如何游泳，後來發現自己只會漂浮，從這個地方漂流到那個地方。
熊　：我以前就有問過我媽說老鄉在哪裡，我媽直說忘了，就知道一直吃竹子一直睡覺就是會變笨。
雞　：我一出生睜開眼就是穿白大袍的男子，再來就是Polar，沒想過這個問題。

熊　：然後你就快死了。

鴨　：所以我們到這裡還是只能再找個動物園，把自己給關起來，繼續被看，但至少是自願的。

熊　：不然我們能去外面嗎？

雞　：外面很危險的，他們從你身上得到什麼後就會把你甩開，看我就知道。

鴨　：⋯⋯其實我剛說要出去都是騙你們的，今天是動物園的最後一天，明天動物園就要被查封了。

熊　：為什麼？

鴨　：這裡鳥不生蛋本來就不需要動物園，我們三個又一直沒辦法擁有法定的家庭認證來登記這裡的所有權，明天他們就要來了。

雞　：然後這裡呢？

鴨　：再建一個工廠吧，我不知道。剩下這點時間你們就好好享受動物園的最後時光吧。

降下或推出動物園會看見的器材，類似拉環、翹翹板、跑步機之類。熊看了很興奮，雞也像迴光返照般精神好起來，跟熊一起玩，像是幼稚園的快樂遊玩時間。

雞　：鴨一起來玩，一起來玩。

雞與熊玩到極嗨時雞自體爆炸身亡，只剩下地上一攤肉醬。

熊　：（痛哭）雞！

鴨　：（漠然地）這就是我們的下場。

熊邊痛哭邊急忙想把地上肉醬收集起。

鴨　：別忙了。
熊　：可是……可是雞就這樣沒了……

　　　默。

鴨　：不然你就把他給吃了吧……這樣他還可以活在你體內，跟我們在一起。

熊想了想認同，開始吃起地上肉醬。突然一朵烏雲飄來。烏雲上有一位戴著斗笠的龜仙人。仙人說話垂垂老矣，非常地慢，間歇性瞌睡。

鴨　：啊……仙人，你的船不是……
熊　：你的船不是沉了嗎？
仙人：我……可是……仙人……
熊　：難道說仙人您是要來救雞的嗎？太好了！雞你有救了！

熊突然意識到自己已經吃了雞的一部分，連忙哎出。

鴨　：來不及了。仙人，您難道要來加入我們嗎？有了您的神力加持我們應該能通過成為一個家。
仙人：（搖頭）孩子……就……只……剩下……你們……了……
熊　：（噎到）難道仙人是想給我們一點啟示嗎？
仙人：嗯……咳咳……咳咳……

　　　　仙人咳得上氣不接下氣，鴨幫他拍背。仙人背過身劇烈咳
　　　　嗽，從嘴裡挖出塑膠袋，熊見狀幫忙拉出來，結果拉出一條
　　　　條打結連成的塑膠袋，看起來有如萬國旗。

仙人：在胃裡⋯⋯積多⋯⋯都打結了⋯⋯
鴨　：不要緊嗎？
仙人：我可是⋯⋯仙人⋯⋯

　　　　停頓。

仙人：孩子啊⋯⋯我⋯⋯要跟⋯⋯你們⋯⋯說⋯⋯
鴨　：說什麼？

　　　　仙人睡著了。鴨搖醒仙人。

仙人：說⋯⋯
熊　：說什麼啊？
仙人：說⋯⋯

　　　　仙人又睡著，鴨搖仙人不醒，再更用力搖仙人，搖到烏雲破
　　　　掉，仙人倒地，龜殼碎裂。熊與鴨觀察仙人的屍體。

鴨　：怎麼會這樣⋯⋯仙人不是不會死的嗎？
熊　：⋯⋯原來龜殼裡面的肉這麼軟。
鴨　：所以才需要龜殼保護啊⋯⋯

現世寓言　139

　　　　熊想碰龜仙人。

女　：不要碰。

　　　　女撐著木槳在一塊浮冰上划過來，女著俠女裝，頭戴防護罩，她腰間繫著一條類似吸塵器的管子，長長的管子沒有盡頭。

女　：不要碰。現在海洋生物血液中都含有重金屬，摸了對身體不好。
鴨　：你是誰？
女　：我只是來收垃圾的。
鴨　：為什麼要收垃圾？
女　：總是要有人收垃圾。

　　　　女看了下肉醬的部分，想拿管子吸乾淨。

熊　：不用不用，雞跟我們一起的。
鴨　：吸那個仙人就好，拜託你了。

　　　　女將仙人的屍體吸住，拖走。

鴨　：然後呢？
女　：什麼？
鴨　：他會跑去哪？
女　：（指著遠方）都在那裡。
鴨　：那麼多怎麼辦？他們不會自己消失吧？

女　：……我不知道……總是要有人收垃圾。

　　　女划走。

女　：勸你們快點離開，冰山又融了，海平面待會上升，這裡就要被淹沒了。

　　　鐵籠的架子跟動物園的招牌浮起漂走，熊想去追，鴨阻止了他。

鴨　：沒關係，會有人收垃圾。
熊　：（哭了起來）不要拋棄我，不要拋棄我……
鴨　：不會的，不會的。

　　　鴨與熊抱在一起。

鴨　：不知道為什麼，我現在感覺很平靜。

第七場
大同大同

很小的荒島，被不著邊際的海圍繞著，島上有一個可以遮風避雨的棚，但任何東西都是拼湊來的，混合遊民風格跟後現代拼貼。旁有旋轉台，像是博物館展覽品擺放著：第一場出現的黑熊標本、很大的貓熊填充玩偶、還有鴨子便器等⋯⋯一旁堆放多個罐頭塔[1]。男[2]出現，穿著遊民混合後現代風，他手持一根細長的棍棒。

男　：好，各位觀眾，歡迎你們今天蒞臨敝館，我是你們今天的導覽員⋯⋯？我的名字不重要⋯⋯什麼？想認識我？沒問題，等下結束後來找我。其實我已經忘記自己的名字⋯⋯太久沒人叫⋯⋯所以在小貝比的時候，媽咪就算是跟小貝比講話，也要一直（很愚蠢地）用第三人稱來叫他，為的就是要讓小貝比記住自己的名字⋯⋯好，這些都不是重點。（大吼）安靜！（用棍棒敲打）叫你們安靜沒聽到！參觀博物館可不能像你們這樣大吼大叫的，沒水準，來到本館就要讓你們有被教育到，博物館可不單指是把一些東西擺著就好，要怎麼擺放才顯得美才有宣傳效果⋯⋯我記錯了，這是櫥窗設計。重

---

[1] 罐頭塔為台灣民俗喪事時會擺放的物品，為保麗龍的基底作為一個塔狀的模型，會擺放很多飲料或是食用罐頭上去。
[2] 這一場男的戲分很重，可單人或多人飾演，多人輪流說話或同時，說話的段落或依序或重疊。但不論如何演到最後只剩一名演員在台上。

來一次,展覽品的背後意義有歷史、美學、文化等,你們聽不聽得懂?現在不懂沒關係,說完你們就懂。第一件展品,是冰河時期的黑熊。你說冰河時期沒有黑熊,只有貓熊?你是導覽員還我是導覽員?你別以為導覽員都是隨隨便便來的志工,我們可是來自各方面的專家,還要定期進修,尤其是新辦的展,每一名志工都是在展覽前先做好功課才能來帶導覽的,可不容許你瞧不起。好吧,你堅持冰河時期只有貓熊沒有黑熊是吧,熊是等等才會講到,可不可以等下再處理?你這樣我的順序會全亂掉,好,我知道,我有聽到了,你是生物專家,好,專家專家,我先記下來,(拿出紙筆)「冰河時期只有貓熊沒有黑熊」,好我回去查資料下次再回答你的問題。你看我很尊重專業,請你也要尊重一下我的專業,不然今天就沒戲唱。謝謝你的配合。這隻黑熊什麼來歷什麼背景都不重要,今天我要跟你們講的是這隻黑熊的故事,講到故事你們就有興趣聽了吧,尤其這又是一個非常發人省思的故事,你們仔細聽了。這隻黑熊,你不要看他現在的表情這麼凶,以前他在家的地位是很低微的,他家是由太太主掌,雖然太太體型比他小一倍,但是捕魚、獵殺動物跟人類什麼的,都比他能幹太多了。身為雄性難免有點抬不起頭,偶爾會去魚市場撿撿人家處理掉不要的魚頭跟魚尾之類填飽肚子,被他太太知道後十分生氣。「你出去撿人家不要的魚雜碎被人知道了我多丟臉,來,不要說我都沒給你吃(太太丟出了三隻魚尾巴),這就是你今天的分。」「好歹⋯⋯好歹也給我個魚頭吧?」「不行,魚頭我要留著計算用。」「計算什麼?」「計算每天我吃了多少條魚,你們男人就是笨,不知道我們女性都要注意維持自己的身材嗎?反正你沒用,

現世寓言　143

有尾巴吃就不錯了還叫,再叫就把你趕出去連尾巴都沒得吃。」當晚,他看著家裡櫃子裡排放整齊的魚頭,散發出腐臭的香腥味,一隻隻眼睛都瞪著他,像是嘲笑他是頭無路用的熊。他硬起來跟老婆理論,他太太一個怒氣就把全部魚頭掃下,塞滿黑熊的嘴:「你吃呀你,你那麼想吃全部給你吃,吃死你吧吃死你!」然後他就真的吃到噎死,如願以償。據說死前一刻就是看到他太太很悔恨地說:「對不起,我再也不敢了,對不起……」表情才會維持這樣驚愕……這個故事有什麼好發人省思的?你不知道啊?我都講得那麼清楚了你還不知道啊?好吧,故事呢,是要自己體會才有意義,但今天你都問了我也不會吝嗇解答,這就是一個警示寓言啊!警告我們……什麼?你只看過《驚世媳婦》[3]沒有聽過警示寓言?其實都差不多啦,很好,已經懂得舉一反三,今天帶的這團水準真高。現在有沒有人要來體驗一下?不要看這隻黑熊表情那麼凶,已經死透透了啦!(男拍打黑熊)你看這樣打他都不會有反應你看(男繼續毆打黑熊,突然黑熊的嘴把男手咬掉)啊啊啊啊……特別獻禮,magic!(男現出手臂表示是魔術)都沒人自願我就自己上啦。(男把黑熊嘴巴扒開整個人鑽進去,整個人突然像是被附身般哭泣)「對不起,我再也不敢吃魚了,對不起……」(男用力拔開黑熊頭,脫掉黑熊標本)大概是這樣,你們還是看看就好,不要體驗了,悔恨挺恐怖的,我個人犧牲就好。好,接下來是這隻貓熊。雖然都是熊但他跟剛剛那隻可是不一樣的喔,你們看他很可愛吧,看了就覺得:喔!我被治癒了!貓熊可是被稱為治癒

---

[3] 華視1995年所拍連續劇名,女星張玉嬿以拍此系列聞名。

系的動物喔，他非常溫馴還只吃竹子，抱歉我這裡鳥不生蛋，長不出竹子也沒辦法拿出來給你們看，但中國古人不知道哪個誰還有句成語說：無肉令人瘦，無竹令人俗，看，貓熊吃竹子是多麼風雅高尚……生物專家，你又有什麼問題？你知不知道就算你手舉得再高我還是可以當作視而不見，請你發言是我做人的基本禮貌你知道嗎？貓熊是吃肉的……你再說一遍，貓熊是吃肉的，還曾經攻擊過人類。你有膽再說一遍，孩子都哭了你有沒有看到？等等，我記得本場次有說明非兒童觀賞節目，禁止，是禁止，不是規勸，禁止八歲以下兒童觀賞，哪來的這小鬼。媽媽，你沒辦法讓你家小孩停止嚎哭的話乾脆把他給掐……掐住他的脖子，把他帶到外面去玩好嗎？來，送你一張咖啡券，本館室外有一個露天咖啡廳，挺有氣氛的，選用的都是什麼阿拉比卡公平交易的咖啡豆，絕對可以滿足你們這種喜歡假日帶著外星人來滲透地球人活動的小資家庭。要兩張？一張你老公怎麼辦？好，這位太太，我給你三張給你三張，一二三，你跟老公喝咖啡，小孩喝果汁好不好？果汁都是現榨的，還都是有機農場生產的水果唷……不、要、問、我、有、機、的、認、證。很好，請慢走，咖啡廳旁有草地可以野放小孩。呼，我向來都沒什麼小孩緣，導覽員可不是件輕鬆活。剛才講到哪？好……嚴重警告這位生物專家，你不要再來攪局囉，你如果真的是生物專家為什麼不幫忙人類救援計畫，怎麼還有空來參觀我這間小小博物館，人類都死光了你知不知道？再講都讓你講。好……再來這隻小鴨，你們看他的造型很特殊吧？不知道該怎麼使用對吧？我告訴你們，這下又要來做示範了，他其實就是頂安、全、帽，安全帽你們聽過嗎？那機車你們聽過了

吧？也沒？時代變得那麼快？總之就是一台（男開始比劃）長得這樣子的交通工具，人騎在上面，時速⋯⋯普通的最快一百多，太慢啦？好吧，跟你們現在用的交通工具比起來是有點嫌慢，但我得為機車說句話，普通人騎機車呢，除了方便外，或許還有一種浪漫⋯⋯機車騎士還有個名詞叫作「追風少年」，聽起來很帥吧。好了好了，不要聽我緬懷過往，人老了就愛說這些好丟臉。總之因為人坐在機車上叫作人包鐵，有危險性，所以就要做個罩子來保護最重要的頭，也就叫作安全帽。我們那個年代常常有示範影片是，一顆光滑鮮綠的西瓜，紅肉的，受到外力嘩地飛出去，落地鮮紅的果渣四濺，再用安全帽罩住一顆西瓜，飛出去掉落地面仍毫無反應僅僅是一顆好西瓜。雖然我知道交通部都是好意，倡導交通安全，也不可能找什麼模特兒來拍頭破血流的示範影片才用西瓜代替，但我真的沒有覺得西瓜會比較好，西瓜掉落的那刻，我都覺得好痛⋯⋯就算是罩著安全帽的西瓜，裡頭都變成西瓜汁了⋯⋯總之這是頂安全帽，我戴給你們看。（男頭頂戴上鴨子便器，不穩，找繩子綁緊）再找根繩子來固定一下就非常安全了，你們看。好了，這個就真的可以讓你們體驗下了，這東西原本就沒有生命也沒有危險，全部都是塑膠做的，還特別檢驗過不含雙酚 A 不會雞雞小沒爛鳥，大家盡量玩、盡量玩。

男脫下鴨子便器後，很疲憊地走向罐頭塔，一個個查看著罐頭的製造期限。

男　：這個十月⋯⋯這個三月⋯⋯這個隔年六月⋯⋯好，這罐過期

最久,先吃這罐好了。(男拿了鯖魚罐頭,打開,直接用手指挖著吃)啊……好腥的味道呀……真搞不懂為什麼會喜歡吃這個,還搞得舌頭紅紅的,不過怎麼說,這種腥到腦髓的味道讓人感覺活著啊。兄弟,你說是不是?你覺得我剛剛講得怎樣?還可以吧?第三千六百五十八號的版本,你打幾分?兄弟,別不理我啊,我就剩下你了。

男聲:你在叫哪一個?

男　:哪個理我就是哪一個。

男聲:你都不尊重我們是個獨立的個體我們要怎麼理你。

男　:不然現在回我話的是誰?

男聲:……

男　:隨便是哪一個,就大拇哥好了,老大代表說話。

男聲:大拇哥有四個,你在叫哪一個?

男　:(配合兩手兩腳的大拇哥搖擺動作)啊……好煩啊你們,一給你們建立獨立人格後就吵起來了。不玩了……有夠無聊,無聊連腹語術都可以自己練起來,好悲哀……

男聲:好威啊,怎麼練成的,說來聽聽。

男　:不是叫你們都住嘴了嗎!我給自己今天的表現打八十五分,還算不錯,若是沒有那個生物專家跟小屁孩來干擾的話應該就有九十分了,不過我得注意到的是,不論是從哪一個先講,最後一定都會有點後繼無力。不過反正我講什麼他們也都聽不懂不是嗎?身為唯一一個活著的人類,我就等於是權威,於是我要拚命喚醒腦海裡的深層記憶,把它們化作知識傳遞下去,這是我身為最後一個人類的使命。(突然站起向前跨一大步,大喊)你說是不是啊……(有回音啊啊啊……)你說是不是啊……(回音啊啊啊……)是啊(回音

現世寓言　147

啊啊啊⋯⋯）不要再啊了啊啊啊啊⋯⋯（回音啊啊啊⋯⋯）你看這個人真的很難溝通。我連想跟自己說話都無法，因為對話一定要有個先後順序跟經過思考，像總機小姐那種講話比你還快一步的就是沒有經過思考不算對話，只是發出人聲的機械。我曾經用紙杯跟棉線（是的，就是國小做簡單實驗的工具），做出一個簡易的通話筒架在兩端，但問題是我無法跑得比聲波快，等我從這一端發話完，再跑去另一端的時候，聲音早就消散了，我也跑到累到不想玩。我也試過把兩個話筒繞一大圈剛好罩在我耳朵旁邊，你好嗎？你好。你好嗎？你好。整個早上除了你好嗎你好，我真不知道能說什麼才好。這種對話好像只是某種直覺反射訓練，早，你好，天氣不錯，是啊，祝你今天愉快，你也是，上去嗎？是啊，你也是？是啊，八樓？是的，謝謝，謝謝，不客氣。他馬的我根本跟他就是坐在旁邊的同事，沒有八年也有十年，為什麼每天早上都還要在電梯重複這種愚蠢的對話（但我們在辦公室時卻沒說過一句話）。（鯖魚罐頭吃完了，男用手指刮罐身的醬汁，吃得一滴不剩）罐頭真的是偉大的發明，有人知道罐頭是 1810 年發明的嗎？那麼久以前的人就想得到用罐頭來保存食物真是天才⋯⋯但開罐器卻是 1858 才發明的，so surprise！這表示在那四十幾年間，人們要開罐頭的話，就得一刀刺進去，不然就是直接砸爛罐頭（那樣罐頭裡的醬汁不就都會噴出來了嗎？那可是罐頭的精髓啊）幸好這些飄來的罐頭都是易開罐⋯⋯不然我該怎麼辦？易開罐真是驚天動地的發明！（男讀著罐頭塔上貼著的條子）林公阿嬤你也吃不到了安息吧，就分給我吃，更何況你要是知道後來什麼樣的食品都不太能吃的話，也會氣到從棺材彈出來，這種東

西還是少吃為妙，我幫你消耗就好。（數著罐頭塔的罐頭數）還有多少日子呢……

　　長沉默。

男 ：不能靜下來，一靜下來就會……（頓）不會！我不會崩潰，不能崩潰，不能崩潰，一崩潰就輸了！他們就在這裡等著看你崩潰呢，不能崩潰不能崩潰……哇哈哈哈……剛開始我也希望這是場夢境，只是場夢就好了，但過了幾天，依然會餓、會勃起……全人類都已經毀滅的早上，還能看到晨勃的自己實在令人感動，連打槍也不用躲起來，原本還有點畏畏縮縮（我把它視為殘留的人類道德觀），後來放膽做了後，反而有股淡淡的悲哀。我已經是個動物了嗎？總之也沒有另一個人可以證明我是個人了不是嗎？我可以自己替自己作證嗎？這樣算不成立還是偽證？後來看到它很有精神都很想把它給砸爛，老子過得那麼辛苦，你神采奕奕個鳥！不是沒想過要離開，可是我不會游泳（那我當初是怎麼來到這座島上我都記不得了），也不會什麼摩斯密碼……為什麼電影裡受難的人都那麼剛好會摩斯密碼解碼解鎖跟鑽木取火？也不是沒想過死一死算了，長出繭的指腹磨著易開罐蓋子的鋒利邊緣，「要死真的好容易」，我被這個念頭給嚇到，反而更想堅強活下來。畢竟我是背負著全人類的希望在生存的不是嗎？至少要熬到恐龍或是外星人找到了我，讓他們看到我這個異生物，總會留個紀錄，那些山洞壁畫不就是這樣來的？現在我要靠著人類最引以為傲的記憶力跟想像力活下去……我小時候很嚮往導覽員工作，有次去參觀科學博物館，來作介紹的

好像就是附近某個大學的男學生，他很認真地講解太陽系，講到冥王星被除名了還有點哽咽，我說我想當太空人，去探望寂寞的冥王星。他很開心地跟我聊說他是天文社的，後來還互留地址通了幾次的信，十歲的我就是把他當作哥哥那樣的崇拜（因為我是獨子嘛），直到他有次寫信問我說：你們學校制服換季了沒？上括弧，你們學校男生制服是穿短褲的沒錯吧？下括弧。若是的話可不可以寄一張照片給我。我完全搞不懂那個括弧內的句子是什麼說明作用，總之我就沒有再回信給他，不然說不定我現在也是個太空員，在地球毀滅時，還能在外太空看見地球毀滅的狀況⋯⋯還是⋯⋯會很後悔沒辦法跟大家一起死？但我現在也一個人⋯⋯

男講到很累了爬在地上逐漸睡去，傳來明顯的浪潮聲。男突然驚醒。

男　：不行，不行，看過《全面啟動》的都知道，這種聲音是失常的前兆⋯⋯白噪音！我的白噪音，白噪音才能讓人心靈平靜，可是經過科學證實。

男挖出一台礦石收音機，調整發出白噪音。

男　：這就是白噪音。沒，沒電池，這台礦石收音機不用電的。礦石收音機，你們 google 一下就知道，你們都能 google 只有我不能，但拜託等結束後再 google 不然這樣螢幕很亮會影響到別人，謝謝。（男繼續躺下）我收集好久的材料才拼成這台收音機，我不否認當初有妄想曾經可以收到什麼訊息，

可是一直以來開啟就只有白噪音,我也不會太失望(因為有希望才會失望),至少白噪音會讓人覺得是文明的產物,或是文明的起源,或是文明的終結,文明的混雜……總之白噪音讓我感覺平靜……

  男又漸漸睡去。收音機傳出聲音。

廣播:你悔改了嗎[4]?

  男動了下沒反應繼續睡,廣播又說了兩、三次男才彈跳起來。

男　:你說什麼?
廣播:你悔改了嗎?
男　:你誰?
廣播:你悔改了嗎?
男　:天哪!終於有聲音了,終於有聲音傳來了!(歡欣鼓舞)
廣播:你悔改了嗎?
男　:你先告訴我你在哪裡?你那裡有其他人嗎?
廣播:你悔改了嗎?
男　:不對,這也不是對講機我沒辦法跟他對話。還是等一下看看他會不會再說什麼資訊。
廣播:你悔改了嗎?
男　:你跳針了嗎?
廣播:你悔改了嗎?

---

[4]　廣播只會發出同一句「你悔改了嗎?」但情緒語調等都可調配。

現世寓言　151

男　：我悔改了嗎？

廣播：你悔改了嗎？

男　：我⋯⋯我沒我沒我沒！我什麼事都沒做，好，我承認我有時會在公廁裡拉了屎後因水流太小就把屎團留在那，但我真的不是故意的，我趕時間，而且也有很多人會把尿渣留在旁邊我也還好吧？

廣播：你悔改了嗎？

男　：不就是有人腎虛嗎哈哈哈。

廣播：你悔改了嗎？

男　：我知道你要問什麼了，我說就是。先說，當時只是我一時好奇心作祟，就，剛剛有說到的那個，每天跟我早安的那位同事，我之前在某一天下班後例行的：要下班啦，對啊，今天辛苦了，你也是，回去好好休息啊，會的多謝，明天見，明天見。突然就很想知道他的私生活，想關心一下同事的私下狀況，對嘛，非常合理，他可是坐在我旁邊的人，我們桌靠桌地相處一天至少八小時，而我，卻完完全全不認識他私底下是個怎樣的人，這樣不是很恐怖的事嗎？於是我當下就作了個決定，要跟蹤他。一路上為了不讓他發現，我都隔了三十步以上的距離，還好都市人很多，潛藏的蓄意也比較難被發現，後來我跟著他進了一間 bar，想說：無聊，男人下班來 bar 喝個酒放鬆一下，簡直再正常不過的事。他一進店裡就好多人跟他搭肩打招呼，看起來是很熟識的店家，只是燈光真的過度昏暗，要不是放的是輕柔的爵士樂，客人也都只是規矩地聊天，我還以為是什麼詭異的店。本來我是想在一旁點個啤酒等他從廁所出來後，就順勢假裝碰巧遇見然後進一步聊天，我還會好同事（再過一會兒就變好哥兒們了）

地請他喝一杯,當作我們第一天「認識」的紀念,可他進去廁所後就沒見他出來。Bartender送上啤酒時問我知不知道這裡的規矩,我挑眉,喝杯啤酒有什麼規矩嗎?後來我多喝了幾杯,想說遇不到同事也就算了,正想要打道回府時,看見吧台坐著一個身材高䠷、烏黑長髮的女性,還穿著露背的紅洋裝搭上黑色細跟高跟鞋,我的菜。我上前去表示要請他喝一杯,他也不客氣地笑著答應,看到他接過酒杯的手,我的胃馬上被毆打一拳,我不可能認錯,因為我同事的右手虎口外側的地方,有顆長毛的痣,每天我搭電梯時看著他按電梯,就是那顆長毛的痣,我辦公時坐在他旁邊,最常意識到的也是他右手長毛的痣。長毛的痣就是一顆非常明顯的長毛的痣⋯⋯如果要扮裝成女性的話,為什麼不把那顆該死的長毛的痣給遮起來,我就不信有男人會覺得長毛的痣很性感!看來他也是有點醉了,我只是把頭髮撥亂了點,衣領鬆開,他就完全認不出我來,或許我也到此時此刻才看清楚他的長相。Bartender三不五時朝我們這裡看,看我面生⋯⋯我也就只跟同事言不及義地打屁,酒喝多了同事走路開始不穩表示要去上廁所,我也護送他進去廁所,在旁邊好整以暇地看著他把那根掏出來撒尿。「怎樣?沒見過啊?」他酒醉了傻笑。我搖搖頭說確實沒見過,在他準備把女用內褲拉起的那一刻,用力將他拖到廁所隔間。先說,我可沒做什麼真正很壞的事,我對男人一點興趣也沒有,只是覺得太好玩了。我把他推到馬桶座上,用那條女用內褲,嘖嘖,還是黑色蕾絲的,把他的雙手捆起來,脫下我自己的襪子,一隻塞他的嘴,另一隻套住他那根,拿出我的哀鳳拍張紀念照。我很有良心,既沒露點,也沒把他臉扳成正面。最後跟他說句:明早見。

現世寓言　153

離開。他到「明早見」才認出我是誰，可惜太晚。隔天我特別起了一大早，在公司外遊蕩，卻一直沒看到那位同事，最後在快遲到時都沒看到他，想說他該不會裝病了吧真沒用，到座位才發現他早就到了，還在察覺到我來了的時候背脊繃得緊緊。我跟他道了聲早，以閒話家常的態度說，今早沒在電梯碰到真可惜。他也唯唯諾諾地應了聲是啊。其實我完全沒有就那張照片對他進行過任何的威脅或是公開，那張照片對我而言跟網路上轉來轉去的色情照片沒有兩樣。只是在那之後，他的精神好像越來越衰弱，有天開晨會時就直接昏倒了，後來傳來的消息是，都市的生活步調太快，他有點不習慣，壓力太大胃出血，現在回鄉下休養。……我才覺得奇怪，他那種人，能夠在鄉下生存嗎？到底是在都市可以解放但得戰戰兢兢不被人發現的壓力比較大，還是待在鄉下一直抑止變裝慾望比較痛苦？我不知道，總之我再也沒看過他了。

廣播：你悔改了嗎？

男　：這真的是我一生中做過最壞的事了，你還想我怎樣……而且說到底我也沒多壞吧，我既沒有對他作出什麼威脅，也沒有傳播那張照片出去。這種行為就像是……小男孩都會做的小小惡作劇吧？他就是神經太纖細。

廣播：你悔改了嗎？

男　：好，我悔改，我悔改，我當然是有意悔改不然怎麼會講出來。

　　　收音機不再發出聲音，只有原有的白噪音，男期待地盯著收音機。

男　：不會吧……再說說話啊？難道是訊號不好嗎？

男抬起收音機朝上，左走右走搜尋訊號，但仍只有原本的白噪音。

男　：拜託你說說話吧……拜託……

男搜尋訊號未果後，開始輕輕拍打收音機，收音機出現白噪音以外的雜音。

男　：小時候看阿嬤拍打電視果然是有用的耶，來，再來……

男繼續拍打收音機，收音機開始發出你、你、你斷斷續續的聲音。

男　：（興奮地跟著複誦）你、你、你……
廣播：……你悔改了嗎？
男　：你真的得問到底就對了。
廣播：你悔改了嗎？
男　：對了，女人！女人……她們撒嬌的樣子，她們的小脾氣，她們柔軟的身體，香甜的長髮，頸間的汗毛，我多想念女人，躺在她們兩腿間……跟鯖魚罐頭一樣讓我感覺活著，喔……可惜再也見不到女人了……我有過兩任妻子，都離婚了……叫作……叫作小薇跟淑娟，不對，我連忘記她們名字這件事都忘記，好，我只記得一個 B 奶一個 D 奶（對，我就是靠奶在認人）。B 為我流過三次孩子，真的很對不起，那個年紀就是不想戴套，反正我們彼此都不會去外面亂搞（就是想規避掉戴保險套的責任）。第一次懷孕是在大二時，過了三

個月才發現不太對,偷偷摸摸湊打工的錢帶她去看婦產科,醫生很有經驗地問要拿掉吧。當時我滿懷愧疚,她休養時也非常盡力地照顧她,之後也比較記得要戴套。第二次是在快要畢業時,不到兩個月就發現了,用時間去推我非常確定有戴,可是避孕本來就不是百分百,反正我們總歸是要結婚(結婚也是她提的),但畢業後男生還要先當兵,還得找工作穩定後才能結婚,商量後她也決定去拿掉,這次自己一個人去(我當時已入伍)。退伍後工作三年存了些錢,應該可以結婚了,跟B求婚時完全沒有我意想中的欣喜,反而有種「這一天終於來了」的疲憊感。但至少我沒背叛過她,婚後也過得如常穩定(我想全天下在一起久了的情侶跟夫妻都是這個樣子吧),一天下班後我回家看不到她,沿著地上黏答答暗咖啡色的腥臭液體在主臥的浴室找到了她。她坐在馬桶上哭著,我問她怎麼了?是公司的不如意嗎?她搖搖頭說不是,我想說應該是女性生理期來的情緒不穩,結果她就說:孩子流掉了⋯⋯我順著她的視線往下看,臍帶⋯⋯那是臍帶吧還掛在那,還有血塊剝落,馬桶裡浸在血水裡的,是我無緣的孩子⋯⋯或者說是胚胎。雖然很對不起B跟小孩,我還是馬上就吐得滿地都是,後來還是臉色慘白的B自己叫了救護車來救她跟我。之後她看我的眼神都淡淡的,好像透過我在看她那三個無緣的孩子似的,我們之間的感情也早就跟那三個孩子一起流掉了吧。遇到D是再過兩年的事,D怎麼了?我連跟D怎麼認識又怎麼分開的都忘記了⋯⋯或許就是這樣吧。

廣播:你悔改了嗎?

男　:我只能說,如果有機會再讓我遇到一個人,我絕對會好好愛

他照顧他的⋯⋯我對不起孩子⋯⋯孩子我對不起你⋯⋯

廣播：你悔改了嗎？

男　：我都說光了你還想怎樣？我想你也不是什麼好人吧，一定也小奸小利貪圖名利偶爾撒點小謊，雖然基本上還算個循規蹈矩安分守己的公民，沒有犯過紅燈右轉以上的法律。但你會不會隨地亂丟垃圾；心情不爽就踢路邊的野狗出氣；看到盲人在十字路口轉圈視若無睹；在看見排得長長的隊伍時，直接跟第一個人講說：不好意思剛剛我先排的喔，不管他們是在排什麼東西；便利商店或加油站多找錢會默默收下，即使知道他們下班後得點收金額自己得掏腰包去補帳；你有沒有曾經在高級餐廳吃到最後一道時，把服務員叫來說他們湯裡有一隻螞蟻，馬上得到店長的鞠躬跟免費招待；你參加過許多的抗議活動因為朋友揪想也不想就跟著去，你搞得清楚他們在吵什麼嗎？總之有得吃也有得喝，但當跟你持相反意見的團體出現時，就會大喊他們是異端把他們趕出去，只要有人跟你不一致，他們就是垃圾，雖然人人都是值得尊重的獨立個體，但在你心底他們就只是個渣。你也會自備環保杯跟塑膠袋去購物，絕不在未經旁人同意的半徑十五公尺以內吸菸、按時繳稅繳健保費繳房貸車貸，每天準時上班，工作超時不怨言，定期捐錢給非洲兒童⋯⋯總歸以上，你不是個好人但也不是個壞人，你就只是個普普通通的普通人⋯⋯就只是個跟我一樣的普通人⋯⋯那為什麼我現在一個人⋯⋯為什麼⋯⋯來個人，什麼人都好⋯⋯我一定會好好的，用人類的大愛⋯⋯關懷⋯⋯去愛你⋯⋯

廣播：你悔改了嗎？

男　：這樣還不算澈底悔過嗎？（抓住收音機搖晃）你是誰？有種

現世寓言　157

　　　　出來呀？出來直接跟我說話啊！打我罵我也好，不爽就直接叫我悔改啊！
廣播：你悔改了嗎？
男　：就是個機器無限循環放音而已，我幹嘛還跟你說那麼多話？

　　　　男開始瘋狂大笑，拆解收音機。

男　：這下連唯一的聲音都沒了。

　　　　沉默。

男　：那裡好像有什麼發亮的東西？（男朝觀眾席走去，在觀眾席的地上椅下查找）啊……只是個易開罐的蓋子……好吧，我把垃圾收起來，免得有人被割傷了……免得我自己被割傷，這裡可沒有破傷風可以打。那裡又有個亮亮的東西，該不會又是罐頭蓋吧？還是礦石？我又可以收集起來做收音機聽我平靜的白噪音。（男撿到一隻手機）手機！沒想到竟然還可以看到手機！有了手機我就可以打119求救了（男試著開機）……就算有電也沒119了……（男跪縮成一團）我就剩下一個人了……拜託……拜託哪裡來個人……誰都好……不要讓我一個人……

　　　　男從碎語到啜泣到大哭。期間觀眾一定會有尷尬或是笑聲之類出現，但男必須以一種為了全人類而悲哀的哭法使盡全力哭著。其他演員走出，排成一列意興闌珊地拍手，男繼續哭，不謝幕結束。

＊此劇本為2014臺灣文學獎創作類劇本金典獎得獎作品。

▍《現世寓言》首演資料*

時間：2016 年 4 月 1 日至 4 月 3 日
地點：台北水源劇場

製作團隊：創作社劇團
編劇：魏于嘉
導演：李銘宸
演員：安原良、何瑞康、陳以恩、陳俊澔、李慕恩、
　　　胡書綿、蕭東意、賴澔哲、曾智偉、潘韋勳、
　　　張長順

監製：李慧娜
製作人：藍浩之
服裝設計：李育昇
舞台設計：陳嘉微
燈光設計：陳冠霖
攝影：陳藝堂
平面設計：劉悅德

---

* 首演時，劇名從《現世寓言》更改為《＃》。

宣傳片導演：陳冠宇
行政經理：張令嫻
執行製作：吳佳紜
專案宣傳統籌：尚安璿
舞台監督：余品潔
舞台技術指導：蘇俊學
燈光技術指導：王瓈萱
音響技術指導：張秩暉
舞台技術執行：洪誌隆、林佳蓉、徐鈺荃、許安祁
燈光技術執行：陳定男、徐子涵、林晉毅
音響技術執行：陳宇謙
導演助理／音樂音效執行：李思萱
導演助理／小道具執行：張家豫
服裝設計助理：謝東霖、吳定盛
梳化：Teddy Cheng
服裝管理：吳定盛
布景製作：優旺特藝術有限公司
舞台輸出：風揚國際有限公司

媽媽歌星

▍人物

小花：女兒
蝶子：母親
翔：調酒師
Mary：泰國人
George：黑人
酒客、姐妹、機長、小女孩、路人

▍語言

對話必須以多國混雜的語言呈現。不打字幕。

第一場

　　　　空台。燈光時昏黃時明亮，排風扇的影子緩慢轉動、光透進百葉窗的影子、時鐘的影子、時針的聲音、壓縮機低頻的聲音。兩張椅子並排。
　　　　蝶子牽著小花上場。男聲情緒持平的聲音。

蝶　子：等一下進去不可以叫我媽媽喔。
小　花：是的，蝶子小姐。
蝶　子：……不行，我們長得太像，一看就知道有血緣關係……叫蝶子姐吧。
小　花：蝶子姐。
蝶　子：還有，有人問你話我沒說可以回答，你就不要回答。
小　花：好。
男　聲：許小姐嗎？請坐。

　　　　蝶子與小花坐下。兩人拘謹不安地微笑。

男　聲：你剛剛在外面也有看到，應徵這個工作的人很多，憑什麼我們要僱用你？
蝶　子：我會唱歌跳舞⋯⋯還很能喝。
男　聲：嗯，很能喝。會唱歌跳舞的多的是，有什麼特別？
蝶　子：我──

媽媽歌星　165

小　　花：相信主考官都看到了，我會說日文、英文、中文、台語四種語言，雖然不是非常多，但我相信——
男　　聲：喔，你會說台語。
蝶　　子：我可以證明我想要這份工作的決心，我需要這份收入養活自己⋯⋯跟我妹妹。
男　　聲：你要怎麼表現你的決心？
蝶　　子：不然我先表演一段給你看？
男　　聲：嗯。

　　　　　蝶子清唱〈長崎蝴蝶姑娘〉[1]日文版，小花在旁伴舞。

男　　聲：這位是——
蝶　　子：我妹妹。
小　　花：我媽媽（與上句重疊），那位是我媽媽，不好意思讓主考官見笑，長那麼大面試母親還硬是要陪⋯⋯從小我們講的都是台語。
男　　聲：台語能講得流利的年輕人已經很少了⋯⋯後來你隨著母親到日本定居是嗎？
蝶　　子：日語⋯⋯日語我會努力學的，請老闆給我這個機會，我會好好表現。
男　　聲：表現？我沒看到你的「表現」。
蝶　　子：小花，你拿椅子到角落去坐。
小　　花：蝶子姐要幹嘛？
蝶　　子：乖，聽我的話，一下下就好了。

---

[1] 詞、曲：米山正夫。日本演歌，歌詞講述長崎的花街女子等待愛人回來的故事。

小　　花：一下下是多久？你每次要我等你一下下都過很久。
蝶　　子：牆上有時鐘看到嗎？記不記得我教過你怎麼看時間？
小　　花：記得。
蝶　　子：那你就看長針走到六的時候，我就好了。
小　　花：真的？
蝶　　子：真的。

　　　　　小花拿起椅子搬到角落坐，蝶子開始脫衣服，小花站起，拉長身子挪動時針，蝶子脫到只剩內衣褲。

男　　聲：可以了。

　　　　　蝶子穿回衣服，小花搬回椅子與蝶子同坐。

男　　聲：你外在條件蠻好的。
小　　花：都是家母基因優良，我雖然身高沒有很高，但手長腳長筋骨很軟Q。
男　　聲：空服員需要幫乘客放行李，所以要當空服員的首要條件就是看他可不可以搆得到置物箱，而你合格了。剛你說你筋骨很軟Q……我們是服務業，除了能提得起行李外，還要看能不能對客戶彎得下腰，許小姐，能請你下腰一下嗎？
小　　花：現在？
男　　聲：如果可以的話。

　　　　　小花面對著觀眾席輕易地前下腰。

媽媽歌星　167

男　聲：許小姐，我的意思是，你能不能轉過身下腰？
小　花：你是指這樣？

> 小花轉過身背對觀眾下腰，蝶子也起身與小花做同樣的動作。蝶子跟小花維持著屁股朝觀眾的動作。

男　聲：很好，可以了。跟我說，為了拿到這個工作，你可以做到什麼程度？
蝶　子：我什麼都願意做。
小　花：（與上句重疊）不要違背某些原則的話，我都願意做的。
男　聲：（輕笑）下星期來報到。
蝶　子：謝謝、謝謝老闆。
小　花：這麼快……我還以為……

> 蝶子與小花站起來。

男　聲：對了許小姐，腰再瘦一寸的話，穿衣服會更好看。
蝶＆花：好的。

> 蝶子牽起小花的手欲離去。

小　花：蝶子姐……
蝶　子：現在已經不用叫我蝶子姐了。
小　花：蝶子小姐……
蝶　子：叫媽媽。蝶子姐跟蝶子小姐都是有外人的時候才叫的，我不想你最後搞混，我是你媽媽，蝶子是小花的媽媽，很好

　　　　　記很搭吧。
小　　花：嗯，媽媽。
蝶　　子：太好了找到工作，回去慶祝一下，小花想吃什麼？
小　　花：嗯……
蝶　　子：不好意思，媽媽忘記我們沒什麼錢，這樣好了，吃半熟的荷包蛋好嗎？小花最喜歡吃半熟的荷包蛋了對不對？
小　　花：好。
蝶　　子：好乖。

　　　　小花突然甩開蝶子的手。

蝶　　子：怎麼啦？
小　　花：我不喜歡你叫我乖，我不喜歡你叫我乖的時候我就得聽你的乖，我不要乖！
蝶　　子：對不起喔，但是小花你要知道，現在只有你跟媽媽一起了，跟媽媽在一起就是要忍耐——
小　　花：我討厭忍耐，我討厭陌生人，我討厭你，你是壞媽媽，壞媽媽！

　　　　蝶子無奈地看著小花生氣及哭，等待小花情緒緩和下來。

蝶　　子：來，看看現在誰比較壞？你要壞我就讓你壞好不好？……來，擤鼻涕。看你哭得滿臉鼻涕，髒鬼。媽媽今天穿得漂不漂亮？
小　　花：……嗯，漂亮。
蝶　　子：等媽媽做歌星賺了錢後，就幫小花買漂亮的衣服……和服

怎麼樣？跟媽媽一樣花色做成同一套的，跟媽媽一起上街去羨慕死人，好不好？他們日本都會幫小孩過七五三節[2]，把小朋友打扮漂漂亮亮的。

蝶子牽著小花的手慢步下場，小花放開蝶子的手轉回身。

小　花：歌星不過是某方面的服務員，空服員也只是在空中的服務員，我們都是服務業，滿足客戶的各種「需求」。當初主考官面試完，直接跟我說會錄取我的原因就是因為我會說台語。媽，你不覺得很好笑嗎？我小時候因為只會說台語被欺負，有一陣子再也不在外人面前講台語，長大卻因為流利的台語才被錄取。媽，你不覺得，如果沒有我的話，或許你能成為真正的歌星，我是說，不用脫衣服陪酒的那種，你說呢，媽？

---

[2] 日本的傳統節日。以前環境艱困，小孩存活率不高，故小孩長到七、五、三歲時會盛裝帶去寺廟祈福。

第二場

投影播放〈歌舞伎町的女王〉[1]的音樂錄影帶。黑暗中傳來咳嗽、歌舞、打拍子、嘻笑的聲音，投影漸收。燈亮，一間榻榻米小房間。Mary 虛弱地躺在床上，小花穿著過大的和服拿著扇子跳舞唱著〈歌舞伎町的女王〉，Mary 邊笑邊咳。拉門聲，蝶子進，小花馬上停止歌舞、丟掉扇子，去拍 Mary 的背。

小 花：Mary 要乖喔……痛痛快飛走，身體很快就會好起來……要乖喔……

小花一副照顧病人很忙的樣子。蝶子將手中托盤上的碗放好後用托盤敲了小花一下。

蝶 子：別裝了，我剛都聽到你唱那什麼歌，難聽死了。
Mary：蝶子姐，是我要小花唱歌跳舞的，她很可愛，我很開心……
蝶 子：她當然可愛，我的孩子不可愛怎行？

小花捧起碗，把碗裡的食物吹涼。

---

[1] 詞、曲：椎名林檎。

媽媽歌星

小　花：Mary 來吃粥，媽媽煮的東西其他都不怎麼樣，只有粥還算可以唷！
Mary：（劇烈咳嗽）好……你放著，我等下再吃。

　　　　小花跟蝶子講悄悄話。

蝶　子：Mary 你這樣不行，我把你接回來就是想好好照顧你，你都兩天沒吃東西了這樣怎麼行？
Mary：原來小花是我的小監工啊？怎麼辦？這麼可愛的監工不聽話的話會怎麼處罰？
小　花：我咬你！

　　　　小花抓起 Mary 的手掌輕咬，Mary 笑說好痛好痛。

蝶　子：好了，你跟 Mary 玩太久了，讓 Mary 休息一下。
Mary：蝶子姐，沒關係的，我不累……小花好可愛……

　　　　Mary 說著說著眼睛漸漸閉上。蝶子與小花退出房間。

蝶　子：小花，聽著，Mary 可能活不久了。
小　花：為什麼會這樣……
蝶　子：不許哭，要忍耐。
小　花：為什麼他們要這樣欺負 Mary？

　　　　外面突然傳來廣播的聲音。「各位好，歌舞伎町已列為治安警戒區，提醒你，為了自身跟家人著想，請勿食用毒品

或興奮劑⋯⋯」（日、中、英，多國語言循環。）

蝶　子：還記得我們跟 Mary 認識的時候嗎？

　　　蝶子與小花回到房間。Mary 不在，房間非常凌亂，有保險套、針筒、鋁箔紙等看起來很骯髒的垃圾，蝶子巡視了下房間，將那些垃圾掃進垃圾桶。

蝶　子：小花，你先在這裡看電視。絕對不要去碰垃圾桶裡的東西知不知道。
小　花：好。

　　　蝶子開啟電視，轉到卡通頻道。

蝶　子：我先去換衣服，Mary 會先過來陪你。

　　　蝶子出房間，小花看電視。Mary 著房務人員制服，提著吸塵器進。

蝶　子：我看那間夠髒的，等等你清的時候自己小心點。
Mary：那你還把小花留在那裡。
蝶　子：放心，我們都知道空氣跟間接接觸不會傳染性病跟毒癮。
Mary：蝶子，我看你還是別再——
蝶　子：好，夠了。
Mary：我這樣沒有孩子的還可以去賺，你還得照顧小花，如果對小花有不好的影響怎麼辦？

蝶　子：我有什麼辦法，這裡消費那麼高，孩子長大生活教育花費只會更多，放心，我知道啦，不會讓小花跟那些人有接觸的。
Mary：可是──
蝶子 ：好了，沒有可是。Mary, room service, please.

　　　Mary 進房。

小　花：Mary，你跟媽媽吵架了嗎？
Mary：沒事，肚子餓嗎？
小　花：嗯，媽媽剛剛來幼稚園就把我帶走了，還沒吃午餐呢。
Mary：你媽在生幼稚園老師的氣。

　　　Mary 翻找冰箱，查看裡面的食物有沒有未拆封的。

小　花：為什麼要生老師的氣？老師都有教我說日文，還說我很聰明，要加油唷。

　　　Mary 檢查未拆封的食物，覺得可以就拿給小花吃，小花接過食物吃了起來，Mary 照顧小花進食。

小　花：待會我幫你，媽咪清理的房間床單都是我鋪的唷，厲害吧。
Mary：好棒⋯⋯過不久，你的日語就會很溜了，你就會連台語都不願意講了。
小　花：媽媽說 Mary 是泰國人，為什麼會說台語？
Mary：我來日本前有在台灣工作過幾年。

小 花：台灣是不是很不好的地方？媽媽跟 Mary 才都要走呢？媽媽說 Mary 在台灣也被欺負過，所以才要來日本的是嗎？可是我也不覺得日本有什麼好⋯⋯Mary 跟媽媽跟小花，來日本也還是被欺負。

Mary 笑了笑，拿起吸塵器開始吸地，從領子露出一條大象圖案的項鍊。

小 花：大象！
Mary：這不是大象，是象鼻財神[2]。
小 花：象鼻鼻神！我要看！

Mary 停下清掃工作，取出項鍊給小花看。

小 花：祂看起來好像有點凶。
Mary：因為祂會幫忙清除障礙、帶來幸運，對障礙要凶一點。
小 花：可以給我嗎？
Mary：抱歉小花，這是我很重要的東西。
小 花：你媽媽給你的嗎？
Mary：嗯。
小 花：那我就不跟你拿了，可是偶爾要給我看喔。
Mary：好，你看的時候，也可以許願，但是許了願望後，如果有實現的話，記得一定要還願。
小 花：什麼是還願？

---

[2] 印度教神祇。象頭人身。又稱象頭神，藏傳佛教亦有信仰。象頭神被視為掌管純真智慧的神祇，也是財神。

Mary：嗯⋯⋯怎麼說呢,就像是跟神明做交易吧。如果祂幫你實現願望的時候,你就要做什麼事回饋、貢獻給祂。

小 花：就像我媽說我如果到國小畢業都一直考班上第一名的話,就要帶我去迪士尼樂園玩一樣嗎?

Mary：嗯⋯⋯大概是吧,不過這個願望有點難呢。

小 花：那我跟象鼻鼻神許願讓我媽媽早一點帶我去遊樂園玩吧。

Mary：好,那你要還什麼願?

小 花：還什麼願⋯⋯如果我媽媽會帶我去的話,我就帶著 Mary 一起去。

Mary：（笑了起來）可是我不是神呀⋯⋯好像有點累了,我睡一下。

Mary 鑽進被窩裡,跟前面睡著時一模一樣。

小 花：Mary,雖然你不是神,但在我心中,你是接近神的存在,長大後我才知道 Mary 是聖母的名字,可是你是泰國人,也不信基督天主,為什麼會叫 Mary 呢?其實來到異國,不管你原本是叫什麼名字都得捨棄,讓這裡的人能夠方便地叫你 Mary、蝶子、小花⋯⋯才能以外來者的身分成為這裡的一分子。來到日本後,媽媽都只叫我小花小花,好像叫久了小花就能在日本落地生根一樣,學了漢字,媽媽才寫給我我的中文名字——許薔。媽媽說薔薇是一種花,很漂亮但有刺,因為它必須保護自己,但來到日本我反而變成很嬌弱很普通的小花了。

蝶子上。

蝶　子：想要陪著 Mary 嗎？

　　　　Mary 聽見她的名字微睜開眼睛，虛弱地對蝶子與小花微笑。

蝶　子：Mary 你就安心睡吧，你那些錢我會幫你匯給你父母，我會跟他們說，你跟一個平凡的日本上班族結了婚，日本家庭開銷很大，往後沒辦法再寄錢給他們，照顧家庭很忙碌，也沒辦法像以前那樣保持聯絡，他們能理解的吧……你那無緣的孩子，有機會我就會去寺廟供奉他的。

　　　　Mary 點點頭，摸摸小花的頭，Mary 示意想睡。蝶子與小花靜靜看著 Mary 死掉。
　　　　傳來廣播的聲音。「各位好，歌舞伎町已列為治安警戒區，提醒你，請勿藏匿非法外籍勞工，若經查詢，將嚴重易科罰金並遣返回國……」（日、中、英，多國語言循環。）

蝶　子：好了，現在該怎麼辦？Mary 可不能一直擺在這裡，會發臭。
小　花：……學校後面有塊空地。
蝶　子：你埋兔子的那個地方嗎？
小　花：嗯。
蝶　子：好，你打電話叫翔過來吧，我們母女可搬不動 Mary，還要挖洞呢，這時候才會覺得有男人比較好。

第三場

　　　　空台。蝶子架著 Mary 的屍體,小花護住 Mary 另側。翔上,
　　　　留著短鬍渣的年輕男子,看起來比實際年齡滄桑。

翔　：唷喝。
小花：翔!你好慢!
翔　：兩位大小姐呼喚我隨傳隨到了還被嫌慢。
小花：就只是個翔!還敢頂嘴!
翔　：蝶子姐,你家這隻小的沒幾歲就把你的樣子學了十成十,以
　　　後長大怎麼辦?
蝶子：那就靠你囉。
翔　：啊……我多懷念小花剛開始看見我時,還以為我是要跟她搶
　　　媽媽的,緊抱著蝶子的大腿不放,兩頰氣鼓鼓的,一靠近就
　　　咬人,好可愛呀……
小花:(踢翔的小腿骨)不要說我的壞話。
蝶子:小花!太過分囉!

　　　　小花不安地看著翔疼痛的臉。

翔　：沒關係,呼呼就不痛了。

　　　　小花一句話也不說逕自蹲下往翔的小腿骨吹氣。

翔　：有人喝醉了要幫忙扛嗎？
蝶子：死了。
翔　：……之前被你收留的泰國女孩？
蝶子：嗯。
翔　：那種狀態真的活不久……
蝶子：別看了，還不快點幫忙，老娘快累死了。
翔　：是是是。（對屍體說）初次見面，失禮了。

　　　翔接過 Mary 的屍體，蝶子幫忙翔用背的。小花一手牽著蝶子一手抓著翔的衣角。

翔　：然後呢？
蝶子：什麼然後？
翔　：我現在背著一具屍體，總有資格問「然後我們要幹嘛」吧？
蝶子：當然是抬去埋啊，這還用問！
翔　：就我們幾個？
蝶子：就我們幾個，不然你還想敲鑼打鼓地昭告天下說「唷喝唷喝，這裡有三個非法移民外加一個剛剛死掉的還新鮮著，歡迎大家來參觀」嗎？趁現在夜深人靜快點處理掉，不然天亮了我們都──
翔　：啊啊啊，見光死。
蝶子：恭喜你現在在多加一條棄屍的共犯。
翔　：能成為兩位大小姐的共犯是小的至高榮幸。

　　　三人安靜走著。

翔　：你覺得我們現在看起來像什麼？
蝶子：這什麼問題？
翔　：會不會像是一家人晚上出來散步？
蝶子：我們怎麼看也不像一家人，頂多是：歌舞伎町的紅牌跟醉倒的姐妹，帶著小狼狗，加上未成年準備一起去玩 4P。
翔　：這個⋯⋯
蝶子：事實上是一個很疲憊的母親跟她的搬運工，準備去埋葬一個被餵毒過度虛弱而亡的東南亞非法勞工，還帶著一個未成年的拖油瓶，不快點在天亮前解決的話，我們都會死得很難看。
翔　：知道⋯⋯

　　　　小花一路無語。

翔　：小花知道死亡是什麼嗎？
蝶子：前幾個月她養的兔子死了，也是埋葬在我們要去的地方，等下你可以跟牠打聲招呼。
翔　：不一樣吧。
蝶子：都一樣。小花那時還拚命想要把那隻兔子給搖醒，我說不要再搖了牠再也不會醒了，牠的靈魂已經去了天堂。
翔　：你相信天堂那套？
蝶子：只是方便跟孩子解釋而已，不然講地獄也行。
翔　：地獄我去就好，你還是跟小花講天堂吧。
蝶子：我跟小花說，靈魂抽掉的兔子就只是一塊肉，要不我們把牠吃了，要不我們就把牠給埋了，我還趁機跟小花講了各國特殊的葬禮。腐爛的肉會臭掉很噁心，她聽了小臉就皺成一

團，八成是想到有次我沒注意從冰箱拿出壞掉的雞肉炒菜，她吃完嘔吐腹瀉了三天三夜的事。

小花拉拉翔的衣角。

翔　：怎麼啦？

小花指地上。

翔　：我們到啦？

小花點頭。翔放下 Mary 的屍體，小花觸摸地面像是確認什麼。

小花：這裡比較好，跟兔子在一起比較溫暖。
蝶子：死人不會在意冷不冷的問題。
小花：我會在意。

翔開始用鏟子鏟地，小花把 Mary 的屍體擺正，還在周圍找了野花在屍體旁裝飾，小花安靜但堅定地做這些事，即使蝶子一直在旁唸說：不用弄了，等下會直接丟下去。

翔　：好，應該差不多了。

三人往地洞裡看。

小花：這麼黑看不見。

蝶子：有關係嗎？反正丟下去土埋一埋就好。已經很晚了，你明天還要上學。
小花：我想下去看一下。
翔　：為什麼？
小花：這樣我才能知道 Mary 能不能躺平。她一定要能躺平，坐著或蹲著久了都會很難受的。
翔　：但……
蝶子：讓她下去。翔，你鏟子等下靠在洞邊，拉她上來。
翔　：這樣好嗎？
蝶子：小花一定要確定那個洞可不可以讓 Mary 平躺她才要走，我們三人其中一個一定要做這件事。我下去的話，你剛剛挖洞挖得也累了應該拉我不起來，你下去的話，我也不可能拉得動你，最好的選擇就是小花自己下去。（對小花）下面很黑要小心，有什麼東西就大聲叫，我們會快點拉你上來。
小花：好。

　　　小花爬進洞裡。

蝶子：小花還好嗎？
小花：嗯。
翔　：大小合你意嗎？
小花：等一下，我躺看看。
翔　：……如何？
小花：還可以。
蝶子：那可以上來了嗎？
小花：等一下。

蝶子：你又要幹嘛？
小花：我想感受一下死掉的感覺。
翔　：小花，不是說躺在那裡就是死掉了——
蝶子：感覺如何？
小花：有點冷……還很黑……脖子癢癢的……看不見媽咪……
蝶子：那就是死掉的感覺。可以上來了嗎？

> 小花狠狠地爬出洞，翔把 Mary 的屍體拋進洞裡。小花與蝶子幫忙把洞給填平。他們把洞填平，小花拉住翔與蝶子的手。

小花：我們來唱首歌吧！媽咪常說，開心的時候要唱歌，不開心的時候更要唱歌。
翔　：為什麼？
小花：因為唱著唱著就會忘記原本為什麼不開心了。我想唱首歌跟 Mary 說再見，她一定會想要聽我唱首歌的。
翔　：好吧，那你要唱什麼歌，先說我只會唱〈港町十三番地〉[1]。
小花：唱〈瑪麗有隻小綿羊〉。
蝶子：你唱吧，我跟翔跟著，小聲點，現在很晚了。

> 小花領頭唱起〈瑪麗有隻小綿羊〉。三人手牽手繞著圈合唱著。

---

[1] 日本演歌，歌詞描述在港口工作的水手生活與辛勞。

第四場

　　房間。小花躺在地上。時針在走的聲音。

小花：等長針到十二的時候媽媽就會回來了⋯⋯一二三四五六七八九十⋯⋯

　　長針超過了十二。

小花：等短針到三的時候媽媽就會回來了⋯⋯一點兩點三點、三點、三點⋯⋯三點超過了⋯⋯

　　小花看著時鐘。

小花：媽媽說等時針到三的時候就會回來了⋯⋯時鐘壞了⋯⋯

　　小花看著時鐘，想要去摳時針但摳不到，小花拿椅子想墊高去取時鐘。蝶子上場，看到小花墊腳尖站在椅子上，連忙去抱住小花。

蝶子：不是跟你說過不要做危險的事嗎？
小花：時鐘壞了⋯⋯
蝶子：你都沒有聽我的話。

小花：我沒有開瓦斯，沒有給陌生人開門，沒有發出聲音，聽媽媽的話一直躲在櫥櫃裡，可是時鐘壞了⋯⋯
蝶子：不是叫你先睡了嗎？
小花：你說三點你就會回來了，時鐘壞了。
蝶子：睡不著嗎？
小花：時鐘壞了。
蝶子：好，我們不看時鐘了。

　　　蝶子將時鐘取下丟掉。

小花：昨天是我的生日。三點已經過了，我的生日小蛋糕過了三小時才能吃到，現在已經五點，過了五小時還有沒有我的生日小蛋糕。
蝶子：抱歉媽媽下班時蛋糕店都已經關了，便利商店的切片蛋糕可以嗎？

　　　蝶子拿出切片蛋糕。

蝶子：家裡好像還有蠟燭⋯⋯我去找找看。
小花：媽媽不是說家裡不能亮亮的嗎？
蝶子：沒關係，要白天了，討債的跟變態跟蹤狂應該都已經下班了吧。

　　　蝶子翻找。

蝶子：小花，去年的蠟燭收在哪啊？我找不到⋯⋯沒有蠟燭可以

嗎?我先上個廁所。

　　蝶子進入廁所,嘔吐聲。小花敲廁所門。

小花:媽……我一個人會害怕。

　　蝶子開廁所門縫。

蝶子:你剛不是都一個人嗎?

　　小花不語。

蝶子:啊不然你要看我上廁所喔,臭臭喔。
小花:沒關係。

　　蝶子把小花拉進廁所。小花看著蝶子上廁所。

蝶子:怎麼啦?
小花:黑黑的。
蝶子:你是從這裡生出來的喔。
小花:跟母雞生蛋一樣嗎?
蝶子:……一樣吧。
小花:可是那裡看起來很窄,蛋出得來嗎?
蝶子:要用力擠出來,會有點痛。
小花:很痛嗎?
蝶子:你大便大不出來有沒有很痛?

小花：嗯。
蝶子：但是一大出來之後就好了。
小花：嗯。
蝶子：而且你是一顆很好的蛋。
小花：好好吃的蛋。

  門鎖被轉動的聲音。蝶子去查看。戴著帽子的男人破壞門鎖進。男人從頭到尾都不說話。

蝶子：你想幹嘛？

  男人看見切片蛋糕。

蝶子：拜託，今天是我女兒生日。
小花：媽，昨天才是我生日。
蝶子：小花不要出來。
小花：為什麼？我要一直待在廁所嗎？臭臭的耶。
蝶子：你數到一千再出來。
小花：為什麼？
蝶子：你不數就沒有蛋糕吃了。
小花：好啦……一二三……
蝶子：拜託你盡量快點，還有，請不要射在裡面。

  男人與蝶子性交，小花從廁所出來。

小花：兩百零三、兩百零四……

蝶子：我不是跟你說數到一千再出來嗎？
小花：我怕你把我的蛋糕給吃掉了。

  小花看著男人。

小花：媽，我看過他喔，他每天都會在外面的路燈下等你回家喔，我從櫥櫃的縫隙都看得到他，然後你回家後他就會走了。他在幹嘛？
蝶子：小花先去吃蛋糕。
小花：他在把蛋放進去嗎？
蝶子：嗯……
小花：會痛嗎？
蝶子：有點……
小花：那我握住你的手，你好用力，你們看起來都很忍耐的樣子。
蝶子：不要緊的，他就是忍太久了……這裡的人就是太會忍耐，忍耐久了就會變得怪怪的，媽跟你說過要忍耐，但有時候也不要太忍耐，像尿尿跟大便不能忍喔，要唰地噴出來。不要管媽媽了，你先去吃蛋糕。
小花：那我要分媽媽一半。
蝶子：不用了，媽媽剛在工作時吃很飽了，這是你的小蛋糕。生日快樂。

  男人離開。蝶子起身去廁所，腳邊有白色液體。

小花：媽，蛋破了。

　　　　蝶子坐在馬桶上昏睡，小花吃著蛋糕。蝶子醒來，用衛生紙
　　　　擦拭下體。

蝶子：你看，月經來了。（指衛生紙上的血痕給小花看）
小花：媽那裡流血了？
蝶子：不是流血啦……沒錯啦，是流血，但不是受傷的那種，這叫
　　　作月經，女人每個月都會來的。
小花：那我怎麼沒有？
蝶子：你長大就會有了，你現在還是個小女孩，離女人還差得
　　　遠……好險月經來了。
小花：蛋破了、月經來了是很值得開心的事嗎？可是它看起來髒髒
　　　的……
蝶子：這樣你才不會有個小弟弟或小妹妹。
小花：可是我想要有個小弟弟或小妹妹啊！月經它都沒有問過我就
　　　來了。我是家裡的大姊耶！
蝶子：對，你是家裡的大姊，你永遠都會是唯一的大姊。

　　　　蝶子偷開門縫往外看，領著小花出廁所。

蝶子：快要天亮了，應該不會再來了。來，出來，不要一直待在廁
　　　所溼氣重。為了慶祝月經來了，我們跳舞吧。
小花：為什麼要跳舞啦，它害我沒有小弟弟還是小妹妹耶，不要這
　　　樣說，我要哭了。
蝶子：哈哈。來，你踩著我的腳。

　　　　蝶子踢掉髒汙的內褲，抱著小花跳起舞來。兩人跳得累了，

媽媽歌星

躺在地上,天色微亮。

小花:媽,等下我要去上學了,早餐吃什麼?
蝶子:抱歉,忘記買了。我想想……(翻找冰箱)家裡只剩一顆蛋了。半熟的好嗎?
小花:好,我最喜歡吃半熟的蛋了。

蝶子拿盤半熟的荷包蛋給小花吃,小花吃得滿臉蛋白蛋黃。蝶子用手指擦拭小花的嘴角。

蝶子:好吃嗎?
小花:嗯,媽媽煎的蛋最好吃了。
蝶子:可是等你月經來後就只能吃全熟的蛋。
小花:為什麼?
蝶子:沒為什麼,答應媽媽好嗎?

沉默。

蝶子:至少不要在別人面前吃。
小花:好。

第五場

　　　　房間。小花被綑綁著蜷曲縮在地上，嘴巴也用布條綁著。蝶
　　　　子在一旁焦慮踱步、雙手交叉。門鈴聲。蝶子再三確認，開
　　　　門讓翔進來。

翔　：（看見地上被綁的小花）姐……你們母女倆在玩什麼遊戲……
　　　（小花看見翔發出咽嗚聲）……就算小孩做了什麼錯事也沒
　　　必要綁成這樣……

　　　　翔靠近小花要替小花鬆綁，小花拚命掙扎，翔無法鬆開小花
　　　　手腳的繩子，只好先將小花嘴巴的布條鬆開，結果小花發出
　　　　淒厲的尖叫，翔連忙再綁回去。

翔　：發生什麼事？
蝶子：剛剛要送她到學校時，導護老師跟她打招呼，她就一直尖叫。
翔　：導護老師有怎麼樣嗎？
蝶子：我也以為導護老師有對她怎樣，後來發現不是，只要她看見
　　　成年男子就會一直尖叫，我只好先把她帶回家。
翔　：怎麼了嗎？
蝶子：前幾天被她看到我跟男人做愛——
翔　：這不是很平常的事嗎？
蝶子：就算是我也不可能在我女兒面前若無其事的跟男人做愛好

　　　　嗎⋯⋯可惡，小花之前說附近好像都有一個男人在徘徊時，
　　　　我就該想到是之前那個變態。
翔　：哪個變態？
蝶子：之前接了一個客人，喜歡玩綑綁，錢給得很大方也就算了。
　　　我們做這行不就是要尊重客人的性癖嗎？⋯⋯應該說是，如
　　　果他們沒有詭異的性癖我們哪來的錢賺？但有次竟然被他迷
　　　昏，醒來後發現自己⋯⋯差不多就像小花被綑成的那樣，那
　　　個變態眼睛發紅邊幹我還邊說：婊子！你喜歡我這樣幹你不
　　　是嗎？別這樣看我！你不是人！你只是我的充氣娃娃，別裝
　　　作你是個人！你就只是個被我幹得很爽專屬於我的充氣娃
　　　娃，婊子！賤人！⋯⋯吐了他一臉痰才放開我。
翔　：後來？
蝶子：後來當然就是找人痛打他一頓，要他再也別出現在歌舞伎
　　　町⋯⋯想不到直接找到我家來⋯⋯
翔　：你們有沒有怎麼樣？
蝶子：他有帶刀，但沒有要用的意思。完事後就離開了，還不忘給
　　　錢，幹。或許是看到有小孩也嚇了一跳，之後就沒再見過
　　　他，但小花⋯⋯就是很沒安全感，遇到不好的事當下沒反應
　　　不代表她沒感覺。第一次工作晚歸時，回家看到她還在等門
　　　我一點也不驚訝，但當晚半夜醒來尿尿，才知道她一直都清
　　　醒著在盯著我看⋯⋯她非常害怕我會把她丟掉。Mary 死掉
　　　她沒有好好哭過，兔子也是在牠死後過了三天，小花才意識
　　　到兔子回不來了一個人躲在衣櫃裡啜泣。自從 Mary 死後，
　　　小花常常在窗邊喃喃自語說：Mary 去天堂了，然後唱起〈瑪
　　　麗有隻小綿羊〉，真的很可怕。我不是個好母親，但小花這
　　　樣我真的很心疼，不知道該怎麼辦才好⋯⋯不然這樣好了，

翔，就你，你幫小花開苞好嗎？
翔　：蝶子！
蝶子：與其讓她以後跟某個骯髒的不知名的青少年，還因為粗魯無知弄痛了我家小花，還不如就讓你在這裡……讓小花知道性不可怕，你覺得怎樣？你技巧很好應該不會讓小花痛吧？你也沒性病很安全。
翔　：你怎麼知道我沒性病？
蝶子：我們每年都要去健康檢查兩次你忘記？
翔　：……我不行的。
蝶子：我幫你。
翔　：蝶子……我不行的。
蝶子：現在還是不行……？
翔　：我大概一輩子都不行了。我很喜歡你跟小花，非常喜歡，喜歡到你在我已經熟睡時一通電話我馬上趕來的地步，但我對你們沒有性慾……或許我對人都很難再產生性慾了……
蝶子：……那很好，至少我知道小花跟你在一起很安全。
翔　：剛剛是誰叫我幫她女兒開苞的？……蝶子，你有沒有想過要換份工作？
蝶子：我能換什麼工作？
翔　：我這幾年也算存了一些錢……剛好最近有認識的人有間小酒吧要轉讓，地點不錯，雖然還是在歌舞伎町，但周圍比較多是餐廳跟酒吧，或許一開始會比較辛苦，可能還是得陪酒之類，但就只要陪喝酒就好，你幫我招攬客人，我當調酒師，酒館裡有隔開的小房間，你們母女就搬到那裡住，雖然比較小，但至少有個男人在，比較不會被欺負……你覺得怎樣？
蝶子：可是我沒有什麼錢……

翔　：所以才要你幫我招攬客人陪酒嘛⋯⋯前一年都只有底薪不抽成，但我也不跟你們收房租，這樣好嗎？
蝶子：為什麼要對我們那麼好？
翔　：誰叫我就認識了你們？

　　　蝶子依偎在翔懷裡，小花開始咽嗚抗議。

翔　：（舉起雙手）好好好，我投降，我沒要對你媽怎樣，你看我是無辜的。

　　　翔靠近小花，小花往後退。

翔　：好，我們保持距離，你也不要動了，我們談一下。你剛才都有聽到（小花點頭），覺得怎樣？（小花疑惑）啊⋯⋯你嘴巴被綁住了不能說話，我幫你鬆開好嗎？（翔極其小心地幫小花鬆綁）你看，我就只是個翔，手上沒有任何東西，口袋也沒有，空空的，只有一個翔。

　　　翔幫小花鬆綁後，小花緊抱住蝶子。

翔　：花子大小姐，剛剛說的您都有聽到了，您的母親應該是答應的意思，現在就等您點頭了，大小姐。
小花：⋯⋯你就只是個翔，勉為其難就答應你吧。
翔　：是的，我就只是個翔，還真是委屈您了。

第六場

酒吧。蝶子與姐妹著和服盛裝打扮。George、小花。

蝶　　子：George，小花就拜託你囉。小花，媽媽會幫你帶御守[1]跟甜饅頭[2]回來的。
姐　　　：蝶子姐，你家男人到底哪時才會回來？
蝶　　子：翔才不是我家男人，別破壞我的行情。
妹　　　：要不是翔回家奔喪哪有George登門入室的機會？蝶子姐，聽說黑人的那裡都很大，真的嗎？

姐妹嘻笑。

蝶　　子：George就是個孩子，我胃口還沒那麼好，你們想要知道的話自己去。
George：（驚嚇）嗚、嗚。
蝶　　子：好了好了，別欺負小孩子。
小　　花：我不知道George到底是不太會說話，還是不太會說日語，總之他很少說話。
蝶　　子：小花，小花。

---

[1] 日文漢字，護身符。
[2] 日式甜點。

小　　花：嗨嗨嗨[3]。
蝶　　子：嗨說一遍就好了。George，小花就交給你囉。
George：嗯。
蝶　　子：小花，George 就交給你囉。
小　　花：好啦好啦，穿這麼漂亮幹嘛，明明之前連足袋[4]都會忘記。
蝶　　子：小花忌妒？好嘛，等小花變成女人的時候，媽媽再帶你去買新的漂亮和服好不好？
姐　　　：哎呀，蝶子姐，你說的變成女人是哪一種呀？
妹　　　：對嘛，蝶子姐，變成女人有兩種，雖然兩種都會見血，但你要說清楚是哪一種呀，不然小花搞錯了怎麼辦。

　　　　　姐妹嘻笑。

小　　花：我才不要。
姐　　　：蝶子姐怎麼不帶小花一起出去？
妹　　　：以前看蝶子姐拿出小花七五三節的照片超可愛，現在長大更漂亮了，帶出去有面子啊。
蝶　　子：以前還小帶出去沒關係，現在還是不要了吧，對孩子不好。
小　　花：好啦你們快點走啦！（小花推著蝶子及姐妹走）八婆。
蝶　　子：我家小花講話越來越粗魯。
姐　　　：青春期啦，我家小鬼也這樣。

　　　　　小花與 George 相對。

---

[3] 日文應聲是的是的是的。只要應一聲就夠了，重複三次有不耐煩之意。
[4] 女性穿和服時搭配的襪子。

George：漂亮嗎？

小　　花：你是說我媽漂亮嗎？

George：漂亮。

小　　花：你喜歡我媽嗎？

George：媽媽，漂亮。

小　　花：呿。媽媽叫 George 照顧我，其實是我照顧 George。George 說好聽是單純的孩子，說難聽就是弱智（完蛋了我這樣說會不會有什麼協會的要來告我）。翔說要回家分家產，媽媽就想到要請個保鑣來站崗，那時很流行請黑人保鑣。George 不知道從哪裡來的，只大我幾歲而已，還未成年。媽已經跟當地角頭搭上線，基本上不會出什麼亂子，但還是得有個人充場面，說只要供他吃睡就好，而且保證沒有任何問題（性的意味）。George 戴上墨鏡穿上西裝一站門口就可以完全不動四小時也很厲害，他在這家酒吧以一種無性別的狀態住了下來。睡在姐妹休息的小房間裡，姐妹梳妝打扮時，他在一旁，姐妹衣衫不整像坨攤屍時，他也在一旁。他那麼大，卻好像不存在，他是個男人，但對姐妹來說一點也不重要。

小花從書包拿出作業開始寫。

小　　花：趁現在快點寫，不然晚點太吵又寫不下去了。George 每次看到我在忙自己的事後，就不知道躲到哪個角落了，管他，不要出酒吧門，不會出事就好。我們是彼此互相的責任，我想這一點 George 也知道。（寫作業）啊……作文我最會了，〈我的家庭〉？怎麼到初中還在寫這種浪漫的

媽媽歌星　197

題目？好，我的媽媽是一間酒吧的媽媽桑，等等，劃掉，我在小學這樣寫的時候，老師看了還感動地說，你好會寫故事，好感人！哭得一把鼻涕一把眼淚。那時我媽已經聽幼稚園老師的勸，讓我國小讀比較這一點的學校。

　　　　角落出現蝶子跟姐妹閒聊。

蝶　子：換句話說就是很普通，普通最好了，普通的家長普通的學校，普通的上班族普通的家庭主婦。
小　花：重寫，我爸爸是一名空官，因為事故罹難……罹難的「罹」怎麼寫？啊……日本只有自衛隊，等下再解釋，反正有點異國風情更浪漫。
蝶　子：每次小花問我父親在哪裡時我都這樣跟她說，你爸爸是一名空軍上校，因為保衛國家所以去世了。
姐　　：台灣有戰爭嗎？
蝶　子：沒啦，早就放棄戰爭很久了，這樣講只是為了堵住孩子的嘴，讓她有美好的幻想嘛。

　　　　蝶子與姐妹下場。

小　花：於是我媽當了很久的寡婦……寡婦的「寡」怎麼寫？上回家長日我媽的未亡人角色真的扮演得很棒，她說是看什麼片子學的。我看我媽學日本人的假仙學得最澈底了。媽媽含辛茹苦……含辛茹苦這個成語會不會太難呀？媽媽含辛茹苦地將我扶養長大，我以後要好好孝順蝶子！好，句點，結束。（將稿紙拿起來看）啊……連我自己看了都要

　　　　　感動落淚。接著數學。

　　　　　小花正要振筆算數學時，按壓筆發現沒筆芯。

小　花：孔老夫子說工欲善其事必先利其器，嗯？這句話是孔子說的嗎？沒關係，反正寫出漢字搬上孔子，一定會嚇歪日本鬼子。筆芯，筆芯，George，George，跟我出去買筆芯。

　　　　　小花在角落找到了 George，George 面壁坐在角落身體微微地抽動著，沒有聽見小花的叫聲。

小　花：George……George……

　　　　　小花微弱地叫著 George 一邊悄悄靠近 George。小花拍了 George 的肩膀，George 大驚，轉過身驚恐地看著小花，小花也有點嚇到地看著 George 的下身，兩人頓。George 渾身顫抖，悲哀地小聲咽嗚著，遮蓋住自己的下身。蝶子與姐妹上場。

蝶　子：小花，你在哪？幫你帶甜饅頭回來囉。

　　　　　小花聽到蝶子的叫喚手足無措，George 繼續哭著。蝶子看見小花與 George 的樣子後，馬上衝過去抱著小花。

蝶　子：小花，George 對你做了什麼？
姐　　：就跟你說不要留一個男人——

妹　　：就算 George 有點──
姐　　：看現在出事了吧！
小　花：沒⋯⋯

> 蝶子撲向 George，扯開 George 遮住下體的手看清後，甩了 George 一巴掌，亂拳狂打。

蝶　子：我看你很善良很單純才讓你來的，怎麼可以這樣對我孩子！你們這種人不是都不行的嗎！不是！你們不行！你們根本不可以！你們沒資格！你們不正常！怎麼可以這樣對我的孩子！
小　花：媽⋯⋯沒⋯⋯那個⋯⋯
姐　　：小花來，姐姐幫你看看有沒有怎樣？
妹　　：小花你老實說，你有沒有看見他的⋯⋯？
小　花：（點頭又搖頭）嗚，我⋯⋯
姐　　：我們還一直以為他沒辦法的呢，之前蝶子不是還有逗他說如果需要的話可以幫他──
妹　　：你自己不是也說過那種話嗎？
姐　　：唉唷，我看他挺可憐的，大家都是離鄉背井出來討口飯吃，他還是那種人，可能想找個發洩都不一定會有人願意接他的生意，看在我們認識且他還算乖的份上，可憐他一次也不會怎樣呀。
妹　　：但是碰到孩子身上的話⋯⋯小花，他摸了你哪裡？他有沒有⋯⋯（妹查看小花的身體，突然看見小花褲子有血滲出）蝶子姐！小花下面流血了！

> 蝶子毆打 George。George 顫抖咽嗚。姐妹碎語。

小　花：我只能用微弱的語氣一直說著沒有沒有，但是她們都不會相信，在那個場合那個時機。其實上我是有看到 George 在做什麼的，我遠遠叫他時，他沒注意還專注地動著，他瞇著眼、鼻孔張大、皺著眉頭、鬢角還有汗滑過⋯⋯跟平常 George 或許唯唯諾諾，或者面無表情、沉默不語的樣子都不一樣，很有⋯⋯很有生命力。George 老是被母親或姐妹喚來喚去，被她們調戲都毫無反應，我也似乎習慣了他就像是這裡被召來喚去的小動物。他被大家養著，要他做什麼就做什麼，沒有脾氣、不能有脾氣。他專心做著手中的事，鬢角的汗滑落到肩頭，黝黑的手掌襯出手心的粉嫩，手中跳動著的是他一個人飼養的寶貝。George 的寶貝看起來溼潤⋯⋯光滑⋯⋯脆弱⋯⋯他不是沒有情緒的小動物，只是小動物需要自己的空間，需要好好被保護，他想要一個人躲起來靜靜地跟他的小寶貝說說話，那或許是他在別人面前會覺得害羞的事⋯⋯而我只是為了自己的好奇心，假裝天真無邪靠近了他，毀掉他的世界。
蝶　子：小花你不要怕，你一直在沒有什麼？
小　花：George 沒有碰我⋯⋯我⋯⋯
蝶　子：那你下面為什麼會流血！
小　花：我不知道⋯⋯我剛剛⋯⋯我⋯⋯我沒有尿褲子⋯⋯剛剛就感覺有東西流出來⋯⋯我不知道⋯⋯
妹　　：蝶子姐！該不會是小花初經來了吧！
姐　　：慶祝！紅豆飯！來，小花，姐姐們帶你去清理一下，還告訴你一個女人該知道的事。

妹　　：（輕笑）小花會不知道一個女人應該知道的事嗎？
姐　　：那可不一定……

　　　　姐妹把小花帶下場。舞台剩蝶子跟 George。

蝶　子：（朝 George 丟面紙盒）……擦一擦，把你的髒東西收起來。我想應該是沒有碰到哪裡就出來了吧，沒用的東西。你等下東西收一收就給我滾！
姐　聲：蝶子姐，不然先問問看有沒有別的地方還需要看門的吧，我們都沒有居留證，你現在把他趕走他能去哪。
蝶　子：管他能去哪，哪裡來哪裡去，敢動我女兒主意就去死。

　　　　George 愣愣爬了起來，離開。George 上，提著一袋塑膠袋，下場，小花看著 George。

小　花：George……那個……對不起……Sorry……對不起呢……

第七場

　　　　床上。小花抽著菸。機長臥睡，醒來。

機長：叫 room service 好嗎？

小花：嗯。

機長：（拿起話筒）你荷包蛋要全熟還半熟？

小花：全熟，謝謝。

機長：（掛話筒）你還好吧？

小花：我想還好，你們剛剛是什麼意思？

機長：我沒想到她會在這種時候宣布。

小花：我早知道你跟董事長女兒有往來。

機長：（頓）Rose，你是個成熟懂事的女人。

小花：哈，我等下就離開。

機長：你要來參加我們的婚禮嗎？

小花：我一定穿漂漂亮亮包大包的送去。

機長：你也該為自己想想了⋯⋯空服員五年是個關卡，不是結婚離職，就是轉行，不然就是⋯⋯

小花：嫁給機長。看來我確實是卡關了。

機長：我們還是可以⋯⋯

小花：算了吧。

機長：Rose，你看不見你自己，你知道你是怎麼望著年長成熟的男性嗎？那是一種傾慕、一種渴望，我只是回應了你。

小花：不過就是性嗎？說得那麼好聽。不要分析我，我現在不是你的下屬，別拿管理下屬那套來管我。
機長：我很抱歉……你有想要什麼嗎？
小花：我有曾經跟你要過什麼嗎？還是就是我從來沒有跟你要過什麼，所以你覺得很不安、很愧疚？帶著這種虛偽的愧疚感去結婚吧你，機長大人，最後一砲當作是我送你的新婚賀禮。（頓）我曾經喜歡過你。
機長：（嘆）Rose，我還是喜歡你的。
小花：喜歡是什麼？愛是什麼？

　　機長撫摸小花，將她推倒，小花一個翻身，從床底挖出一個充氣娃娃塞給機長，機長繼續愛撫著充氣娃娃，小花起身，穿好衣物。

小花：那不是愛，那只是做愛。

　　小花打開小冰箱，拿出水喝，看著床上努力幹活的男人。

小花：累不累呀？算了，進入狀態的男人是聽不見任何話的。你看，都是這樣的場景：滿頭大汗的男人、表情猙獰的女人，表情猙獰不太好聽，或許要說努力呻吟的女人。兩人做那麼認真是要演給誰看？（湊近機長旁）嘿，你只是想要高潮吧？很簡單喔，我知道有一個針灸穴道（拔出插在髮間的針，掀開蓋在機長背上的被單），應該是在尾椎這附近，一插進去就可以讓你射射射射個不停。（小花將針插在機長尾椎附近，機長癱軟在充氣娃娃身上，小花轉而向充氣娃娃

說）至於你喔，你是睡著啦？沒救了啦，你就是淫蕩呀，邊生氣邊感傷還邊讓人幹爽的喔，大家都覺得你淫蕩呀。誰淫蕩呀，你淫蕩，誰淫蕩呀，我淫蕩[1]。嘿，你說愛是什麼？

機長：……你最後是想聽到我說「我愛你」嗎？

小花：我是說「愛」是什麼？

機長：這有點難……

小花：我只知道我們剛剛在做愛，但我不知道這是不是愛。

　　　機長起身去沐浴，小花將手中的水倒盡在充氣娃娃身上，用被單擦拭著充氣娃娃的身體。敲門聲：「Room service.」，小花打開了門，Mary 端著餐盤及吸塵器走了進來。

小花：Mary？你怎麼會在這裡？

　　　Mary 聽不見，如同機器人般，嘴裡一直唸著「room service」。Mary 把餐盤放下，試圖餵小花，小花避開，想要問 Mary 話，Mary 像壞掉的機器人一邊唸著「room service」一邊打掃房間。

小花：Mary，你知不知道我很想你……你知不知道……Mary……（伸手向 Mary 的脖子摸去）Mary 你的象鼻鼻神呢？象鼻鼻神為什麼不見了？不見了……Mary 我很想你你知不知道……

　　　小花無法跟 Mary 溝通，急哭了。Mary 唸著「room service」一邊親吻小花的淚。

---

[1] 港片《家有囍事》中，周星馳飾演的角色裝瘋的台詞。

第八場

    酒吧外。晚上。霓虹燈閃爍，人群吵雜的聲音。小花拖著行李箱，拒絕路人搭訕。蝶子在酒吧內唱著〈長崎的蝴蝶姑娘〉，小花也跟著哼唱。小花的手機鈴響，小花接起電話，跟對方說不要再打來，結束通話後倚著行李箱抽菸，翔提著一包垃圾上場，將垃圾丟在角落後湊近小花。

翔　：小姐，你不知道整個新宿區都是禁菸的嗎？

    小花不理會翔，撇開頭繼續吸菸。

翔　：小姐——
小花：對不起，我不懂日語。
翔　：小姐——
小花：Sorry, I don't speak Japanese.
翔　：小姐——
小花：歹勢，我袂曉講日語。（抱歉，我不會說日語。）
翔　：騙痟的，你不只日語一級棒，剛剛還唱〈長崎的蝴蝶姑娘〉唱得嚇嚇叫咧，小花。
小花：啊……翔？
翔　：太暗了看無？
小花：翔！

　　　　　小花想要擁抱翔，被翔避掉。

翔　　：免來這套，沒啦，我剛拿垃圾手髒，被你媽看到你跟我在後巷抱在一團我還不被殺了我。
小花：你有在怕的嗎？
翔　　：菸分我一支就好。
小花：先生，你不知道整個新宿區都是禁菸的嗎？
翔　　：啊就都躲到角落抽了不然怎樣，要抓來抓啊。
小花：現在還不是警察的時間。
翔　　：對呀，您大小姐混歌舞伎町的時候我還在流鼻涕咧。
小花：你明明就比我大。
翔　　：那邊都有人在吸毒了，我們吸菸算什麼。
小花：哈哈。

　　　　　兩人吸菸。

翔　　：不先進去？
小花：（搖頭）人太多了。（跟著蝶子的歌聲哼唱〈長崎的蝴蝶姑娘〉）我媽當初用這首歌教我日語。
翔　　：（想了一下）真不愧是蝶子小姐，這首歌有蝶子的名字，可以認識日本地名，還有歷史背景、風俗民情——
小花：夠了你，我猜只是單純這首歌有她的名字吧，還有總是在等待不會回來的男人。
翔　　：哈，那是以前吧，現在只有要等你回來。你要回來蝶子姐超嗨，卯起來猛點歌唱，酒客超捧場，我撐不住跑出來倒垃圾。
蝶子：翔？跑去哪了？每個酒客多送一瓶啤酒，算老闆娘的。

媽媽歌星　　207

　　　　酒客歡呼聲。蝶子唱〈苦海女神龍〉[1]。

翔　：（唱）美人無美命……你聽，你家的蝶子小姐超秋的呀。
小花：喂，這話是你能說的嗎？每次回來覺得歌舞伎町又變了。
翔　：怎麼說？
小花：剛剛路上有好幾個白目仔想要招客，我用英語、國語、台語都說我聽不懂日文，還硬是要扯我，最後我只能搬出蝶子小姐的名號說老娘混歌舞伎町時你毛都還沒長齊呢！
翔　：哈哈，你這句日文講得超道地。
蝶子：翔，你到底跑哪裡去，快點給我死回來！
小花：看，他們總是在等待「男人」。我看我媽就差沒有跟警察借廣播來叫你了。

　　　　蝶子與酒客的嬉鬧聲。

翔　：你說蝶子小姐有欠男人嗎？

　　　　小花笑了笑搖頭。小花跟著翔分類垃圾。

小花：一切都還好嗎？
翔　：你是指店還是老闆娘？
小花：都好。
翔　：你覺得咧。

---

[1] 曲：豬俁公章，詞：黃俊雄。

　　　　蝶子扶著酒客離開酒吧,看見小花與翔。

蝶子:啊!原來翔你在這裡,小花回來了!怎麼不先進來跟媽媽玩,在暗摸摸的巷子裡跟翔在幹嘛?

　　　　小花與翔把手中的垃圾給蝶子看。

蝶子:垃圾這種髒東西讓男人去撿就好,小花來媽媽抱一下。

　　　　蝶子將攙扶著的酒客推開,翔只能趕緊接過酒醉站不穩的酒客。

小花:我手髒啦。
蝶子:那至少也要親一下。

　　　　蝶子伸長脖子,小花飛快地在蝶子臉頰上親一下。

小花:媽你們幹嘛走後門?
蝶子:(指酒客,小聲)警官。
酒客:(突然清醒,盯著小花看)她跟你長得好像呢。
蝶子:是呀,猜猜我們什麼關係?
酒客:姊妹?
蝶子:別開玩笑了。小花來,跟你介紹一下,這是鈴木警官。
酒客:叫鈴木叔叔就好。
小花:媽,上次那個端木叔叔咧?
蝶子:你這孩子。來,警官累了,要回去上班了。我送你去坐車。

媽媽歌星　　209

　　　　蝶子扶酒客下場。翔與小花走進酒吧，開始收拾。傳來廣播的聲音。「各位好，歌舞伎町已列為治安警戒區，提醒你，為了自身跟家人著想，請勿食用毒品或興奮劑……」（日、中、韓、英，多國語言循環。）

小花：歌舞伎町的定時廣播，好懷念……小時候聽到非法勞工的版本都會覺得好怕。
翔　：後來自己想辦法就地合法，天皇萬歲！
蝶子：（上場）小乖，看你多久沒回來了。來，給媽媽看看，好像瘦了點啊……
小花：才沒有。
蝶子：調酒師，來，開你們店裡最貴的來慶祝。（突然反胃）晚上太開心喝多了，我先去挖下。
小花：媽，要不要我陪你去？
蝶子：不用不用，你跟翔繼續聊。

　　　　蝶子下場。

小花：我媽她常常這樣嗎？
翔　：你是說吐嗎？
小花：我記得她酒量很好的……
翔　：你也不想想蝶子小姐都已經幾歲了。

　　　　小花跟翔回到酒吧內，蝶子上場。

蝶子：在說我什麼壞話？

翔　：講蝶子小姐永遠十八。
蝶子：你這個三八。還是我們家小花最好了……小花……小花……我的小花……

　　　小花手機又響，小花看了下不想接，掛斷又打來，小花接起再次告誡對方別再打來。結束通話，關機。

蝶子：這次是哪位幸運兒？
小花：亞洲線的機長，超幸運，下個月就要成為航空公司董事長的女婿了。
蝶子：看來我們小花男人緣跟媽媽一樣不好。
翔　：是超好才對吧。
蝶子：我們母女倆談心，男人滾邊去。（翔欲離去）等等，先給我跟小花來一杯，我們母女倆見面要慶祝一下，來兩杯──
小花：兩杯柳橙汁。
翔　：是的，馬上來。

　　　翔送上兩杯柳橙汁後下場。

小花：媽……
蝶子：孩子別難過，總有一天你會找到那個人的……
小花：我不是在想那個。
蝶子：那想什麼呢？
小花：媽……我是說……這麼多年來，你有後悔生下我嗎？
蝶子：孩子，媽沒跟你講過你出生的事吧？（小花搖頭）好，聽好了。你也知道我是在十七歲生下你的……那時候我還是個

高中生,跟來當我家教的醫科學生發生了關係⋯⋯我們家管很嚴的,但還是這樣了⋯⋯那時我三個月月經都沒來覺得有點害怕,也不敢跟那個家教講,說來好笑,現在我只記得他哄騙我脫衣服張開腿的聲音很溫柔,他長得什麼樣我都忘記了,連名字我都記不得⋯⋯那時候小地方人跟人都認識,我怕去醫院被發現就坐上了公車,轉了好幾站確定那裡完全不知道是哪裡才下車。隨便看到一間婦產科就進去掛號,那時候的診所都暗暗的,掛號的女士一看我那種眼神就讓我覺得被看穿了,連忙胡亂填了假的病歷資料交給了她,等她領我到診間。她對埋頭看書的醫生叫了聲:お父さん[2],原來她跟醫生是夫婦⋯⋯醫生滿頭白髮,帶著眼鏡的反光有點刺眼,但是說話跟動作都很輕⋯⋯他要我躺上診療台時還先安慰我說會有點痛,醫生娘什麼話都沒說,只把我緊緊抓住把手的手拉到她手中,她手心很軟、溼潤但有力⋯⋯也可能是怕我突然跑掉吧。後來忍著眼淚穿好內褲,醫生說:三個多月了⋯⋯要拿掉也不是不行,只是有點危險,你要不要跟家人商量看看?醫生看我都沒說話,又說:好吧,要拿就要盡快作決定,你再想想看吧⋯⋯我腦袋一片空白,哪有辦法想什麼⋯⋯然後突然聽見有一個女孩的聲音在叫媽,醫生娘斥責:有什麼事,現在爸爸在看診。女孩的聲音馬上軟下來說:媽,我餓了嘛。醫生娘跟我點頭示意離開,我聽見醫生娘唸說:不是剛剛才吃過點心的嗎?女孩回說:人家現在在發育嘛⋯⋯那個瞬間我拔腿就跑,邊跑邊哭邊想著,那個人可以是我的,那可以是我,有著一個屬於自己的家,工作穩定的

---

[2] Otoosan,父親大人。

老公，會撒嬌的小女兒，過著普通的生活……如果我乖一點的話，那就會是我以後的樣子。在躺上診療台前我還有想過要把你拿掉，離開診所反而覺得一定得生下你不可，我只剩下你了，沒有你我不知道還要活著幹嘛……東躲西藏一陣子後，想辦法來到日本……然後就到現在。

小花：真的沒有後悔嗎？

蝶子：每天忙都忙死了，哪有時間後悔，再說你這麼可愛這麼漂亮既聰明又伶俐，大家看了都羨慕死我，哪有誰可以給我這麼一朵珍貴的小花？好了，這種話媽只說一遍，講多了沒意義，你好好記得，以後要講給你的孩子聽。

小花：……我又不一定會生小孩。

蝶子：那可不一定。

第九場

　　　　機場廣播的聲音、車站的聲音，人群交錯混雜。小花走著，人群的影子紛紛穿過她，她有點暈眩頭暈想吐。

小　花：每次在這種人潮眾多的地方，我都有一種很慌張的感覺，不知道自己在哪裡。
蝶　子：小花，你在這裡等媽媽一下。
小　花：媽媽要去哪裡？
蝶　子：媽媽去那裡上個廁所，等一下就回來了，乖。
小　花：那我也要去。
蝶　子：東西那麼多不方便啦，你就在這裡幫媽媽顧東西好不好，待會兒就回來了，乖。
小　花：好吧。

　　　　蝶子離去。小花被人群推擠。

小　花：媽媽到哪裡去了？小花看不見你？

　　　　一男子停下來對小花說話。

小　花：媽媽你在哪裡？快點回來！小花都有在這裡乖乖等你，小花有乖，我聽不懂他說的話啦！媽媽快點來！

男子牽起了小花的手想要把她帶走。

小　　花：媽媽救我！媽媽我不要跟他走！

蝶子衝上場扯開男子的手，解釋賠禮。小花大哭抱住蝶子。

小　　花：媽媽你去哪裡我都看不見你……
蝶　　子：我不是跟你說我去上廁所而已嗎？怎麼哭成這樣？害剛剛那個男的以為你是迷路的小孩要把你帶去警察廣播站那裡。
小　　花：媽媽不是要丟掉我吧？
蝶　　子：（頓）我怎麼可能丟下你。
小　　花：媽媽剛才想丟掉我！就想丟掉我！
蝶　　子：說什麼話！你都這麼大了要怎麼丟掉！
小　　花：不可以丟掉我！媽媽不可以丟掉小花！不可以丟掉我！不可以留我一個人！去哪裡都要帶著我……
蝶　　子：連去廁所嗯嗯都要帶著你嗎？（小花點頭）會臭臭唷！（小花：沒關係）好好媽媽再也不會丟掉你了……再也不會丟下你一個人……

蝶子下場。小女孩（可直接由飾演蝶子的演員飾演）上場，小女孩牽住小花的手。小花愣了一下看著小女孩。

小女孩：大姐姐你迷路了嗎？沒關係不要哭唷，我帶著你走唷，你要回家嗎？

小花點頭。

媽媽歌星　215

小女孩：這樣就對了，人很多不要害怕，他們都是跟你一樣要回家的唷。每個人都有一個家，他們的家都在不同的方向，他們只是趕著要回家所以走得很急很快，看起來有點亂。但不要怕唷，你也是要回家的，你家在哪裡你知道嗎？

　　小花想了想後搖頭。

小女孩：沒關係，我知道唷。這邊走。來，走快一點腳步踏用力一點，我們就不會被他們給擠散掉了，來這邊。

　　小花與小女孩走進電車。電車行進轟隆隆的聲音、報站的聲音。小花與小女孩坐著，旁邊三三兩兩的乘客。小花與小女孩直視著前方。電車行進，間歇性黑暗。第一段：原本旁邊的乘客們正常地或站或坐或睡覺或看書，他們身上都連著電源線。黑暗，亮，有的乘客伸出了狼爪，暗，亮，所有的乘客（除了小花與小女孩外）都有如癡漢系列的色情影片般在進行猥褻的動作，暗，亮，乘客們互毆，暗，亮，乘客們恢復正常。

小女孩：到了唷。

　　乘客們排隊等著離開車廂，小女孩與小花經過乘客旁，乘客們一一倒下，有如骨牌。

小女孩：我想先去上個廁所你在這裡等我一下，這個先幫我拿著。

　　　　　　小女孩突然拿出一紙袋,交付在小花手上。

小　　花:等等、不要、我不要一個人在這裡等,我跟你一起去好
　　　　　不好?
小女孩:好吧。

　　　　　　小花跟著小女孩走進廁所。

小女孩:連我上廁所你都要跟進來嗎?
小　　花:嗯不然你會不見。

　　　　　　小女孩蹲馬桶。小花手提的紙袋開始傳出聲音且有東西在
　　　　　動,小花打開紙袋看了一下。

小　　花:是個小貝比。
小女孩:是呀,這裡有一個小貝比喔。

　　　　　　外頭傳來敲門聲。詢問聲:請問裡面有人嗎?裡面發生了
　　　　　什麼事?請開門好嗎?

小女孩:喔喔,你手上有小貝比喔。
小　　花:可是是你拿給我的。
小女孩:可是現在在你手上人家就會認為是你的唷。

　　　　　　小花急忙地把手中紙袋推給小女孩,小女孩不接,紙袋掉
　　　　　落在地傳出哭號聲。

媽媽歌星　　217

小女孩：小貝比好可憐唷。

　　　外頭傳來更急促的敲門聲。更緊張的詢問聲：請問裡面有人嗎？裡面發生了什麼事？請開門好嗎？再不開門我們就要破門了。小花連忙撿起紙袋狀似安撫貝比。

小女孩：而且他們會覺得這是你的小貝比唷，你看我還那麼小。

　　　小貝比持續在哭，外頭的詢問聲持續在喊，小花不知道該把紙袋往哪裡藏，掀開水箱不太對，一失手就將紙袋掉落到馬桶裡。

小女孩：喔喔，你故意的。
小　花：不、我沒有、我──

　　　小貝比持續地哭，外頭的詢問聲持續地喊，要撞開門的聲音。小女孩拿出一支馬桶疏通器給小花，小花比了比要拿來擋門也不對，開始用它來塞馬桶，小貝比的哭聲漸弱，小花邊通馬桶邊沖水，小女孩漠然看著一切。

小女孩：恭喜你丟掉他了。
小　花：我沒有對不起我──
小女孩：媽媽如果丟掉我的話就不會有你了。
小　花：媽媽如果丟掉你的話就不會有我了？

燈光轉換。敲門聲。小花躺在床上。蝶子進。

蝶　子：醒了嗎？怎麼了？突然在車站昏倒，還好有警察送你回來。太累了嗎？現在感覺怎樣？要不要先吃點東西，還是時差？我就跟你說，回來一起經營酒吧，好不好？
小　花：好。
蝶　子：真的？
小　花：真的。
蝶　子：你工作那裡呢？不是挺喜歡做空服員的嗎？
小　花：空服員有什麼好？還不是都要被客人摸屁股？在這裡被摸我還可以直接甩他一巴掌，你說對不對媽？
蝶　子：老娘我還在，哪裡輪得到你的屁股！

　　　　兩人笑。

小　花：媽我問你。
蝶　子：給你問。
小　花：你還記得我們剛到日本那時候嗎？
蝶　子：記得呀你那時候還那麼小。
小　花：那時我不是在車站走丟了嗎？
蝶　子：你哪有走丟？每次在外面你抓我手都抓緊緊的哪有可能走丟。
小　花：可是你不是去上廁所？
蝶　子：我去上廁所還拖著你跟家當，讓你在外面等我，你硬是不要。車站人來人往的，你死抓著我的手不放，路人還以為我是要拋棄小孩的一直瞪著我看。沒辦法就把你一起帶進

　　　　　廁所，可廁所太小間了，只能讓你站在廁所門外等我，日本太先進沒有廁所顧門賣衛生紙的，不然我看人家都要投錢給你了。
小　花：是嗎？
蝶　子：我騙你幹嘛？
小　花：那媽你有沒有想把我丟掉過？
蝶　子：哪裡沒有！每次你在哭在鬧在任性的時候都想把你給丟掉算了，但是要丟給誰？你在哭在鬧耍任性的時候也都跟我一個樣，想想也就認了，撿回來加減養不然要怎麼辦？……你是我擁有的最好最棒的東西了。
小　花：我才不是你的東西。
蝶　子：好，小花長大了，不完全是蝶子的，那一半好不好。
小　花：好，一半給你，一半我自己的。
蝶　子：想吃東西嗎？
小　花：想睡。
蝶　子：睡起來再吃。
小　花：好。

　　　　蝶子欲離去。

小　花：媽——
蝶　子：又怎麼啦？
小　花：可不可以唱搖籃曲給我聽？
蝶　子：天呀，把平常的小花還給我，這麼愛撒嬌真不習慣。
小　花：哈哈哈。
蝶　子：不行，不唱。前頭還有客人等著我呢。

小　花：好吧。

　　　　蝶子下。酒客與蝶子的嬉鬧聲。小花睡去。

第十場

　　　　房間。蝶子躺平。門外小花跟翔談話。

翔　：我先出去。

　　　　小花進房間，翔下場。小花跪坐在蝶子旁，撫摸蝶子的臉。

小花：媽……我可以躺在你旁邊嗎？

　　　　小花掀起被子與蝶子並躺。

小花：媽，你有沒有做過一種夢？那種夢的場景很熟悉，會是家裡的房間之類……有個你很熟悉很熟悉的人坐在他習慣的位置，我們會把那張椅子稱作他的椅子，他在時就會去坐那，他不在的時候就算都沒椅子了也沒人會去坐那。他坐在那，跟平常一模一樣。然後你叫他，你想告訴他說，我回來囉，卻發不出聲音，突然間你意識到了某個很可怕的事實……像是夢到自己在飛，你就不能意識到「我是人類，人類是不會飛的」，不然下一秒就會掉下去……於是你停止呼吸，僵在那裡一動也不敢動，因為你知道，只要你一動，完完整整坐在椅子上的那個人，就會馬上消失……不見……（默）媽……我回來了。

蝶子：（坐起身，台語）不然你是在哭爸哭母呢[1]？
小花：媽！你怎麼連這種事都在開玩笑！太沒水準了吧！
蝶子：（台語）我就是沒水準的趁食查某[2]啊！
小花：媽！
蝶子：趁食查某！趁食查某！趁食查某！我就是要說自己是趁食查某！我們那個年代可不像你們現在的女孩子這麼幸運，頭腦好的可以去當教授、工程師，長得漂亮可以去當模特兒、show girl，我家女兒遺傳到我，聰明又漂亮，結果當了個空姐，多好……多好……如果可以我也想再來一次，這次我不會這麼輕易就張開大腿，這次我會為自己而活，這次我絕對不會選擇生下你！

小花甩了蝶子一巴掌，蝶子倒。

小花：我覺得這個版本還可以，感情豐富又合乎常理，只是我們從來沒有機會這樣……互罵、互甩巴掌，然後緊緊擁抱、哭泣……

小花握住蝶子的手，側身躺在蝶子胸前。

小花：我就是沒有像你那樣會編故事，我連自己都騙不了……我知道就是這樣了……我不能再靠著你的故事活下去，我得開始學會說自己的故事了是嗎？

---

[1] 台語，音nih，結尾語助詞，無意。
[2] 台語，「女性性工作者」的意思，略帶貶意。

　　　　　光影變化。傳來酒客划拳嬉鬧的聲音、人群吵雜的聲音、機場廣播的聲音、蝶子唱歌的聲音、孩子的聲音⋯⋯時間過得像一生那麼久。

翔　：（敲門）小花，他們來了。
小花：好。

　　　　　小花整理好被子，撫摸蝶子的臉，唱〈搖嬰仔歌〉[3]。

---

[3] 詞：盧雲生、曲：呂泉生。

終場

　　黑暗。行李箱滾輪的聲音。燈亮,一間沒有任何特色的房間。小花著空服員制服上場,她將行李箱拖到床角,甩開高跟鞋換上拖鞋,解開衣釦、裙鉤,大力抽出塞得緊緊的被單,將自己完全裹住,燈暗。時針在走的聲音。小花坐起身。

小花:哪裡?

　　小花焦慮地起身尋找時鐘,找遍整個房間只見電子時鐘。

小花:後來我把所有的東西都搬出了酒吧,我跟翔說:恭喜你終於擺脫我跟我媽,能夠單純開間只賣酒的酒吧。翔笑說,什麼話,要我還是常常回去,但我們都知道我們不太可能會再見面了。(默)當個空服員就是,每次都會在陌生的房間裡醒來,躺在殺菌味的床單上。早上我在東京,下午是台北時間,隔天不知道又飛去哪去。

　　小花轉亮床頭燈。

小花:我睡不著,我會說服自己這只是時差。這是時差的因素,職業病沒辦法。然後我起身,然後我聚精會神地盯著眼前三公尺處的空氣,看它可不可以告訴我我現在在哪裡。

小花下床，從床旁的小冰箱拿出水喝。

小花：在哪裡很重要嗎？在哪裡會影響我的睡眠嗎？我很想說服自己不會，快點倒頭就睡吧，你的睡眠時間已經不夠，上次健檢肝指數已經超標，醫生很客氣地提醒你：「許小姐，工作很辛苦吼，時差很難調整吧，但是酒要少喝喔。」酒？我才沒有在酗酒。（看著手中拿的水，將它塞回去冰箱）冷靜，許薔，我的小花兒，這一切很容易的，你只要拿起床頭的電話，撥打9，然後聽「這裡是服務台，請問有什麼能為您服務的嗎？（多種語言交疊）」的口音，就能知道這裡是哪裡。還是打開窗簾，如果是台北租處的話，斜對面的一樓是一間7-11，不對，這不準，現在全世界哪裡都有7-11。如果是從日本的酒吧小房間看出去的話，就會有很多霓虹燈，日文、英文、中文……什麼都有，但這也不準，我參加過聖母峰旅行團，在白茫茫中看到冒著煙下的招牌寫著「蚵仔麵線」……What a wonderful world.

小花開始整理起床鋪，把床單塞回床墊下，如同旅館房務。

小花：抱歉，這是習慣，我只要一起床就會把床恢復成它原本的樣子，床鋪得很整齊吧？第一次出現半夜驚醒的症頭好像是在飛了大概……三年的時候吧，那時候工作已經上軌道了，我也從經濟艙升級，那次好像是因為亂流影響導致航班大亂還是啥的，要飛的兩班時間間隔不遠，但也沒短到在航空站休息就好。公司體諒不要讓員工來來回回的，就讓我們在附近的旅館住一晚。那時候我也像這樣，半夜驚醒，迫切地想知

道自己現在在哪裡，翻開行李箱找出手錶，看了時間，還是想不起來，上一班是飛去哪？翻遍整個行李箱都找不到任何資訊，下一秒我馬上很讚歎自己聰明地撥了9──

女聲：這裡是服務台，請問有什麼能為您服務的嗎？

小花：Where... where am I？我當時的意識混亂，還沒有捕捉到櫃台使用的是什麼語言，只是很直覺地使用最常用的共通語言問她。

女聲：Wait a minute please... 817...請問是許小姐嗎？許薔小姐？

小花：對了，我中文全名叫許薔，薔薇的薔。只是我媽那邊都叫我小花，同事跟客人都叫我Rose，好久沒聽見自己的全名，有點轉不過來。

女聲：請問是許薔小姐嗎？許小姐是台灣人沒錯吧？我用中文可以嗎？

小花：登記時我是寫台灣人嗎？我忘記了。每次要填資料的時候，台北、新宿……或是乾脆填公司的地址。這才意識到她說的是中文，台灣腔調的中文，我在台灣。我幹嘛在台灣還住旅館？我不是在台北有一間小套房嗎？

女聲：許小姐，別擔心。呼吸……呼吸……

小花：櫃台聽出我的喘息聲了嗎？但我確實跟著櫃台小姐的聲音平緩呼吸。呼吸……呼吸……

女聲：許小姐，不用害怕，你這行業很多人都有這個毛病的，靜下心就好。你是種花航空的空服員，因為公司航班調動的關係，工作人員都暫住我們旅館一晚，你們公司統一交代的morning call是明早……應該說是今早六點半，現在是凌晨兩點三十六分，台北時間。（默）你現在好些了嗎？

小花：我一回神才發覺自己幹了很丟臉的事。呃、不好意思，我平

　　　　常不會這樣的,抱歉⋯⋯我是說,我剛剛做了一個噩夢,對,
　　　　噩夢什麼的,所以嚇醒了,不好意思造成你的困擾——
女聲：(輕輕溫柔地笑)沒關係的,祝你待會安然入睡,晚安。
小花：我查覺到她要結束通話了,不知道為什麼,突然很想再跟她
　　　　多說兩句話,可能是因為她的聲音很讓人安心吧。等、等等,
　　　　請等一下——
女聲：還有什麼能為您服務的嗎?
小花：那個⋯⋯我是說,嗯,那個⋯⋯你能為我唱首搖籃曲嗎?
女聲：搖籃曲? You mean a lullaby? A soothing song that is sung to children to help them sleep?
小花：Are you Wikipedia? 我為自己孩子氣的要求感到害臊,
　　　　但⋯⋯

　　　　女聲唱起了〈搖嬰仔歌〉,唱了幾句後小花開始和著。

　　　　燈漸暗。結束。

　　　　散場曲〈媽媽歌星〉[1]。

＊此劇本為第十七屆臺北文學獎舞台劇本組優等獎得獎作品。

---

[1] 曲：三山敏、詞：葉俊麟。

《媽媽歌星》首演資料

時間：2018 年 6 月 15 日至 6 月 17 日
地點：台北水源劇場

製作團隊：創作社劇團
編劇：魏于嘉
導演：陳侑汝
演員：蔡亘晏、陳以恩、曾歆雁、楊景翔、廖原慶、
　　　于庭、蔡函岑

監製：李慧娜
製作人：藍浩之
燈光設計：黃諾行
音樂設計：王榆鈞
舞台設計：林仕倫
服裝設計：林景豪
平面設計：許銘文
攝影：唐健哲（劇照／排練照）、陳藝堂（宣傳照）
演出錄影：張能禎
行政經理：張令嫻
會計出納：張美君

執行製作：楊請甯
宣傳行銷：嚴睿淇
日文指導：吳亞潔
設計群節目單撰稿：李玉玲
舞台監督：鄧名佑
舞台技術指導與技術執行：山喊製作設計
燈光技術指導：萬書瑋
音響技術指導：顏行揚
燈光技術執行：曾羿佳、江宜軒、袁其宇、陳昀、
　　　　　　　張仲安
排練助理：于庭、蔡函岑
舞台設計助理：趙鈺涵
音樂音效執行：張劭如
服裝管理：謝孟潔
髮型：謝采彤
化妝：童筱琴
舞台製作：富達舞台布景製作公司
燈光租借：有夠充有限公司
音響租借：飛陽企業社

大動物園

角色

#人類

園長：男，五十至六十歲，歷屆動物園改革最多的園長。即將退休。沉默可靠，不是能言善道的類型，比較像老派傳統的農夫／獸醫／爸爸。單身（離婚）。

欣凌：女。動物園公關，園長的女兒。

志強：男。大學生，熱愛動物但對獸毛過敏的單純青年。來動物園實習，未來想考公務人員在動物園工作。

阿賢：男。有點像亞斯伯格，社交障礙，跟人講話很直接、衝，但無惡意，對動物很溫柔。動物園約聘雇。

巧喬：女。育幼院長大，打零工度日。動物園臨時工。

廚師：山東大叔。老員工，不喜歡園長。

#動物

貂、羊駝、斑馬

獅子、雲豹、陸龜

馬來貘、梅花鹿、石虎（山貓）母子

台灣黑熊：喔耶

黑猩猩群

水母（機器人）

大象（概念）

備註

演出前請用字幕打上「演出內容　純屬虛構　如有雷同　就是巧合」。

1／靈魂的歸處

　　慰靈祭。

　　欣凌、巧喬、阿賢，三人背對觀眾，一法師站在旁，氣氛沉重肅穆。

法師：大動物園特地選定今日良辰吉時，為在動物園裡去世的動物們，在這裡舉行儀式，撫慰牠們逝去的靈魂。不管生命以什麼樣的形式誕生在這世上，我們都和諧相處、彼此尊重，最後好好送牠們一程。大動物園代表⋯⋯（問欣凌）園裡最高階的長官是哪位？
欣凌：是園長⋯⋯
法師：那請園長帶領你們來上香吧。

　　眾人左看右看，沒看到園長。

巧喬：園長人咧？
阿賢：前幾天處理那些流浪狗的事後，園長就心情很差。
巧喬：可是那也不是動物園的——
欣凌：不會連這時候都不出現吧？搞什麼。
法師：良辰吉時快過了，園長不在的話你們派一個代表來吧。

　　　　欣凌、巧喬、阿賢，三人面面相覷。

巧喬：那個法師啊，我們三個都比較年輕……
阿賢：欣凌吧。
欣凌：我是公關，這種時候當代表不太合適吧……還是阿賢你年紀比較大？
阿賢：我不要。
巧喬：不然讓廚師大叔來好了。
欣凌：聰明！動物園裡除了園長就廚師大叔資歷最久了。法師，不好意思等一下，我去找我們廚師來代表。
法師：誰來代表都好，麻煩快一點，我做完你們這攤等下還要去做人的，那邊不能等。
阿賢：你的意思是死掉的人就比動物重要嗎？
欣凌：阿賢！這時候你就不要講這個了！好好好，我盡快……

　　　　欣凌下場。道士跟阿賢互看不爽，巧喬有點想緩和氣氛。

巧喬：那個法師……法事很忙生意很好吼……哎呀那個不對……
阿賢：做這些事情有什麼用？反正死都死了。
法師：是不是在動物園裡做事的都比較不會做人？說話這麼衝。
巧喬：法師不好意思，那個他的個性比較直啦！
法師：我看動物園裡的人做人都那麼失敗，門口才會被潑紅漆啦。
巧喬：那個不是……
阿賢：你！

　　　　欣凌帶著廚師急急忙忙上場。廚師手上還拿著湯勺。

廚師：（叨唸）老子正忙著呢！急急忙忙地扯我來幹啥！
巧喬：大廚您終於來了！不就等著您老來代表大動物園為動物們上炷香！
廚師：讓老子這殺雞鴨魚的劊子手來為動物上香！你們這些年輕人頭殼是不是壞掉？什麼邏輯！比我這老頭還不靈光！
欣凌：這⋯⋯大叔就拜託你嘛，除了園長外，我們動物園裡就您最老資格了。
廚師：那園長咧？這種事不是應該他來做的嗎？找我這煮吃的幹嘛？沒看到我廚房還忙著呢！每天不只煮給你們吃，還要煮給動物吃，反正都是群豬！
法師：吵完了沒？可以開始了嗎？
欣凌：好了好了⋯⋯

各就各位。回到開頭氣氛沉重肅穆。

法師：大動物園特地選定今日良辰吉時，為在動物園裡去世的動物們，在這裡舉行儀式，撫慰牠們逝去的靈魂。不管生命以什麼樣的形式誕生在這世上，我們都和諧相處、彼此尊重，最後好好送牠們一程。大動物園代表⋯⋯（問廚師）你叫什麼名字？
廚師：魯東山。
法師：魯東山在這裡代表大動物園全體，為在動物園裡去世的猩猩、大象、長頸鹿⋯⋯還有在廚房裡犧牲的雞鴨魚等，至上最大的哀悼，希望你們的靈魂，能到達更好的地方。

奏起〈大動物園主題曲〉。

廚師：格老子的！都這時候了還要放主題曲！
巧喬：大叔您以前慰靈祭都沒出來過，不知道我們大動物園的慰靈祭都是用主題曲結尾的。
廚師：放這樣歡樂的歌曲快樂個屁！
欣凌：可能是希望動物死了也能快樂吧。
巧喬：還是死了比較快樂？
阿賢：那些流浪狗也可以順便超渡一下嗎？
法師：什麼流浪狗？
巧喬：我還餵過他們呢⋯⋯
阿賢：你進來不都看到噴紅漆了嗎？那就是⋯⋯
欣凌：（大聲）謝謝法師！之後我會再跟你聯絡付款事宜！
法師：那我就先走了⋯⋯（喃）這公務機關的錢還真難賺⋯⋯請款還要好幾個月⋯⋯嘖。

　　　法師下場。

廚師：這下沒老子的事了吧？那園長什麼東西，我說他就是脆弱！你們一個兩個聽他的話聽得跟個乖孫子似的，不就是前幾天搞了個什麼流浪狗領養活動嘛，惹了一身腥。我本來就說嘛，這來到動物園裡的動物只能有兩種，一種是被關在籠子被看的，一種是送進廚房料理做成吃的，什麼貓啊狗的寵物的，動物園不要撈過頭管太多啦。這下好了吧！你們一個個看到那些狗的屍體和紅漆臉色慘白還吐了，年輕人就是沒用！這狗的屍體有什麼可怕，你們都沒吃過狗肉是吧？

巧喬：大叔就別說了吧⋯⋯
阿賢：不，我覺得大叔說得有道理。
廚師：所以我說每年搞這個什麼慰靈祭的還真好笑，是要安慰什麼鬼啊？不過是你們人類自作孽自以為想要安慰安慰自己罷了。
欣凌：對，大叔，你說得都對，我舉雙手贊成，只是你鍋裡的湯剛才好像就快滾了。
廚師：唉唷喂呀！光跟你們嘮叨我都忘了⋯⋯

廚師下場。

巧喬：欣凌，你說園長人會在哪？都要退休了還發生這種事⋯⋯
欣凌：我也不知道⋯⋯沒多久又要猛獸演習，年底動物園還要搬遷⋯⋯今天總歸是把慰靈祭給辦完了，園長退不退休動物園的事情還是一樣要做。

志強拿著單子上。

志強：不好意思打擾了，我是來報到的實習生，請問這裡是⋯⋯

志強打噴嚏。接下來志強邊講話都會邊打噴嚏。

欣凌：你就是今天要來的實習生吧？
志強：是的，你好！我叫許志強！（噴嚏）
欣凌：巧喬，你可以幫我帶他熟悉一下環境嗎？我去找園長討論對外新聞稿的事。

大動物園　237

巧喬：你去忙，新人就交給我吧！
欣凌：志強，這是我們動物園裡樣樣精通的巧喬，我請她帶你，我有事先離開了。
志強：好的，謝謝。（噴嚏）

　　　欣凌表情有點嫌惡地離開。

巧喬：跟你介紹，這是我們最資深的保育員阿賢。
志強：阿賢前輩你好。
阿賢：嗯。沒事我就去餵鹿了。

　　　阿賢下。

志強：巧喬前輩，那個阿賢前輩是不是有點討厭我啊？
巧喬：別在意，他對人都那樣。
志強：那就好⋯⋯在動物園裡的人果然好不一樣喔⋯⋯（噴嚏）
巧喬：那個⋯⋯志強是吧？在帶你熟悉動物園前，先跟你提醒一下，如果你感冒的話，還是請你帶上口罩，有些疾病是人畜傳染的，我們是每天都會接觸到動物的人，讓動物生病就不太好了。
志強：抱歉⋯⋯（噴嚏）那個⋯⋯（噴嚏）我不是感冒啦，我是對動物的毛過敏⋯⋯
巧喬：對動物的毛過敏？那你還來動物園實習？
志強：我就喜歡動物嘛⋯⋯大動物園好棒喔！可愛動物區的動物還開放給人撫摸耶，喔，摸到羊駝那蓬鬆的毛，看牠一臉面癱不耐的樣子就覺得好療癒唷～（噴嚏）

巧喬：好好好，我已經知道你愛動物愛到打噴嚏的程度了。可是你總不能一直這樣吧，我們不只要照顧動物，很多時候也要面對人類啊！

志強：那我會戴口罩的！

巧喬：戴口罩導覽不太親切吧！

志強：我知道了！有一種塞在鼻孔裡的那種隱形鼻罩啊，日本人發明用來防花粉症的，塞進去後就看不太見了，你看你看！

　　　志強邊講話一邊用手指撐大鼻孔演示給巧喬看還一直逼近巧喬。

巧喬：好好好，我知道了我知道了，不要再過來了。不要再過來了！我現在就帶你認識認識大動物園。

志強：那就麻煩前輩了……是說……請問我見得到園長嗎？

巧喬：幹嘛？你那麼想見到園長啊？該不會……你也是園長的粉絲？

志強：是啊是啊！我小時候來逛動物園就加入動物園之友，這些年來園長真的做了很多事呢！不只廢除了海豚表演和跳舞熊的娛樂節目，還有為大象爭取更大的生活空間，一直想著怎麼改善動物福利……這次的實習機會是我好不容易抽到的，想說能親眼看看園長的工作情形，結果來到這裡園長都要退休了，還有前幾天的流浪狗事件……唉。前輩，你能不能告訴我，園長是個怎麼樣的人啊？

巧喬：園長是個什麼樣的人啊……這個日後你慢慢就會知道了……歡迎加入大動物園這個大家庭。

2／歡迎光臨大動物園

「可愛動物區」招牌。

嚼著草臉很屎的羊駝（有點傲嬌）和叼著草很像痞子的貂（有點躁）。

貂　：我們可愛嗎？

羊駝：好――可――愛――喔。

貂　：少在那裡噁心了。你有沒有聽到什麼？

羊駝：什麼？

貂　：什麼什麼？

羊駝：什麼什麼什麼？

貂　：你是耳朵長毛嗎？對，你耳朵是有長毛。又――有――一――群――小――孩――要――來――了！

羊駝：嘖，剛才那群小孩已經叫到我耳聾。現在又要來一批！我好累！饒了我吧！

貂　：你該不會是昨晚又沒睡吧？

羊駝：誰叫園長來抱著我哭，我能不安慰安慰他嗎？

貂　：安慰？用你這張面無表情的臉？

羊駝：怎樣！園長就是需要我！還說我的存在就是他最大的安慰！

貂　：就知道你喜歡園長。

羊駝：誰誰誰會喜歡人類啊！剛來的那個實習生一直撫摸我的毛還噴了我一臉鼻涕！噁心！

貂　：還說呢，我的毛也被揉禿了好嗎！還不都怪園長開放什麼可愛動物區。

羊駝：不是園長！是公關小姐提議的好嗎！

貂　：那園長還不是答應了。

羊駝：反正……反正為什麼這麼不可愛的我們還會被歸在可愛動物區，是不是在猛獸區就不會被小孩又吵又叫又亂摸的，沒有積極同意的都是性騷擾！動物也有自主權！

貂　：誰叫我們沒有攻擊性。

羊駝：喔……攻擊性啊……那還是吃草吧。

貂　：不對！你怎麼放棄得那麼快！

羊駝：反正我們就要搬到更大更好的地方了嘛。

貂　：誰說的？

羊駝：園長抱著我哭的時候說的啊。「我一直希望能帶你們去更大更好的地方，現在終於要實現了……嗚嗚嗚……」

貂　：動動你的腦袋！更大更好表示著什麼？

羊駝：有更多飼料可以吃？有更大的草地可以打滾？

貂　：錯！表示有更多的小孩會來！

羊駝：喔不！這對可愛動物來說簡直太殘忍了！

貂　：是吧？

羊駝：可是我們還能怎麼辦？反正我想園長說是更大更好的地方，就一定是更大更好的地方的，我好期待喔！

貂　：你就信園長的吧！你知不知道今年的猛獸脫逃是誰？

羊駝：好像是斑馬吧……怎麼了？

貂　：九點鐘方向！那個噴嚏實習生帶著一批小鬼走過來了！快裝可愛！

羊駝：我們不是不可愛嗎？

大動物園　241

貂　：那快裝死！

　　　羊駝與貂回到嚼著草臉很屎和叼著草很痞的樣子。
　　　志強帶著一群小朋友上。
　　　（小朋友可以無實體演員，以偶或罐頭吵雜音取代。）

志強：各位愛心育幼院的小朋友，我們來到這裡就是可愛動物區喔！可愛動物區裡的動物都可以撫摸喔……好好好，一個一個來，不要擠……要溫柔地撫摸牠們喔……喂喂喂！不是叫你們要溫柔一點了嗎？怎麼還用扯的！

　　　〈大動物園主題曲〉音樂奏起。志強突然像是被拯救般。

志強：好了各位小朋友！你們知不知道大動物園的吉祥物是誰啊？對，是黑熊喔耶！快看那裡！那不是黑熊喔耶出來跳舞了嗎？

　　　巧喬著黑熊喔耶玩偶裝出現，跳起舞。
　　　小孩子們蜂擁而至黑熊喔耶前。
　　　黑熊喔耶跳到副歌時，欣凌上。

欣凌：歡迎今天蒞臨大動物園的愛心育幼院的小朋友們，現在為您表演的是我們的誰？黑──熊──喔──耶──是誰？黑──熊──喔──耶──有沒有小朋友想要跟喔耶一起跳舞的啊？

　　　黑熊喔耶跟小朋友一起跳舞很嗨到頭罩甩掉了。

眾人靜止。

小朋友哭泣聲。

巧喬非常尷尬要去撿黑熊頭罩，可是又被踢遠了。

欣凌：哎呀哎呀，原來黑熊喔耶裡面藏了一位大姐姐呢！喔不是不是不要哭，不是喔耶吃掉了大姐姐，小朋友們不用擔心，大動物園裡的動物都不會吃人的喔！小朋友們覺得這位大姐姐漂不漂亮？漂亮對吧！她可是為了讓愛心育幼院的小朋友們開心，才會裝扮成喔耶跳舞的喔！大姐姐跳舞跳得棒不棒？看到漂亮的大姐姐就不要哭了吧，而且，這位大姐姐以前也是在育幼院長大的喔！

巧喬眼看黑熊頭罩已經戴不回去，索性在欣凌旁尷尬地陪笑。

巧喬：各位愛心育幼院的小朋友們好啊！沒錯！我也是育幼院長大的唷！小時候也是來大動物園來參觀呢！那時候我就覺得，大動物園真是一個好棒的大家庭，這裡有無尾熊爸爸、大象媽媽、猩猩寶寶，還有好多好多……每個動物每個人都看起來好開心好快樂的樣子，那時我就許下了一個願望，以後一定要成為大動物園的一員！

巧喬在講話的時候有點像演講的聚光燈，講完馬上熄滅，巧喬瞬間洩氣樣。

志強：天哪！我剛在旁邊看了心臟差點快跳出來！

欣凌：巧喬，拜託你穿玩偶裝注意點，不然會成為小朋友的童年陰

　　　　影好嗎!還好我夠機靈……
巧喬:知道了啦……
欣凌:猛獸演習也萬萬拜託你了。
志強:猛獸演習?
巧喬:也拜託你了,實習生。

3／獸之夜

黑熊喔耶（焦慮暴躁憂鬱）在強化玻璃牆的邊緣不停來回走八字。

黑熊：什麼說我這樣繞圈是在畫畫，什麼說我不動就是死了。拚命拍打拍打拍打玻璃叫我「喔耶快點起來動起來嗨啊！」嗨你媽個屄。（用身體去撞強化玻璃罩，撞了反彈到地上又再起身撞，兩、三次後放棄繼續走八字）嗚嗚嗚我早就知道這些都是假的，假的草地假的山丘假的獵物，只有這堵看不見的牆是真的，真的……真的好痛。嗚嗚嗚，我不能出去……我還是不能……不能……不能這樣！竟然連黑熊喔耶都是假的！他們把我演得好蠢，我不能接受嗚嗚嗚……

貂在一旁發出聲音，沒有讓黑熊看到。

貂　：嘿！兄弟！
黑熊：誰？
貂　：你就是真正的黑熊喔耶對吧？
黑熊：你是誰？
貂　：我是來救你的啊！人類都對你很壞還把你關在這裡對吧？
黑熊：你怎麼知道！
貂　：看你這樣一直繞圈圈走八字就知道了，這就是動物的刻板行

為啊，嘖嘖，通常就是焦慮才會這樣，可憐唷。

黑熊：你知道！喔你竟然知道！嗚嗚嗚！你知道我是真正的喔耶對吧！但他們來看我這個真正的喔耶的時候，竟然說我是假的！還會一直拍打玻璃罩說，為什麼都不動！這個喔耶一點都不可愛！憑什麼！我才是真正的喔耶！為什麼那個假的喔耶比我這個真正的喔耶受歡迎啦⋯⋯嗚嗚嗚⋯⋯假的哪會比真的好啊⋯⋯這些假山丘假草地假小溪⋯⋯一點都沒有比真的好⋯⋯

貂　：是啊，我懂，我都懂。我這不是來了嗎？

黑熊：你來幹嘛？

貂　：過幾天就是大動物園的猛獸逃脫練習了你知道嗎？

黑熊：嗯嗯，大動物園每年都會舉辦的啊，怎麼了嗎？我還知道今年的猛獸是斑馬呢！

貂　：斑馬算什麼猛獸啊！你說是不是？

黑熊：可是猛獸演習本來就不會放出真正的動物啊，都是飼育員扮的啦，做個樣子而已啦！

貂　：難道你不會想讓他們看看真正的猛獸黑熊喔耶嗎？還是你在這個籠子裡待久了，都忘了自己曾經是山林裡的猛獸了？

黑熊：我⋯⋯你想幹嘛？

貂　：我想帶你回去啊！

黑熊：難道⋯⋯難道你是獨角獸嗎？

貂　：獨角獸？！

黑熊：傳說中山林裡有珍貴的獨角獸，會在新月之時出現，今晚正好是⋯⋯聽說獨角獸會帶來幸運，我在山林時，有次看見了獨角獸的角——

貂　：你確定那是獨角獸的角？

黑熊：噴，不要打斷。我還在山林時，有次看到獨角獸的角，那一
　　　整天捕獵都很順利！所以你真的是⋯⋯
貂　：⋯⋯我就是獨角獸啊！
黑熊：那你說什麼我都聽。
貂　：你聽好啦。

　　　窸窸窣窣窸窸窣窣窸窸窣窣。

貂　：都懂了吧？
黑熊：懂。

　　　傳來巨大不安的象鳴。

貂　：動物園裡怎麼了？
黑熊：大象好像難產吧，好幾個小時了。

　　　手電筒光線＋腳步聲。

貂　：有人來了，我先閃，要記得！山林裡真正的猛獸！

　　　園長背對探看象園，阿賢拿著手電筒探照。園長轉頭。

阿賢：園長？
園長：今晚是你值班？
阿賢：您不是早就下班了嗎？
園長：這隻母象快生了，我來看看牠，你不也是來看牠的嗎？

阿賢：我在值夜室都聽得到象鳴。

　　　　象踏地板震動＋鐵鍊的聲音。

園長：情況不太妙，你趕緊去叫獸醫來吧。

　　　　園長打開柵欄門（或跨越）象園。

阿賢：園長！你要一個人進入象園嗎！太危險了！
園長：你沒感受到牠很痛苦嗎？全動物園的動物都能感受到了！

　　　　各種動物鳴叫聲。痛苦的象鳴。

阿賢：我跟你一起進去吧！
園長：你再不去叫獸醫大象寶寶就要死了！
阿賢：我怕死的會是園長！
園長：就算這樣我也願意進去，我以為你會了解的。
阿賢：我知道！但——
園長：你想殺了大象嗎！
阿賢：是誰殺死了大象！是動物園的存在還是我們！還是這個世界已經沒有能讓大象生存的地方了！
園長：你確定要在這時候跟我討論動物園的存在！快去！

　　　　阿賢爭不過園長，快速跑離。
　　　　羊駝和斑馬群。他們面朝某個方向，看似靜止不動。又過會兒，緩緩移動全部改朝某個方向。

羊駝：為什麼我要跟你們關在一起睡？我本來就容易失眠看你們這樣喬來喬去的更不容易睡。

斑馬：嘿兄弟，不要把你睡不著的錯怪到我們身上OK？我們都是草食性的動物OK？本來就是要保持警覺以免被狩獵不容易熟睡OK？而且今晚大象媽媽一直在慘叫OK？大象一胎要懷兩年，出生生存率還不高，有點同理心OK？

羊駝：在動物園就是這樣，容易影響精神不好。

斑馬：你以前就有比較好？Really?

羊駝：我可是從阿爾卑斯山上來的呢！

斑馬：Amazing! 我們還是從非洲大草原來的呢！

羊駝：那在哪？

斑馬：I don't know，只是聽孩子們說我們應該是從那來的，I guess。

羊駝：聽說你們以前還踏死過獅子嗎？

斑馬：That's right! 你從哪聽來的？

斑馬群又緩慢換個方向。

羊駝：你們這樣慢吞吞的樣子，我才不相信你們能踏死獅子呢！

斑馬：是嗎？這裡沒有地方可以跑給你看，不然……Right here, right now!

斑馬群開始急速踏地，揚起塵土。
園長提著一桶子，露出小象的屍體和血水。阿賢跑上。

阿賢：園長！獸醫就快來了！我們——

大動物園　249

　　　　阿賢注意到園長手上的水桶。

阿賢：太……晚……了是嗎？

　　　　象鳴聲仍持續。

園長：請獸醫準備麻醉，至少讓母象安靜下來吧。
阿賢：怎麼會這樣……我原本還很期待大象寶寶的……
園長：你忘了動物園裡的動物從交配就是件困難的事，懷孕還能夠順利生下來的，也是夭折的多。你剛剛不是還要跟我討論動物園存在的正確性嗎？現在就來說啊。
阿賢：我知道……我都知道……可是我……
園長：我也曾經以為自己都知道了，到了現在都要退休了，還是都不知道。只能在半夜提著小象的屍體，等著獸醫來給躁動的母象打一針麻醉，讓牠安靜點，讓其他動物能好睡點。小象就讓你拿去埋掉吧。
阿賢：埋在梅花鹿旁邊的那個空地可以嗎？
園長：就給你處理了，動物園說不定你都比我還熟。

　　　　阿賢從園長手上接過桶子。

園長：快去吧。

　　　　阿賢轉身離去。園長幾乎聽不到的哽咽聲。

阿賢：小象啊小象，你都還沒見過太陽，我就要把你埋葬……那個

慰靈祭真的有用的話，我希望你能到更好的地方，不要再投
　　　胎到動物園裡來了⋯⋯不過，到別的地方有比較好嗎？

　　　　　阿賢埋葬完小象。
　　　　　一旁露出鹿角不安移動感。
　　　　　阿賢拍打乾淨泥土。安撫鹿。

阿賢：好喔好喔，沒事了，噓。沒事的，你們不會那樣的，你們懷
　　　孕的話我會全程守著你們守得好好的。沒事的⋯⋯沒事的⋯⋯

　　　　　阿賢的沒事的沒事的，漸漸被石虎母說的沒事的沒事的給蓋
　　　　　過去。
　　　　　隨著聲音，依稀看得見石虎母子的兩雙貓眼。
　　　　　山林裡夜晚的聲音，蟲鳴蛙叫之類。

母　：沒事的沒事的⋯⋯
子　：媽媽，好黑，我好怕。
母　：傻瓜，怎麼會怕黑呢？你聽⋯⋯
子　：好多奇怪的聲音。
母　：怎麼會奇怪？那只是其他動物的呼吸聲啊。

　　　　　安靜，只剩兩隻石虎的呼吸聲。

子　：好像是耶！
母　：所以在這黑暗中，不是只有我們，還有很多的動物都在旁邊，
　　　而且你是夜行性的動物，怎麼會怕黑？你怕的是不知道的東

西,不是怕黑。

　　　草叢騷動聲響。

子　：媽!有野獸的味道!
母　：孩子,那是我們好幾天沒洗澡了,過來,我幫你舔舔。
子　：媽⋯⋯我們都走了那麼多天了,哪時候才會找到你說的那個又大又好的地方?
母　：我本來想著可以靠著天上的星星指引方向,可是現在⋯⋯
子　：星星?
母　：這下連讓你認識星星的機會都沒了。
子　：難道它們都掉下來了嗎?

　　　草叢騷動聲響。

母　：現在填飽肚子可能比星星還重要了。

　　　拍打肉醬聲。

母　：吃吧。
子　：媽媽那你呢?
母　：這隻那麼小,你吃就好。
子　：可是媽媽你會餓⋯⋯我也還是餓⋯⋯
母　：抱歉孩子,媽媽也是沒辦法,那種眼睛發紅口吐白沫走路搖搖晃晃的都是中毒吃不得,能吃的越來越少了⋯⋯
子　：那怎麼辦?我們會不會餓死?

母　：別擔心，聽說到了那裡就不會餓肚子也不會冷到，也不用像現在這樣躲躲藏藏怕被車撞。
子　：是那麼好的地方嗎？
母　：是啊⋯⋯只不過他們只收珍貴的動物。
子　：我們夠珍貴嗎？
母　：一路上你還有看到跟我們一樣的嗎？只剩我們了，當然珍貴。

　　　草叢騷動聲響。

子　：媽！
母　：這次換你去試試吧，做個真正的野獸！

4╱猛獸脫逃演習

　　欣凌拿著大聲公。

欣凌：各位同仁就位了嗎？先請猛獸出場。

　　巧喬著斑馬服，拿著斑馬頭。

巧喬：各位朋友大家早！今天就由我巧喬來為大家扮演今年的猛獸，斑馬。不要小看我巧喬小小一隻，跑起來可是很快的喔！大家要趕快來抓我喔！
欣凌：好了巧喬，今天沒有參觀民眾你就省點力氣吧。大家都就位了嗎？阿賢？志強？園長？

　　志強持麻繩，阿賢持麻醉槍，園長空手，三人站在各個角落。欣凌一一朝著三人點頭各自確認。

志強：阿賢！阿賢！那位就是園長嗎？天哪！我來到動物園這麼久了，今天可是第一次見到園長！你覺得我要不要先去跟園長作個自我介紹？
阿賢：閉嘴！拉好繩子！
園長：那個那個誰，你過來。
志強：園長是在叫我嗎？園長是在叫我吧！

志強興奮地走到園長旁。

志強：園長那個我很崇拜你！我──
園長：閉嘴實習生，叫你過來只是要你站好拉繩子的位置。
欣凌：大動物園第十七次猛獸脫逃演習，斑馬。正式開始。斑馬戴上頭套。斑馬從山坡上跑了下來。

　　　眾人盯著巧喬裝扮的斑馬，真正的斑馬群卻從巧喬背後跑了出來，眾人看了驚嚇。

欣凌：怎麼會……全面戒備！巧喬快點！先往旁邊跳！怎麼真的斑馬會跑出來！
志強：園長！現在該怎麼辦！
園長：用繩子絆倒牠們啊！快啊！
志強：可可可是！斑馬不會受傷嗎？
園長：你以為用斑馬來做演習是為什麼？斑馬太多，死掉幾隻沒關係。
志強：什麼？
園長：你不知道動物園前幾年才處死了一隻雄長頸鹿嗎？
志強：為什麼？
園長：基因過剩。
志強：可是可是那是因為科學考量啊！現在……沒道理要殺死斑馬呀！
園長：過剩就是太多了，死掉一些沒關係，反正有可以替代的，你知道為什麼戰爭和傳染病永遠不會消失嗎？因為人類也是太多了，孩子，這也是地球的科學考量。來不及了。阿賢。

阿賢馬上發射麻醉槍。

　　前面幾隻斑馬倒地後,斑馬群混亂。

　　園長搶過志強手中的繩子牽制住斑馬。

　　志強還是呆愣著,看到斑馬一一倒下開始發抖哭了起來。

志強:為什麼要這樣⋯⋯為什麼要這樣⋯⋯
園長:你這樣的還想在動物園裡工作!他們再跑過來被踏死的就是我們了。還是,你比較想被斑馬踏死?
志強:我不想被斑馬給踏死,但我也不想要斑馬被斑馬給踏死!
園長:哭什麼哭!只會哭能做什麼大事!
志強:斑馬死掉就不是大事嗎!
園長:實習生!我告訴你!你來之前動物園門口死了一堆狗!前幾天死了一個大象寶寶!昨天貓熊和無尾熊又流產了!你覺得對動物園來說,幾隻斑馬死掉會是大事嗎!

　　阿賢有點恍惚地走近園長。

阿賢:園長⋯⋯剛剛⋯⋯我⋯⋯
園長:你做得很好。
阿賢:⋯⋯麻醉劑已經用完了。
園長:我這裡還有準備。
欣凌:(大喊)巧喬你還好嗎?

　　巧喬從旁邊滾出。

巧喬:還好⋯⋯還好⋯⋯

園長：去查查是誰把斑馬給放出來的！

>眾人有種逃過一劫的虛脫感。黑熊突然跑出，擺出很標準猙獰的野獸樣。

黑熊：哇啊啊啊！換我出來啦！你們怕了吧！我可是真正的猛──
巧喬：喔耶！你怎麼！

>園長毫不猶豫搶過阿賢手中的麻醉槍，補充麻醉劑，連發好幾發子彈，黑熊緩慢倒地邊唸著：我可是隻真正的⋯⋯真正的猛獸⋯⋯

志強：園長！黑熊我們動物園只有一隻啊！
園長：會暴走的黑熊也不適合再待在動物園裡了。
欣凌：園長！喔耶現在是我們動物園的吉祥物，現在這樣⋯⋯
園長：去跟壽山借吧。

>沉默。

園長：你們善後吧，我想靜靜。

5／動物感傷

　　　　園長辦公室。

欣凌：園長，壽山動物園說不外借黑熊了，他們前陣子才被動保團體說，黑熊跟人類一樣站起來用兩隻腳走路是因為壓力太大，現在對動物權益很敏感。
園長：那就這樣吧。
欣凌：什麼叫作那就這樣吧？喔耶是我們動物園今年的吉祥物，現在不見了要怎麼跟外界說？
園長：不是還有巧喬嗎？
欣凌：你是說巧喬扮的喔耶嗎？你是要巧喬穿著喔耶的玩偶裝，進去黑熊的籠子裡嗎？
園長：反正對人類來說有什麼不一樣嗎？人類想要看到的，不就是個活潑可愛的黑熊嗎？巧喬扮的喔耶，比真正的喔耶可愛多了。這樣不是皆大歡喜？
欣凌：園長，這麼多年來你為動物園做了那麼多事，怎麼現在要退休了，反而腦袋不清楚起來？
園長：反正我都要退休了。
欣凌：你不要以為退休就能擺脫我，別想！

　　　　欣凌負氣離開，志強進。

志強：園長……那個……

園長：說。

志強：黑熊已經送去處理了，那些斑馬……

園長：拿去給獅子老虎加菜吧。

志強：什麼？

園長：獅子老虎吃斑馬不是很正常的事嗎？

志強：是沒錯，但是……

園長：人都說動物被養久了就會忘記野性，忘記大自然的生存法則，看來人類也是啊。

志強：這樣好嗎？我是說……

園長：歡迎來到大動物園。

廚師和阿賢在解體斑馬，阿賢靜靜流淚。

廚師：阿賢啊，不要哭了，你都來這麼久了還沒習慣啊？

阿賢：我在想我的鹿……

廚師：你的鹿一點都不猛不會成為猛獸演習的啦！

阿賢：如果有一天——

廚師：有一天你的鹿死掉了確實可能也是這樣被吃掉，但也不要這樣想嘛，做成標本也有可能嘛！

阿賢：做成標本比較好嗎？

廚師：看你怎麼想啊，所以囉，被吃掉也沒什麼不好嘛，那你就換去顧獅子和老虎啊！

阿賢：也對。

兩人繼續解體斑馬。志強進。

志強：那個，園長說斑馬……啊，你們已經在處理啦！
廚師：只有你這個傻子才會去問，身為員工就是老闆不用多說就自己知道要做什麼。
志強：你們一直都是這樣？
廚師：唉呀，沒什麼嘛，你就是新來的有點不習慣我知道。不過想想，你是在動物園耶，這樣不就覺得正常多了嗎？
志強：我其實不太知道動物園裡怎樣是正常了……
阿賢：這些我先提過去了。
廚師：辛苦你啦。

  阿賢提著一桶斑馬肉塊離去。廚師和志強一起繼續處理斑馬屍體。

志強：沒想到園長會是這麼狠心的人……
廚師：說到這個園長是怎樣的人，沒人比我更了解的啦！他剛進來還是飼育員的時候我是個廚師，格老子的，到現在我也還是個廚師。
志強：你在這裡待很久啦？
廚師：待很久啦，待到都忘記該回老家啦！
志強：你的老家是在……？
廚師：跟你們這些年輕人講也不懂，我的老家啊……（唱）跑馬溜溜的山上，一朵溜溜的雲唷～
志強：我知道！這首是〈康定情歌〉！你老家是在四川省的康定嗎？
廚師：唉唷，小子大陸地理不錯嘛！不是啦，唉，（唱）青海的草原，一眼望不完～
志強：難不成你家在青海？難怪啊！難怪！

廚師：傻瓜！你都聽不出來俺的口音嗎！
志強：大叔，我知道你有口音，但我不知道是哪裡的口音啊！
廚師：俺是山東人！山東人啊！！！
志強：那你幹嘛唱〈康定情歌〉和〈中華民國頌〉啊？
廚師：這歌裡描述的風情好啊，在我想像中，俺的故鄉山東也會是那樣風情好的地方不行嗎？俺還是嬰兒的時候就被老子抱過來了，根本沒看過山東長啥樣啊！只留下老子傳給我的這個口音還能提醒俺是個山東人啊！聽老子常常懷念說山東那整個山林遼闊啊……哪像現在看動物園裡都是一些假山假水的……唉呀我是……反正我是回不去囉……不管是山東，康定還是東海……
志強：中華民國也……
廚師：回不去回不去都回不去囉！
志強：你別難過別難過。就跟動物園裡的動物一樣也回不去非洲草原嘛。
廚師：欸，小子，你說得還真對！反正我也不認識老家的人，他們也早就忘了我吧……真要說園長喔！我是看著他爬上來的，厲害喔！
志強：園長怎麼了嗎？
廚師：你們外面的人都聽園長做啥動物改革的，我看是革了老子的命！我們廚房啊，以前都是人類跟動物的食物一起處理的，反正都是吃嘛，哪有那麼麻煩，後來他就說為了讓什麼動物更營養的，硬是要廚師去學動物營養學，格老子的，老子自從十五歲握上炒鍋後就沒讀過書，那段時間痛苦死老子了。
志強：因應社會變化，是該作些改變……
廚師：格老子的！老子做吃的一輩子了，沒想到動物吃得還比人類

講究！

志強：畢竟這裡是……大動物園嘛……

廚師：唉唷，在動物園或許動物是比人類貴重沒錯，不過這給動物園裡的動物吃的動物，就比較不值錢了嗎？你看，現在這樣也不知道誰的命比較賤啊（又剁了斑馬）。對了，你今天想吃啥？

志強：我……有點沒胃口……

廚師：別客氣嘛！我做的山東大餅可好吃的！對了！那園長後來還要我們去考什麼丙級執照的耶！老子甩大餅一輩子了，可沒聽說拿到執照的餅就會比較好吃，你說是不是……喂，說說你想吃什麼啊，我可是有拿到丙級的人，什麼我都能做的啊！

　　　欣凌蹲著生悶氣，旁邊兩、三隻母猩猩，感覺是很討厭她地在拍打、排斥她，旁邊一隻猩猩抱著一隻貓撫摸。

欣凌：是吼，我也這樣覺得，你們說，園長是不是真的太過分了！我也沒想要他怎樣啊，可是他怎麼能說退休就什麼事都不管，他退休是一回事，但這不代表我跟他就沒關係了啊……對啊，我知道園長都是為了動物園好，但有時候他也太冷酷了不是嗎？都不知道這樣冷血無情的人是怎麼能當上動物園長的……嗯嗯，我也覺得他變了很多，但我也不知他以前是個怎樣的人，畢竟那時候我還小嘛……

　　　巧喬著黑熊裝抱著黑熊頭走進，好笑地看著欣凌和猩猩們說話。

巧喬：我就知道你在這裡，為什麼這些猩猩那麼討厭你你還要來。
欣凌：牠們討厭我好，牠們討厭我我就不需要喜歡牠們了。牠們討厭我還不是因為猩猩王翰森喜歡我。
巧喬：翰森喜歡你你也沒比較喜歡牠啊。
欣凌：讓牠絕望吧，跨物種的愛是注定沒有希望的。
巧喬：走囉，黑熊喔耶的跳舞時間又要到囉。
欣凌：為什麼喔耶死了你看起來一點感覺也沒？
巧喬：或許死了比較好吧⋯⋯我應該害怕的是下一個吉祥物可能得扮成翰森嗎？

巧喬學起猩猩走路的模樣討好欣凌。
抱著貓的那隻猩猩把手上的貓遞給欣凌。

欣凌：不用不用，那是你的，謝謝真的，謝謝。
巧喬：我們為了安慰 Lucy，給牠一隻貓當寵物，牠還真的就好了起來。
欣凌：在動物園裡讓動物養動物當寵物，人類真的好奇怪，這隻貓以後會怎樣呢？
巧喬：還是先讓 Lucy 養著吧，牠好像真的把牠當成了自己的孩子。
欣凌：牠可能以為我也失去孩子吧⋯⋯不用了真的，謝謝你喔，我沒有失去孩子啦⋯⋯
巧喬：只是失去了爸爸。
欣凌：啊⋯⋯你知道了嗎？
巧喬：你跟園長之間總有種怪怪的感覺，去查一下就知道啦！
欣凌：或許我也沒失去過⋯⋯因為從未得到。
巧喬：從未得到過的人是我吧。

大動物園　263

欣凌：啊……抱歉，我不是故意要……
巧喬：我早就把大動物園當作我的家了。
欣凌：也是……從小，同學們在說什麼全家快樂地去動物園玩啊，我聽到就最討厭了，我最討厭動物園和動物了，就是他們搶走我的爸爸。
巧喬：所以你是來動物園搶回爸爸的嗎？
欣凌：我只是在想，是什麼樣的地方對他來講那麼重要，可以放著家裡的老婆和小孩，整天在動物園裡工作。
巧喬：那你自己來動物園工作之後呢？
欣凌：好像有點理解了，對這些動物會有最少的責任心吧！
巧喬：什麼責任？
欣凌：你把牠們關在這裡，不論是出於保育還是觀賞，不管是私心還是愛地球都好。
巧喬：你把牠們放出去牠們會死的啊。
欣凌：是啊……所以人類就決定把牠們關在這裡了。這樣極限的活動空間，這些安慰牠們的假山假樹還有假的孩子。
巧喬：但至少比沒有好。
欣凌：但至少比沒有好吧？我也不知道。Lucy 謝謝你，這個是你的貓，希望你會好過一點，你還會再生孩子的。
巧喬：走了嗎？
欣凌：我們繼續努力做個大動物園的人類吧。

　　園長背對著觀眾，猩猩王翰森對著園長示威（拍打自己的胸膛之類）。

園長：你也會覺得我對欣凌太壞啊？你在替他抱不平啊？別傻了，

跨物種的愛是沒有希望的。

阿賢提著桶子上。

阿賢：我就知道園長在這裡。那些斑馬肉都餵完了。
園長：你還不是都會去找鹿一起睡覺。
阿賢：園長⋯⋯我⋯⋯
園長：你不用說,我知道。阿賢啊,像我們這種人,跟動物相處總比跟人容易。
阿賢：園長都會跟翰森說什麼?
園長：跟他問誰比較 handsome 啊。
阿賢：難怪他會跟你示威。
園長：阿賢,你覺得我做錯了嗎?
阿賢：⋯⋯我們只能盡量對動物好⋯⋯
園長：盡量盡量,我以前也覺得盡量就好,後來越來越不明白怎樣對動物是好的了⋯⋯阿賢,如果是你,能帶領動物到更大更好的地方嗎?
阿賢：我們不是就要搬遷了嗎?
園長：唉⋯⋯我不是說這個⋯⋯
阿賢：不然能去哪裡呢?
園長：⋯⋯也是,也是⋯⋯唉⋯⋯走吧。

6╱計畫趕不上變化

　　貂張牙虎爪地做出面目猙獰但想微笑的僵硬表情，用手電筒照出牠的影子好像是很巨大的猛獸。
　　旁邊有雲豹、獅子、陸龜、馬來貘圍繞著貂。

獅子：哈哈哈哈哈，你說他們就把喔耶的標本做成那樣？
貂　：對！根本不可能有黑熊會擺出這樣的表情好嗎！
雲豹：不就是滿足人類的想像嗎？
陸龜：什麼想像？
雲豹：人類對野獸野性猙獰的幻想，加上吉祥物要有的親切笑容，混合在一起，啪！
貘　：（不安顫抖）今天找我來這裡幹嘛呢？這裡根本不是草食動物該來的地方啊！
獅子：放心我不吃豬。
貘　：我才不是豬！
雲豹：大家都是鄰居，就當培養培養感情如何？
陸龜：沒聽過肉食性動物要跟草食性動物培養感情的，大概是在胃裡培養吧。
獅子：前幾天那批斑馬肉我都沒動口了。
雲豹：我也沒胃口。
貂　：呃⋯⋯都怪我⋯⋯
貘　：為什麼？斑馬對你們來說不是很好吃嗎？

獅子：在這裡每天抬頭不見低頭見的，就算沒說過話，但每天聽到牠們的嘶嘶叫聲，就好像認識了牠們，牠們的頭血淋淋的發紅的眼睛還瞪著你，總覺得怪怪的，又不是沒有別的東西可以吃。

雲豹：而且我們吃的肉都是廚師處理過的好嗎！

獅子：原本有點不習慣，還想吃活的獵物，後來折騰好久，在小小的籠子裡要吃隻活雞還得搞得雞飛狗跳的，撞得自己滿頭包。後來習慣了也就覺得吃不會掙扎的食物挺好的。

雲豹：算了，算了，切成一塊塊的肉也挺方便吃的，反正現在也不需要磨牙了。

獏　：那你們也不會吃我吧……

獅子：豬是吧？記住了，不吃。只吃外面養的豬，不吃動物園裡面的豬。

獏　：就說我不是豬了。

陸龜：所以說到底是找我們來幹嘛啊？你之前的計畫和失敗我們都知道了。

貂　：為勇敢犧牲的前輩默哀三秒鐘。

　　　眾沉默。

陸龜：可不要找我加入吧？我活得太久了，在外面都死了兩任飼主才被送進來，外面的世界沒有比較好過啊，人類就活那短短幾十年而已，要養我簡直是麻煩，我也看開了，總歸世界末日前動物園是一定會在的，說不定世界末日來了，動物園還是在，說什麼諾亞方舟的嘛，總是要選幾隻動物。我在這裡過得可是比其他地方好多了，誰也別想動我這身老骨頭。

大動物園　267

貂　：還不就指望你能跟兩棲和水生說說嘛！
陸龜：你先說我再看看吧。
貂　：你們對動物園搬遷有什麼想法？
獏　：聽說泥池會變得更大！我最喜歡在泥池裡打滾了！
獅子：還說你不是豬。
雲豹：你現在的計畫是怎樣？
貂　：我想過了，真猛獸逃脫計畫闖關失敗就是因為動物園沒對外開放，只有員工和動物，動物一暴動他們就肆無忌憚地格殺勿論，現場如果有民眾的話，他們就不敢開槍了吧？
獅子：我是不知道你在想什麼，但光靠那種浪漫的夢想，是說不動我的。我是從馬戲團過來的，這裡的生活已經比以前好太多，當然名聲是沒得比，但至少不用挨鞭子。
貂　：那你就、你就不想要回到大自然嗎？
獅子：回到哪裡的大自然？
貂　：假山假水人工草皮不會讓你崩潰？
獅子：你去哪裡找給我一望無盡的原野和獵物？再說，我的關節早就受傷，跑不動了，我都不知道現在回到大自然是不是死得比現在還快？
貂　：所以你要像現在這樣等死？
獅子：對，衝出去死比較快，我現在衝不了了。這裡每天有人奉上肉塊，有時還會幫你梳梳毛按摩按摩腿，不說別的，我的飼育員是真的對我滿好的，現在哪裡還有我回得去的大自然？
雲豹：我還記得山在哪裡，可算我一個。
貂　：真的！太好了！有雲豹的支持，我們這次一定能快速地突破防線。那陸龜這裡⋯⋯
陸龜：我剛剛已經說過了，我活著太久了，都分不出有什麼不一樣

　　　　了。活著就是一場修行，會到哪裡去就隨緣吧⋯⋯不過，我倒想起來了，什麼時候大動物園有收貂了？

獏　：對吼⋯⋯什麼時候有貂的⋯⋯不對啊⋯⋯

陸龜：你們草食性動物也不知道嗎？

獏　：沒聽過耶！

陸龜：那你⋯⋯是怎麼來的呢？

貂　：間諜！

獅子：喔，是間諜啊？

雲豹：有趣囉。混進大動物園裡是想幹嘛呢？

獅子：奇怪了，怎麼混進來還敢跟我們鼓吹這些奇怪的事情。

貂　：我想要自由很奇怪嗎！

獏　：自由自由第一次聽到這個詞啊，陸龜，你活比較久，有聽過嗎？

陸龜：自由⋯⋯我倒是認識有個人類叫蚩尤。

獅子：敢騙我們？

雲豹：沒發現你旁邊圍繞著大型食肉動物嗎？

貂　：嗚⋯⋯不要吃我！

陸龜：看牠怕到要嚇尿了，不如聽聽看牠要說什麼吧！

貂　：我我我⋯⋯你們聽我說，我本來是在動物園附近的林子裡活動的，近年來活動的空間逐漸變小了，食物也很難找，我就來大動物園看一看。發現哇噻！動物園裡動物都被照料得很好耶，雖然活動空間跟外面沒得比，不過反正現在外面的情況也不比以前嘛，活得那麼困難還不如混進來，至少一定不會餓肚子。我就看，可愛動物區好像是最寬鬆的地方了，本來被飼育員抓包，後來他幫我檢查打針後，也就讓我留了下來，你們看，我現在也有動物園標記是動物園的財產了。只

大動物園　269

　　　　是我想呢⋯⋯
陸龜：想什麼？
貂　：難道我們就這樣一直待在大動物園裡了嗎？
獅子：不然你想怎樣？
貂　：你們知道要搬到什麼地方嗎？
雲豹：我只聽說是比現在更大更好的地方，不過再怎麼大再怎麼好，籠子還不是那樣小小一個，我最討厭被盯著看，找不到一個可以躲的地方壓力很大。我頭皮都有一塊圓形禿了，不過好險我的花紋遮住看不太到。
貂　：是啊⋯⋯只是從一個籠子搬到另一個籠子而已，都是籠子有什麼差別呢？
獅子：還是你們這些經歷過外面世界的年輕人有野心，我也不喜歡被關在籠子裡，但是比起來，我也不知道哪裡會是更好的地方，你們的山林也沒有我可以待的地方吧？
雲豹：對，台灣沒有獅子。
獅子：那我何必呢？祝福你們找到自己想去的地方吧。
貂　：對對對，所以我就在想——

　　　　雲豹突然大手掐緊了貂的脖子。

貘　：啊啊啊！不要在我的面前這樣！這樣我很怕！
陸龜：有什麼話就好好說吧，大家都在大動物園裡的。
雲豹：你是不是從哪裡知道我跟梅花鹿的計畫？
貘　：為什麼你們都偷偷的有那麼多計畫？
獅子：他們不像豬那麼蠢。
貘　：都說我不是豬了！

雲豹：說啊！你是想破壞我們的計畫嗎？

   貂無法呼吸及說話。

雲豹：說啊！你怎麼不說！不說我就當你默認！
陸龜：你不放開他沒辦法說話啊！

   雲豹放開了貂。

貂 ：咳咳咳……我沒聽說過你跟梅花鹿有什麼計畫……不過……你們有什麼計畫嗎？我也可以參一咖嗎？
雲豹：你的計畫已經把斑馬跟黑熊都給害死了，你覺得我還會讓你參加我的計畫嗎？不如現在就把你給殺了，免得你繼續在動物園裡搗亂。
貂 ：不不不不……別殺我別殺我，求求你求求你！
雲豹：你這種話多的角色，活到現在倒是有點太久了……
貂 ：不不不，不要殺我！我還有用！
雲豹：有什麼用？
貂 ：大動物園附近的地形我很熟！你們還記得山林在哪裡，但是你們知道在這附近要怎麼才能躲過人類的搜尋嗎？
雲豹：嗯……
貂 ：我保證之後不廢話了！乖乖聽命！你就把你們的計畫告訴我也帶上我吧，求求你。
獅子：這下就沒我們的事了吧……散會散會……
雲豹：陸龜，兩棲和水生那裡就麻煩你告知一聲了，雖然牠們要活動起來可能比較不方便，不過如果牠們自己能找到方法的

　　　　話，帶一、兩個我還是可以的。
陸龜：怎麼會想把麻煩往身上攬呢？
雲豹：明明地球七成都是水，牠們卻逃不了，我們是有四隻腳能在陸地上奔跑的動物就能逃，想想好不公平。
陸龜：啊……這樣啊……我去說說吧。
雲豹：但要加入的就要有最壞的打算就是。
陸龜：知道了。
獏　：對我們來說真的沒啥差別啊……還是就這樣吃吃蔬菜水果在泥地裡打滾過日子吧……
雲豹：能這樣也真好啊。
貂　：所以你的計畫到底是怎樣？

阿賢抱著梅花鹿。

阿賢：噓……過不久你就不用再害怕了，我知道你懷孕了很不安，大動物園不是個可以安心生小孩的地方是吧？嗯……我知道，前陣子大象寶寶死了我們都很難過……嗯……我知道……不過這原因太多了不好說……總之，我會帶你回去的，你就等著我好嗎……我跟你說好的，我會故意把柵欄忘了鎖上，那你到時就直接一直往後山逃……不要回頭……你先走我會去找你的……不要擔心我。

阿賢依依不捨地跟梅花鹿再見，離去。貂上。

貂　：嘿！嘿！
鹿　：你是誰？

貂　：我是貂啊！
鹿　：我知道你是貂，我可是從外面來的梅花鹿，你以為我有那麼無知嗎！
貂　：喔我從雲豹那裡知道你們的計畫啦！真有趣！雲豹跟梅花鹿還合作逃亡呢！
鹿　：這有比人類把所有的動物關在動物園裡荒謬嗎？
貂　：不過……你懷孕啦？這樣還要逃跑，好嗎？
鹿　：你沒看到我的角嗎！我是隻公鹿！
貂　：啊？那那個人剛才……
鹿　：他以前照顧過一隻懷孕的母鹿，後來母鹿難產死了，他就變成這樣了……
貂　：這樣啊……我只知道動物關在動物園久了頭殼會變壞壞的，不知道人類也會這樣……
鹿　：待在動物園裡的人久了也怪怪了吧……至少他不是壞人。
貂　：還會幫助我們逃跑呢！快點說，我還要趕去雲豹那裡呢！

　　　　石虎母子。

子　：媽，就是這裡了嗎？這裡就是你說的又大又好的地方了嗎？
母　：你聞……這樣複雜的味道……應該就是了。
子　：那我們應該去哪裡呢？我是看不出來哪裡又大又好，只有好幾條看起來都好像的柏油路啊……
母　：先找看看有沒有跟我們長得比較像的吧！
子　：媽，是大型貓科動物對吧！你有教過我的！
母　：是的孩子你真聰明！我看看啊……獅子……老虎……

　　　　獅子和老虎百無聊賴地看著石虎母子。

母　　：好像都不太適合呢⋯⋯

　　　　雲豹左右踱步,正好看到玻璃外的石虎母子。

子　　：啊!媽你看這個!
母　　：啊!就是他了!

7╱永遠不回頭

貂踱步焦急,梅花鹿也焦慮地等著。

貂　　:快快快,時間可沒有很多。
鹿　　:你不要一直走來走去搞得我很緊張!
貂　　:難道你就不會緊張嗎?再過一會我們就能自由了!
鹿　　:能不能出去都還難說呢!
貂　　:不,我就要出去,出去後就不要再進來了
鹿　　:時間快到了……雲豹呢……

雲豹奮力推著一個大型的機器人模樣的行動水缸笨拙前進,水缸裡頭只看得見水。

雲　豹:抱歉……來晚了……
貂　　:你帶這是什麼玩意兒!
雲　豹:你們看不見嗎?
鹿　　:看見什麼?
雲　豹:水母啊!
鹿&貂:你帶水母來幹嘛啦!

機器人水母遲緩地想要說話。

水　　母：各位　抱歉　造成困擾

雲　　豹：我都說了有意願想走的就一起走啊，虧水母都克服了身體的障礙使用最新科技要跟我們走了，我能說什麼嗎？

水　　母：我想　看見　大海

鹿＆貂：大海啊……

雲　　豹：你們知道大海是什麼樣的地方嗎？

鹿＆貂：不知道。

水　　母：應該　是很　遼闊　的吧

鹿　　：為什麼你會知道大海很遼闊？

貂　　：你有見過大海嗎？

水　　母：大海　遼闊　大海　遼闊　（當機感）

雲　　豹：你們不要問太多問題，這機器還在實驗中啦，你看水母都當機了，我幫牠翻譯。我覺得大海一定是個比這裡好很多的地方，這裡的水池那麼小，連游泳都張不開，所以我想大海一定是很遼闊的吧。

水　　母：對　對　對（突然有種被降靈的感覺）愚蠢的人類啊！總有一天你們會為你們所做的一切付出代價！洪水即將氾濫，山林全被淹沒──

鹿　　：現在沒時間聽你演講。

水　　母：抱歉　我只是　想說　好不容易　能夠

雲　　豹：說好了要讓動物園斷電呢？

　　　　　突然黑暗。

鹿　　：不就是現在了嗎。

貂　　：耶！

雲　豹：那就走吧！
水　母：要走　去哪
雲　豹：你看不見嗎？
水　母：雖然　在海裡　但水母　是認　光線　的
雲　豹：喔喔喔不好意思，我們幾個都是夜行性動物，沒想到這一點。
貂　　：還好我有準備。

　　　　貂打開手電筒。

鹿　　：快快快！
貂　　：我這麼小也快不了啊！
雲　豹：上來！

　　　　貂跳上雲豹的背。

貂　　：我調查過要往後山的圍牆是最低的，我們應該跳得過去。
雲　豹：水母呢？
水　母：等等　等等我
鹿　　：快點，跳電的時間不會很長，很快人類就會發現了！
貂　　：拖著個機器人水母怎麼走得快！
雲　豹：這是我的承諾！

　　　　雲豹推著機器人想要加速。

水　母：啊啊　不要　這樣　晃來　晃去的　水會　變少　啵啵

　　　　　啵啵啵

貂　　：你又怎麼了？
水　母：有點　暈了
鹿　　：你在水裡不會暈在陸地上會暈？！
水　母：不信　把你　丟進　水裡　看看　你　暈不暈
雲　豹：好好，不用吵了。我們終於到柵欄了，我墊著，梅花鹿先跳過去吧！
鹿　　：好。

　　　　　梅花鹿跳了過去。

雲　豹：貂，你沒問題吧？
貂　　：當然！

　　　　　貂也跳了過去。

雲　豹：水母，換你了。
水　母：我要　怎麼

　　　　　機器人左喬右喬都無法順利地爬上雲豹的背，反而水越來越少。

水　母：啊啊　我就　只能　到　這裡　了嗎
貂　　：你們好了沒啊？
鹿　　：快點啊！我看到值夜室那邊開始亮了！
雲　豹：加油！你一定辦得到的！

水　母：啊啊　這些　都是　騙人　的啊　都說　人類　不公平　動物　其實　也　不公平啊
雲　豹：我還是想幫你啊！現在放棄自由就結束了啊！
水　母：（突然有種被降靈的感覺）愚蠢的動物們啊！你們逃呀逃的是想要逃到什麼地方去呢？是草原、森林還是大海？這些地方還在嗎？地球資源的損耗，早就不知道還能剩下多少年。你們從動物園逃跑只是為了一個虛無的夢想而已⋯⋯
雲　豹：是夢想空想妄想都沒關係，我只知道我們現在要快點跑，不然就永遠不用想了，來，你快點再試一次！
水　母：妄想的　是我啊　我的水　已經乾了　我現在　快要　不行了
貂　　：搞半天現在才在不行！
鹿　　：剛才我們的時間呢！
水　母：終究　沒有腳的動物　是沒辦法　跟有腳的　動物　一起逃的　麻煩你　帶著我的屍體　去看一看大海吧
雲　豹：好⋯⋯好⋯⋯

　　　　機器人和水缸倒坍在地，雲豹往地上水灘處撈。

雲　豹：可是你在哪啊？
水　母：摸不到　就算了　記得啊　要代替我　去看看　大海啊　這是我　最後　的願望
雲　豹：好⋯⋯好⋯⋯好⋯⋯

　　　　雲豹看著地上那攤，沉靜地退後往上跳出柵欄。

大動物園　279

鹿　　：你知道大海在哪裡嗎？
雲　豹：不知道。
貂　　：那跟我們要去的方向相反啊！
鹿　　：那還去嗎？
雲　豹：當然不去，快點走！
鹿　　：那你還那樣講！
雲　豹：他都要死了我還能怎樣！
貂　　：走吧快走吧！

　　　　石虎母子安安靜靜地待在雲豹原本的籠子裡，玻璃罩被打破了。志強和園長進。

志　強：園長，電力一恢復我到處查看，發現雲豹好像不見了，可是出現了兩隻⋯⋯
園　長：貓。
志　強：是貓嗎？可是那個花色跟雲豹好像，只是小隻了點。
園　長：是貓，不知哪來的野貓，不知道有什麼傳染病，快點趕出去吧！

　　　　志強想靠近石虎，石虎呲牙警告。

志　強：園長牠們不動。
園　長：先放著等人來支援吧，其他地方呢？
志　強：好像梅花鹿的柵欄也是開的，阿賢正在清點鹿的數目。
園　長：（喃）沒跟鹿一起跑啊⋯⋯
志　強：園長⋯⋯都已經要搬遷了，還發生這種事⋯⋯這樣會不會

影響明天的遊行啊？
園　　長：（喃）這樣也好……
志　　強：而且雲豹不見了，如果傷害到人——
園　　長：你們總想著動物會傷害到人，其實牠們比什麼都還要害怕人類。
志　　強：可是現在這種時間發生這樣的事，還是會引起恐慌吧？
園　　長：搬遷遊行還是照常舉行，動物園的動物那麼多，總有那一兩隻跑掉死掉的。你幫我把欣凌叫來，我跟她對一下新聞稿。

　　　　　志強下。欣凌上。

園　　長：新聞稿擬好了嗎？

　　　　　欣凌遞張紙給園長。

園　　長：可以發出去了。
欣　　凌：園長，明天的搬遷遊行——
園　　長：我從來都不覺得動物園需要公關。
欣　　凌：你一定要現在跟我說這個？
園　　長：動物園最不需要的就是公關，越公關只會讓動物們過得更糟。
欣　　凌：我半夜被叫來擬新聞稿，就為了換來園長你一句「動物園不需要公關」？
園　　長：對園長失望了嗎？
欣　　凌：園長，如果你只是園長也就罷了。我好不容易能到動物園工作，花那麼大力氣了解動物園，了解你的工作，了解你。

　　　　　你現在跟我說，我做的是對動物園最糟的事，那你又是怎樣對待你女兒的呢？爸爸。

園　　長：對爸爸⋯⋯失望了吧⋯⋯

欣　　凌：你說的話永遠都一樣，小時候對女兒說：你媽會帶著你到更大更好的地方，長大後讓公關說：動物園會搬到更大更好的地方。我就一直想來看看，到底動物園是多麼大多麼好的地方，讓我爸爸一直不回家。

園　　長：我一直都在讓你失望⋯⋯

欣　　凌：喔，我知道了，你是想說這樣說我，我就會自己憤而辭職離開動物園了吧，我偏不！我討厭大動物園也討厭你！但我對自己的工作和這些動物，還有一點最起碼的責任心！跟把女兒丟給媽媽養的爸爸不一樣！我還是會主持一早的搬遷遊行，抱歉，讓你失望了。

園　　長：這次一定會⋯⋯帶你們到更大更好的地方⋯⋯

欣　　凌：新聞稿是我擬的，不用再對我說大話了。

　　　　　欣凌拿著麥克風，興奮的群眾聲。

欣　　凌：各位大朋友小朋友，終於來到這令人期待的一天。我們首先歡迎大動物園裡最大的動物明星──大象花子，出場！

　　　　　群眾鼓掌。空等。

欣　　凌：（朝後方問）現在是怎樣？喔⋯⋯好⋯⋯各位大朋友小朋友不好意思，大象媽媽不久前失去了牠的寶寶，之後情緒都很不穩定⋯⋯我們要體諒牠，讓飼育員再處理一下⋯⋯

那就換我們的喔耶帶領著動物出場！

巧喬裝扮的喔耶出場，標準吉祥物歡樂帶氣氛感覺。後面拖著一台台像是馬戲團火車車廂的籠子。動物關在裡面只透出眼睛。奏起〈大動物園主題曲〉。欣凌和喔耶帶動群體唱。動物籠子一直沉重拖行。
一陣子後，廣播突然傳出聲音。
欣凌和巧喬都一副不知道發生什麼事的樣子。

園　　長：歡迎各位來到大動物園，今天，是大動物園搬遷的日子……也是個人在任內最後一次工作，我在大動物園服務二十多年，可說最精華的人生都奉獻給了大動物園。可是我常常在想，我究竟為了動物做了些什麼呢？大家都說，園長你客氣啦，你為動物園做了那麼多改革，以前還有跳舞熊和海豚表演呢，是你強力反對才取消的，那不就是很大的進步嗎？是嗎？我想，我能夠為動物做的永遠都不夠吧。這就算我最後的自私吧，我想送給大動物園一份禮物，這份禮物也謝謝大家的參與，感謝各位蒞臨大動物園。

在園長廣播撥放的同時，煙霧飄散了出來。
欣凌開始慌張企圖想控制場面，巧喬也脫掉了頭罩想引導民眾。
空台。煙霧壟罩舞台。
人群混亂踐踏尖叫的聲音，動物關在籠子裡哀號的聲音。
園長廣播重複著：「歡迎各位來到大動物園……感謝蒞臨大動物園……大動物園……」。

8／終結

煙霧漸散，空台。

幾個獸人在煙霧彌漫中互追捉迷藏，未寫定對話的獸人角色，其對話角色安排可由導演決定。

（希望這場的動物形象能跟之前有點區別，例如之前都是用物件拼湊的話，這場就直接印真正的動物照片貼臉上身上之類的。）

─：呵呵呵，來追我，來追我啊！
─：你這個小妖精，等等我啊！
─：你是馬人，不是應該跑得很快的嗎？
─：哪比你是鳥人有翅膀可以飛啊？
─：為什麼我覺得在這裡有種好快樂好天真好單純的感覺啊？
─：因為你在 paradise 裡啊！
─：Paradise? 現在還會有人用這麼老派的概念嗎？
─：啊啊啊，你不要再說了，我的翅膀開始裂了。
─：那麼容易裂該不會是紙糊的吧？
─：我的四條腿……怎麼也突然軟腳了……
─：怎麼怎麼了？你們一個個都打回原形變成沒用的人類了啊，那可怎麼辦才好啊？（哭泣）

幾個已經沒有動物象徵的人在地上扭動爬行呻吟。

煙霧彌漫。

酒保邊咳嗽揮舞著抹布進，觀眾看見招牌 PARADIES。

原本扭動爬行的幾個人癱著趴著躺著在散落的坐墊上，像喝醉嗨過頭趴踢過後的樣子。

牆上掛著斑馬的頭、喔耶掙獰微笑的臉的照片，還有一個塑膠袋。

酒保：不是都說場內禁菸了嗎！到底是誰觸發了煙霧警示器，還要我去處理……這群麻煩鬼……我不是說了不要再喝那麼多了嗎？雖然來這裡就是為了要醉，反正你們再痛苦也死不了啊，一個個倒成這樣還不是要我來收拾？你們這幾隻都很重耶，我扛不動啦！

其一動了動手，微弱喊著：水水……酒保端了碗水餵他。

酒保：雖然死了但喝酒還是會口渴的吼？真奇怪，喝酒是為了想要麻醉，但是酒喝多了又會口渴想要喝水，喝了水又會清醒一點去尿尿，抱著馬桶吐了聞到那味道又醉。真不曉得為什麼要這樣？

馬面：酒保，你講一下那個……你講一下那個動物園的……

酒保：你說動物園的笑話嗎？哈哈，噗嗤，不對，我都說出來是笑話了還會有人要笑？哈哈。就是啊，你們知道動物園裡最多的動物是什麼嗎？

倒在地上的三三兩兩發出模糊的呻吟。

大動物園

酒保：哈哈哈，你們都聽了幾百萬遍了還要我說真的很壞耶，是人類！是人類耶是人類……哈哈哈……你們快點起來啦，PARADIES 要關了啦！啊！你們知道這個店名 PARADIES 怎麼來的嗎？

－　：我知道！極樂……天堂……

酒保：你講的那個是 paradise 啦，虧你們眼睛都那麼大，paradise 和 PARADIES 都分不清楚！喔喔喔！已經有人知道哪裡不一樣了，英文拼字很厲害！你們知道這個 paradise 的由來嗎？我是說原本的那個 paradise 啦。嗯嗯，前面的字是從 pairi 來的，是周遭的意思，後面是從 diz 來的，是建造出圍起來的牆。這樣講起來就是把一個很好的地方圍起來就是 paradise 了耶！這樣想一想有沒有很對！把一群美女關在城堡裡是 paradise，把一群小孩子關在迪士尼裡是 paradise，等地球不太適合生存的時候，就建造一個大大的 paradise 把一些人類和動物關在裡面就是真正的 paradise 了啊。

－　：酒保……你不要再說了，再說我們就 para…dies 了……

酒保：討厭耶！你都把我要講的哏給說出來了。所以我們店名啊，就是把 paradise 的 se 倒過來變成 es，PARA-DIES 這樣就變成周圍都死光光了耶，哈哈哈哈。

倒在地上的三三兩兩發出模糊的呻吟。

酒保：真是的，這群死不了的就會裝死。快點，最後一點時間我們還要緬懷先烈！

－　：喔……這是一定要的……等等我們先爬起來……

酒保：首先，讓我們敬佩猛獸中的猛獸，斑馬，牠們衝鋒陷陣的精

　　　　神，值得我們敬佩。
－　：敬佩！乾杯！
酒保：再來，是真正的喔耶，雖然牠不喜歡喔耶代表的形象有自我認同障礙，但在我們心中，喔耶還是真正的英雄！
－　：英雄！再來一杯！
酒保：最後，是我們找不到實體只能用塑膠袋代替，對大海充滿夢想的水母！
－　：水母！水母！水母！
酒保：還有你們不知道的，追求自由的貂和想回到山林的雲豹與梅花鹿……後來已經沒有人知道牠們到哪去了……
－　：奇怪咧，我們一直想爬起來怎麼還是倒下去啊？這腿已經沒用了嗎？
－　：沒用的腿……沒用……哈哈哈……
－　：你再給我們講一下那個獸人的傳說嘛……
酒保：都講了動物園的笑話還不夠，還要聽獸人的傳說，都說了幾百萬遍了，動物園的笑話一點也不好笑，獸人的傳說也一點都不精彩啊……
－　：說嘛說嘛……
－　：不說我們就賴在這裡不走！
酒保：話說啊，在很久很久以前，那時候人類跟動物是一體的，每個人類也是動物，每個動物也是人類。有翅膀能飛的就是鳥人，有四條腿會跑的就是馬人，當然不只這些啦，什麼虎人牛人鼠人魚人都有啦！他們好快樂好天真好單純地既在一起又各過各的。
－　：什麼叫作既在一起又各過各的呀？
酒保：既在一起就大家開開心心地一起玩耍啊，各過各的就是一起

大動物園　287

開心玩耍後各自回自己的家啊，嗯，大概就是大家一樣又不一樣吧。
－　：什麼叫一樣又不一樣啊？我聽了幾百萬遍還是一樣頭在暈。
酒保：就是在不一樣這件事情上面大家都是一樣的。
－　：不一樣都是一樣的。
－　：後來呢？
酒保：就是要有你這種會問後來呢的聽眾才講得下去。後來不知道哪一天開始，他們看著彼此，突然紛紛覺得很不一樣起來，不一樣就應該有不一樣的過法啊！就撕了你的翅膀，拔了你的毛，刮去你的鱗片，扯斷你的腿……後來大家都變成一個樣了。
－　：那是什麼樣啊？
－　：跟人類一樣的那樣。
－　：那這樣不就都變成一樣了嗎？
酒保：所以他們又不甘心想變成不一樣了，又撕了你的翅膀，拔了你的毛，刮去你的鱗片，扯斷你的腿，通通想把這些變成我的我的！
－　：我的我的都是我的！
－　：你哪裝得了那麼多啊！
酒保：拔下來就裝不回去了啦。後來那些翅膀啊毛皮鱗片跑得快的四條腿啊，都紛紛自己長出來新的樣子了。
－　：那是什麼樣子呢？
酒保：去大動物園看吧。
－　：別的地方看不到嗎？
酒保：現在只有在大動物園才能看到了。
－　：那那些人類呢？

酒保：還是繼續拔他們的翅膀毛皮鱗片和斷腿啊。
──　：哎呀不要不要啊！
──　：哎呀好痛好痛啊！

> 繼續在地上扭動呻吟。
> Crew 出現清理舞台。

酒保：時間到了，你們的主人都來接你們了，（對 crew 說）辛苦辛苦……麻煩麻煩……我也該收拾收拾了，PARADIES 明日又會再死一遍。

> 酒保邊收拾邊唱〈大動物園主題曲〉，其他跟著散漫地唱。
> 酒保擺出標準送客鞠躬姿勢。

酒保：感謝涖臨大動物園。感謝涖臨大動物園。感謝涖臨大動物園。

＊此劇本為台南人劇團之委託創作。

▎《大動物園》首演資料*

時間：2018 年 5 月 11 日至 5 月 27 日
地點：台北水源劇場

製作團隊：台南人劇團
編劇：魏于嘉
導演：黃丞渝
共同創作演員：呂名堯、林曉函、張棉棉、王宏元、
　　　　　　　吳柏甫、梁晉維
現場樂手：黃婕、林孟萱

製作人：李維睦、呂柏伸、廖若涵
舞台設計：陳慧
燈光設計：魏立婷
服裝設計：陳必綺
音樂設計：張瀚中
宣傳文案：靠機運
主視覺照攝影：陳藝堂
平面設計：楊士慶

---
* 首演劇本經由導演和演員進行部分改編。

技術統籌：倪長明
舞台監督：張以沁
舞台技術統籌：陳威遠
燈光技術統籌：吳婉萍
音響技術統籌：蔡以淳
舞台監督助理：羅婉瑜
導演助理：侯昱鴻
舞台設計助理：鍾宜芳、王君維
服裝設計助理：徐巧綾
舞台技術執行：莊志豪、黃詠芝、王祖苓、許哲瑋、
　　　　　　　陳厚禎、莊硯揚、朱亭貞
燈光技術執行：黃南智、林邦彥、陳家如、彭宣凱、
　　　　　　　葉威廷、李思鵬
妝髮執行：孫小婷、賴麗卉
服裝管理：廖筱瑄
專案執行製作：杜彥萱
行銷企劃：莊震峰、粘馨予
票務會計：紀美玲
專案行銷宣傳：李宜軒

空襲警報：貳零肆玖

語言

1. 如無特別註明時,全劇平常對話使用一般中文。
   如果以史實論,應該主要以日文和台語對話,但因本劇本並非以史實作為背景,也無為歷史服務的意圖,人類的對話或許光想達成語言字面上的理解即不容易,更何況翻譯、轉譯帶來的誤解。
   另,觀賞電影時常發現,不管是演出歐洲、俄國、中東或其他國家的故事,片中皆以英文對談。不論是因為投資方決策,還是受眾習慣,還是好萊塢製作慣例,身為觀眾的我能理解且(不得不)接受這樣(一統)的語言表現方式,但仍覺略有違和感。這種違和感,或許也是本劇想傳達的一部分。

2. 有時使用台語。
   特別註明,演員不用為了講述流利、標準的台語,而特別學習台語,甚至是以台灣普遍三十歲以下的族群,或因教育或因地域,大多數無法在日常語言中操練熟稔台語(至少就個人觀察身邊友人)的那種彆腳台語即可,或許在那種乍聽之下好笑的彆扭口音,正可對應出某種時代的轉變。

3. 同理,若使用日語也不用特意練成流利的日語,甚至有種照著字幕拼音唸就的感覺亦可。

4. 語言使用僅供製作參考,導演可隨當下情境與演員配置再進行調和。

寫給在戰爭中死去和活下來的彼此。
在理解和誤解之間。
在生與死之間。

第一場
空襲沒有警報

  小學操場。
  一位年輕女性教師林老師,帶著六名學生(男:阿勇、太郎、二郎;女:小麗、淑子、阿美),唱著〈君之代〉[1]。唱完後,廣播播放體操指示,老師帶著學生一起做體操。唱歌時用日文,對話時用台語。

林師:各位同學,我們今天也是一個島上的好國民。身體好,精神佳。
太郎:老師,我們唱完國歌也做完體操了,是不是能稍微⋯⋯
二郎:就稍稍地⋯⋯一下下⋯⋯
生眾:好嘛,老師好嘛好嘛⋯⋯
林師:就玩一下下喔,不然等下被別班的老師看到又說我太寵你們。
小麗:誰叫老師是剛畢業的嘛。
林師:你們是欺負老師剛畢業嗎?太過分了!
淑子:沒,是很喜歡老師呢,其他班的同學都告訴我們,很羨慕我們班的老師是年輕的女教師呢!
阿勇:哪像他們班的鈴木老師──
太郎:又老又醜又禿頭!

---

[1] 日本國歌。

太郎模仿鈴木老師，用無法辨識的日文腔調亂罵人的樣子。其他學生裝作挨罵和扮鬼臉等。林師很無奈地看著他們。

林師：你們可千萬不能被別人看到這些。
太郎：當然不會！
阿美：……因為老師你也是本島人嘛！
林師：……這種話也不能講。
小麗：老師，你那天是不是也被鈴木老師……
淑子：我有看到喔，老師你頭低低的，很羞愧的樣子，都要哭了呢！
阿勇：亂講！老師才不會哭呢！
二郎：老師你真的哭了嗎？為什麼呢？
林師：為什麼呢？可能是因為我是本島人吧！
太郎：哈哈哈！老師你自己都說了嘛！
林師：敢笑我！敢笑我！

　　林師與學生們追鬧，變成老鷹抓小雞的樣子。

林師：你們不是說要玩嗎！

　　老師與學生們開心嬉鬧，玩累了躺平在地上。

阿美：老師，這樣晒太陽的感覺真的很好呢！
林師：不要一直盯著太陽看，眼睛會受傷的。
阿勇：老師，你看紅紅的太陽像不像國旗？
太郎：我看倒像是你的紅屁股！

　　　　阿勇和太郎開始吵架扭打。

小麗：你們不要再吵了啦！
林師：好了好了，剛剛還玩不夠嗎？
阿美：老師，天空出現那個⋯⋯是不是真正的老鷹啊？
二郎：（興奮）真正的老鷹！

　　　　老師和小麗在分開扭打在一起的阿勇和太郎。二郎和淑子很興奮地學著老鷹在翱翔，阿美繼續定定地望著天空。老師將學生分開後，隨著阿美一起往天空看。

林師：（大叫）快躲起來！是轟炸機！

　　　　學生們突然一哄而散，老師把他們聚集起來，領著他們一起逃。老師一邊帶學生，一邊喊著。轟炸聲交錯。

林師：空襲來了！空襲來了！大家快逃！怎麼沒聽到警報聲呢？

　　　　轟炸幾聲後，空襲警報聲才響起。鈴木老師出現。

鈴木：（日語）林老師，學校這裡的防空洞已經差不多滿了，剛好你們班幾個家都在附近，你帶著他們，回去找他們的家人，就躲在他們那裡的防空洞。
林師：（日語）可是、可是飛機已經──
鈴木：（日語）這是校長的命令！

　　　　　鈴木老師轉身離開，學生圍著林師。

林師：轟炸聲暫時停了，我們快點走吧！

　　　　　他們行走時，阿美的家人出現。

美母：阿美，我們正要去學校找你！
林師：太好了！
美母：這裡現在太危險了，我們要快點走了，老師你們也快去躲起來！

　　　　　阿美跟家人離去，林師繼續帶著剩下五位學生。到達村落。搭配落敗殘骸的紀錄片影像。

二郎：怎麼……怎麼會變成這樣……
太郎：我的阿母……和小妹都在家……

　　　　　太郎急忙跑走。

林師：太郎，你──
小麗：老師我們現在該怎麼辦？
淑子：我已經認不得回家的路了……

　　　　　二郎開始哭起來，老師慌亂想要追太郎，又想要安撫二郎和其他學生，轟炸聲又傳來。

林師：先找到防空洞吧,可能你們的家人也都躲在那。

他們跟著人群走到防空洞,林師安排他們一一進去時,太郎又出現。

太郎：老師,終於找到你們了!我跟我家人在那──

炸彈落下,太郎被炸死。

林師：太郎!
小麗：老師,太郎他……
二郎：太郎死了啊!太郎他死了啊!
林師：(強忍鎮定)我們都看到了!快點進去!

四位學生進入了防空洞,老師站在洞口,望向天空。

林師：(日語)前略[2],政夫,你回內地已經幾個月了,我已經從想你到不敢再想你了,可能我們在一起就是注定要分離。聽說內地的情況比本島更嚴峻,我們這裡也已經開始遭受美軍的轟炸了。我帶的最活潑的學生,剛剛死在我面前,他還曾說過要快快長大當兵參加戰鬥保衛國家呢,這下還來不及長大就死在戰爭裡了……形勢變化得好快,快得我來不及思考,現在我好像臨時變成了他們的媽媽一樣……難道這就是戰爭嗎?政夫……你還好嗎?不論你在哪裡,希望你還活著。

---

[2] ぜんりゃく日文書信開頭慣用省略詞。

第二場
天上的戰爭

　　天空上。戰機裡的飛行員。

飛A：惠子，我現在在五千公尺的高空上，屬於你的地面還好嗎？戰爭已經開始了，我上個月寄給你的信，不知你收到沒有？希望你收到的時候……我還活著。你應該從沒從高空看過世界吧？你的故鄉，我的故鄉，我們的國家……在五千公尺上看，那些小屋子小溪流和大片青綠的草原和山野，多希望能跟你一起分享這個景色……在沒有戰爭的時候。雖然我不好意思這樣說，但第一次執行任務的時候，看見炮彈一個個丟下去炸毀，我感受到的竟然是一種超乎自然的……被強大的力量給壓制住的美麗感，這就是科學啊……只要不要去想那些火花和硝煙下代表的是什麼就好……不，長官說我們不能去想。執行任務的時候，什麼都不要想。

　　飛行員B、C靠近A，C興奮地把機艙打開，對著A大吼。

飛C：太陽實在太美麗了！

　　飛行員A、B聽聞往太陽方向望去，隨即側開眼神、用手遮擋。

飛Ｂ：沒有人教過你不要直視太陽嗎！

飛Ａ：總是會有這樣的人，第一次執行任務就興奮得忘了以前學過的所有東西，不過要說什麼呢？反正他們的第一次也就是最後一次了。

飛Ｃ：管他的，前輩，我等下就要去執行任務了！嗚呼！

　　　飛行員Ｃ瘋狂地朝著太陽打招呼，Ｂ搖了搖頭。

飛Ａ：看這樣子是注射了興奮劑才上來的吧⋯⋯我問過長官為什麼要注射興奮劑，長官說讓他們興奮總比害怕好，至於我們這些負責護航的老鳥，倒是都省下不用了⋯⋯所以我就能既清楚又清醒地看著這些像我弟弟般的少年們，一個一個在大聲吼完「天上見」後的瞬間衝撞和爆炸。（搭配戰機自殺式攻擊的紀錄片）理論上這種爆炸跟我們投下炸彈時所引起的爆炸沒什麼不同，但我總覺得這些少年們揚起的煙有什麼不一樣。可能是包含著他們年輕稚嫩的靈魂吧。「你會成為神明保佑你的家人的。」我總在護航完這麼說，不知是要說給誰聽的。

　　　飛行員Ｃ自殺攻擊的任務結束後，Ｂ馬上掉頭就走，剩下Ａ。

飛Ａ：伊藤總是迫不及待就想飛回基地，好像多待一秒就會被捲進去一樣，我們常一起搭配護航，以前曾笑著問他是不是怕死，伊藤只是很認真地回我說：不能說怕死，要說比較想活著。是啊，我們都比較想活著，曾看過伊藤妻兒照片的我很清楚，誰都不想被罵說是個懦夫，但是如果有強烈的求生意志，這就是誰也苛責不了的事了吧。

　　　　飛行員 B 和 D 飛近 A。

飛 A：總之，我們每天不是出任務，就是模擬訓練。不是等著上飛機，就是已經在飛機上。執行任務好幾個月了，身邊的人每天都在減少，但是又能怎麼樣？為了國家為了王，為了頭頂上掛著的太陽，每天都還是得咬著牙出任務。

　　　　飛行員 D 突然掉頭飛走。B 向 A 打了個手勢，A 也回覆了手勢，B 轉向。

飛 A：這個懦夫！

　　　　飛行員 A 跟著 B 轉向，追上 D，A 靠近 D，A 急忙地打手勢，D 看起來很驚慌失措，A 打開機艙對 D 大吼。

飛 A：回來！執行任務！
飛 D：我爸爸媽媽還在等我回去！
飛 A：誰沒家人！把任務執行完吧！
飛 D：（大吼）我不想死，我不想死，我不想死啊～
飛 A：你就算回去也是會死的！
飛 D：（失魂碎唸）我不要……我不要為了什麼……什麼國家什麼的……為了國家、為了我們的王……什麼……都是狗屁……
飛 A：喂！注意前方！

　　　　飛行員 D 撞到山壁炸毀。

飛A：結果還浪費了一架戰機……這種事總在發生，我都不知道看多少次了。不是死在這裡就是死在那裡，不是死在執行任務中，就是死在執行任務的路上，或者是放棄回去領罪的，都是死。我這種經驗豐富的大部分是被派做護航，被指為攻擊的，大部分都還是孩子呢，不過我也沒多餘的同情心了，只能說還好我是護航的嗎？這下只能回去了。

飛行員A左右張望，看不見B。

飛A：伊藤不會也……（看儀錶板）可惡！這下我的油也不夠回去了……該不會，該不會伊藤就是為了要把我給引誘走自己逃掉吧？這個傻子，以為自己是能逃到哪？不管逃到哪都是太陽照得到的地方！

飛行員A突然放開方向盤，望著天空。

飛A：惠子，戰爭開始一陣子了，我從來沒想過自己會死去，就算同伴們在我眼前一個個犧牲，就算我放下的炮彈造成無數的傷亡，我也沒想過我會死去。或許說，我只能想我以後該怎麼活著，我得編造著和你在一起，對未來的美好想像，才能繼續強迫自己睜眼，活下去。只是等下我也要成為美麗的火花了。惠子，其實我一直都知道，我們想的從來都不會是國家和王……那只是眾人聽令時的彼此鼓勵……或自我催眠的方式，最終大家在意的，不過是自己和家人，還有自己生命中重要的人罷了，惠子，再見了。

第三場
叢林裡的戰爭

　　　　熱帶叢林內的基地空地。
　　　　士兵 A、B 在互毆，旁邊其他士兵圍觀助陣吆喝。士兵 A 被 B 大力一毆，倒下，旁邊噓聲鼓譟聲。長官進，眾安靜。長官走近倒下的 A 旁邊，踢踢他的身體，A 哀號不起。

長官：提桶水來。

　　　　旁士兵提桶水來淋上士兵 A。

長官：少丟臉了，給我站起來！

　　　　士兵 A 搖搖晃晃地站起來，B 不屑地吐了口水。

長官：你們精力很夠嘛，殺敵人就靠你們啦！現在就打了起來，太閒了是不是！

　　　　長官順手拍打士兵 B 的頭。

長官：你們這些番仔也一樣，來到這裡都同等管理，不要以為有什麼特殊待遇！

兵B：（陰沉小聲）帝國的走狗。
長官：說大聲點！
兵B：帝國的走狗！
長官：哈哈哈哈哈，你這番人，還以為你不會說國語只會說番話呢！帝國的走狗，年輕的番人，我不管你是怎樣來當兵的，只是不論如何，你現在也是帝國的走狗下的一條狗了不是嗎？

長官揪住士兵B的頭髮。

長官：很恨是吧，很好，就是要你這種恨！你們！排成一對一的隊列！

士兵眾排成一對一的隊列。

長官：互甩巴掌。

士兵眾愣住。

長官：沒聽到我說的嗎？互甩巴掌！

士兵開始微弱地動了起來，還先跟對方鞠躬，再輕輕地搧對方巴掌。長官嘖聲，放下士兵B，大力搧了他耳光。

長官：還要看示範嗎！

士兵們紛紛大力地互搧巴掌起來，士兵B要回搧長官時，

被長官抓住了手。

長官：都說是示範了，你還以為你真的搧得了我耳光啊，留著點力氣在叢林裡殺敵吧！

士兵B跟別的士兵組隊，互打巴掌，眾人互打巴掌到面紅耳赤充滿殺意。長官走回休息區，旁人跟他說辛苦了，他意興闌珊地揮了揮手，坐著看互打巴掌的士兵們。

長官：我也不想這樣。只是我如果不這樣修理他們，我就要等著我的長官來修理我了。看看他們的樣子，帝國的軍人應該是勇敢守序的，結果都來了群亂七八糟令人煩躁的娃娃兵。不怪他們，我以前也只是個娃娃兵，戰爭會使男人成長，不是嗎？

長官說話的同時，有蒼蠅或飛蚊一直在他身邊飛，他一邊正經地說著話，一邊還要趕蒼蠅。最後長官怒了，拔出槍亂射擊一通，原本互毆巴掌的士兵們都嚇到了。

長官：好了好了休息吧，把你們的恨意留著明天殺敵用吧。

黑夜。夏夜蟲鳴。士兵們躺平睡覺。
士兵A偷偷摸摸靠近B身邊，A手中舉起匕首，正要往下劃，B一個翻身躲過，抓住A的手，反制住了他。B將匕首壓近A咽喉處。

兵A：不要殺我……
兵B：不是你要殺我的嗎！
兵A：（哭）不要殺我……
兵B：說，你剛才想幹嘛？
兵A：他們都說我該給你一點顏色瞧瞧……不然以後你們番人都瞧不起我們……求求你不要殺我……我不想死在這裡……
兵B：我更不想死在帝國的走狗手裡。

　　　士兵B起身，A跪著向B叩頭抱歉。

兵A：對不起對不起不要恨我，都是他們叫我這樣做的，不要恨我不要恨我……
兵B：我不恨你，不要誤會，我也不恨你們的敵人，因為那是你們的敵人不是我的，他們並沒有來搶屬於我們的山林，是你們來搶走我們的山林，現在又要來搶別人的山林。但是我必須在這座叢林裡活下去，活下來才能回去屬於我的山林。
兵A：謝謝你謝謝你謝謝你……
兵B：你們只是群沒有能力在叢林生存的孩子，帝國的孩子，我可憐你。

　　　士兵B說完後躺回去睡，A一直在道謝。漸暗。
　　　漸亮，士兵眾著迷彩掩護裝扮，在叢林裡奔跑。

長官：後面的快跟上！

　　　落後的士兵哀號。

長官：這番人跑得還真快！

　　　士兵 B 轉頭一看，輕蔑一笑。

兵 B：你們這些穿鞋的怎麼可能跑得比我們還快。

　　　士兵 C 和 D 接近 B。

兵 C：你一點也沒退步！
兵 D：這裡跟我們家鄉真像，只是更溼了點。

　　　士兵 B、C、D 好像聽到什麼聲音，專注地朝著同個方向望去。三人耳語旁人聽不懂的話語，C、D 往前衝。

長官：等下！沒有我的命令你們要去哪！
兵 B：噓！他們要先去殺敵了。
長官：哪裡？在哪裡？！
兵 B：還要等到被你們知道，早就被殺光了。

　　　士兵 A 突然慘叫倒下。

長官：怎麼了？
兵 A：有蛇……

　　　士兵 B 快速探看 A 的傷口，撕布條綁住傷處上方阻止血流。倒水洗淨傷處，左右探找藥草敷上傷處。

長官：你做這些有用嗎！
兵B：不做就等著看他死嗎？
兵A：謝謝你……謝謝……
兵B：這裡離基地不遠,你們先送他回去吧,我在這裡等他們。

　　士兵C、D身上和彎刀上都是血地回來。

兵D：你們怎麼還在這？
兵C：都被我們給殺光了
兵B：有人被蛇咬到了。
兵D：都穿鞋了還會被咬到？
長官：報告情況！
兵C：對方大概有八到十個。
兵D：我殺了四個他殺了三個,可能有一、兩個跑掉,不重要就沒去追了。
長官：對方應該不會再有動作了,今天就先這樣吧。

　　基地,營火。士兵B、C、D圍坐在一起。

兵C：第一次殺跟我們族人沒仇的人,感覺真怪。
兵B：就當他們也是要來搶我們山林的吧！
兵D：我們能殺人,但為什麼要替他們殺人？
兵B：為了家人,為了以後的補給,為了榮耀……為了能早點回去家鄉吧。

　　他們小聲吟唱起歌曲,唱完士兵A杵著拐杖出現,C、D離去。

兵A：今天，真是太謝謝你了！
兵B：謝謝醫療兵給你注射血清吧。

　　士兵A下跪。

兵A：不！我十分清楚！如果你當時沒有幫我做那些緊急處置，我一樣活不了。我現在真誠地為之前的挑釁向你道歉，我不該罵你是番人。
兵B：你們將我們命名為番，但我們並不以番為恥，重點不是你叫我們番，而是你的態度。
兵A：是的，我的態度，以後一定……注意……

　　士兵A有點套近乎地跟B湊在一起烤火，A從懷裡掏出照片給B看。

兵A：漂亮吧？這我的未婚妻。
兵B：有這麼漂亮的未婚妻，你之後不要再不小心啦，不是還要回去娶老婆的嘛！
兵A：嘿嘿……那你的家人呢？
兵B：我沒有他們的照片，但我知道，我們現在看著的是同一片星空。

　　士兵A、B安靜地望向天空。

兵B：放心，你一定能活著回去的。
兵A：我從沒懷疑過。

士兵 E 持槍出現。

兵 E：兄弟們，休息了，把火給滅了吧！

　　士兵 A、B 把火滅掉，離開。守夜 E 持槍走來走去。

第四場
一個人的戰爭

舞台投射監視畫面感的黑白螢幕畫面，畫面上是看守士兵走來走去，然後縮小為九宮格畫面中的一個螢幕。接著彈出很像戰鬥遊戲感的畫面，射擊、爆炸，又縮小為九宮格畫面中的一個螢幕。一個看起來很像宅男的士官操控著鍵盤。士官的話速有點偏快，有點焦躁感。

士官：來來來再過來一點，就炸這裡。咻──砰砰！完美！感謝科學家！科技的創新就是製造出超越時間空間限制的──美麗的無人機！好⋯⋯一百三十二人。

士官從座位起身，走到一牆上。牆上寫滿了數字紀錄，看起來很像家裡記錄小孩身高的那種，士官寫上了日期和132。

士官：這裡就是我全部的戰績了，有一天我就可以拿這面牆跟孫子炫耀說：看你爺爺當年殺了多少的人，不不，我不是要炫耀我殺了很多人，會讓人有這種感覺的我真是可恥。只是⋯⋯只是每個男人都夢想著自己能為保家衛國盡一份心力對吧，這就是我的榮耀。日期，人數。本來還有心跳數。這是當年教我操控無人機的長官教我的。「如果你有天不再因為執行任務而心跳加快，你就跟無人機合為一體了。」

士官撫摸著某個日期。

士官：就是這天我從士兵升為士官了。每天我造成無數的死亡⋯⋯說無數是誇張了，其實都是有得數的，螢幕上都會顯示，無人機能偵測得到活體人數有多少，死亡人數有多少，那些死亡人數蹭蹭地往上升，但是我沒有實體感，我只能另外再用筆，親手將它們記錄在牆上，好像這樣才能將它們跟我的生命連結在一塊⋯⋯雖然它們應該並不想跟我的生命連結在一塊。

一開始，當我心跳破百的時候，我的指導員是這樣說的⋯⋯
「別想了，它們只是數字。」
它們？
「是的，你不妨就直接用沒有生命的它們，這樣比較能幫助你。」
幫助我什麼？
「幫助你不要胡思亂想。」
我沒有胡思亂想。
「是的你沒有胡思亂想⋯⋯那就別再盯著螢幕看了！」

所以當我的指導員看到我的紀錄牆時，他笑了一下，管他的。我才不會說，我知道他在桌下藏了一個存錢筒，每按下一個炸彈，他就會往裡頭丟幾枚零錢，等滿了後直接捐教堂，我都沒說他在購買贖罪券呢，他憑什麼笑我。
反正後來也只剩我一個人了，待過這個單位的，不是升得很快，就是走得很快，可能沒有同事的辦公室還是太無聊了是

吧,哈哈。他們都說我是待最久的,可能是因為我很會自己找樂子吧。

我沒有同事,每天沒有人可以打招呼、一起吃午飯聊八卦,但是我參與了這裡面的人們的生活,裡面人們的一舉一動都落入我的眼裡,本來我很好奇這麼遙遠的、只出現在地理課本和地理頻道裡的國家,有什麼不一樣。後來每天看著看著,除了地方是原始了點,沒有那麼多汽車,取代的是牛啊馬的,可能是因為平常很少接觸到吧,我反而很喜歡看著那些動物,每次投下炸彈,牠們的肉塊都很容易被噴到無人機的螢幕上,我覺得很難過。

看這些人來來去去久了,他們就變成像是你生命中的人,或者是,你變成了他們生活中的一部分。他們怎麼可能只是沒有生命的數字呢?(指著螢幕)這個男人每天牽著馬駝著貨物走來走去,出去和回來都是一樣的貨量,我看了都替他擔心。不過這種時期嘛,有誰還有心買東買西的呢。

雖然我這樣說,但其實我根本認不出來他們的人,每個男人都穿白袍,每個女人蓋著黑罩,誰分得出來誰是誰?他們這樣白白黑黑地穿梭在螢幕上灰撲撲的黃土大地上,每天這樣盯著他們看,莫名會讓我有種好像是從異世界要來接我走的使者一樣。只是,是我這個坐在幾百公里外螢幕前的一個士官,用按鍵,帶他們走。

我在說什麼呢……

啊,Mia 又出現了。Mia,Mia 就是她,這個小女孩。不,無人機只能看到畫面沒有聲音,我也不會讀脣語,我只是覺

得，這個女孩很適合叫作 Mia。⋯⋯不要誤會！我沒有什麼變態的興趣，我沒有對小女孩做什麼，我也沒有對小女孩的畫面做什麼。我只是、只是幫小女孩取名字，就這樣一天天，看著她長大⋯⋯我希望她能長大。只是一種，每天看到她笑會開心的守護心情。她年紀還小所以還不用披上黑袍，對了，我本來不知道，那黑袍叫作 abaya，我以前從來沒想過有天我會知道這種黑袍的專有名詞。Mia 還沒穿上 abaya，所以我還能看清楚她的臉，也是這樣我才能認得她，記住她開心微笑的表情和難過大哭的樣子。

我有想過，如果戰爭結束，我還真想去找她，她家的地址我都記下來了。不不請不要誤會，我沒有要幹嘛，甚至我也不用跟她說話，只要能遠遠地看著她，不用透過螢幕，直接看見她本人的模樣就好。

士官起身為自己做了個簡易的花生三明治。

士官：（對著螢幕）Mia，我先吃了。（咀嚼）不知道你能不能吃到這麼好吃的花生三明治，花生醬我推薦要有顆粒鹽味的，希望你會喜歡。怎麼？你覺得我吃得太寒酸了嗎？戰爭時期嘛。

士官把麵包屑拍乾淨。

士官：不要弄髒衣服是保持清潔的方式，自言自語是保持清醒的方式。如果你像我一樣一天到晚盯著螢幕看，你就會像我一樣有自言自語的習慣，自言自語才是保持清醒的方式。

士官緊盯著螢幕。

士官：不是每個攻擊都有完美的理由，就像人類發動戰爭根本不需要理由一樣。我偶爾就是得隨機找幾個人潮聚集點施放一下炸彈，說是隨機，還是找得到理由的，畢竟我們是民主國家嘛。如果我看到當地人強姦當地婦女，我也順手炸掉，就讓它變成是我隨機挑選的地點，反正當地政府亂嘛。
看著投下炸彈後，迅速竄起的火花，六神無主四處奔逃的人們，我並不為你們感到抱歉，我也最好別為你們感到抱歉。坐著哭著的小孩找不到父母，只能大聲哀號左右張望，我知道你們找得很混亂吧，每個穿白袍的都是爸，每個披黑袍的都可能是媽。只是他們永遠找不到自己的爸媽了。

士官面無表情地看著螢幕上的慘狀，突然問一愣，把螢幕放大。是小女孩左右張望的慌張樣。

士官：你怎麼會在這裡？不，你不應該在這裡，這裡不是你平常會來的地方，你怎麼會在這，快走啊，快走啊！

士官急忙操作鍵盤。

士官：可惡⋯⋯可惡⋯⋯要怎麼做才能讓 Mia 離開！

螢幕拉近放大女孩的臉，女孩充滿好奇地看著螢幕。

士官：這不是要讓你玩的！快走！

螢幕晃動，女孩好奇地觸碰螢幕。

士官：快點離開！離開後你要怎麼玩就怎麼玩！

女孩被炸裂，屍塊黏在螢幕上滑下來。士官崩潰地大叫，焦躁地來回踱步。
敲門聲。士官整理情緒，鎮靜下來。

士官：請進。

一位穿醫護人員大袍的男性，手拿著資料夾進。

士官：Dr. Jones。
醫生：……我來得不是時候嗎？
士官：怎麼會，正是時候！我剛結束一個任務。
醫生：需要給你時間沉澱一下嗎？
士官：喔，Dr. Jones 我們又不是第一次見面，我也不是小士兵了不是嗎？
醫生：那你也知道，我從不敢低估你們的狀態，你們軍人太會裝沒事了，不是嗎？
士官：哈哈哈，我已經算是最配合的對象了吧！
醫生：看上去是這樣沒錯。

醫生定定地看著士官，士官也定定地看回去，兩人笑。

醫生：你也很習慣了，我們現在就來進行每個月的心理評估。除了

　　　　執行工作外，你最近常常會想到戰爭的畫面嗎？
士官：不會。
醫生：你會時常想到死亡的念頭嗎？
士官：不會。

　　　　九個不同的監視螢幕轉換，遠方的人民如常的一般生活：包含當地的戰爭和相殘的暴虐，這時的畫面配合著聲音，蓋掉醫生和士官的詢問對話。

醫生：好的⋯⋯除了上面例行的問題外，最近有發生什麼特別的事嗎？
士官：沒有。
醫生：那麼身體⋯⋯
士官：吃得下睡得著不作夢早晨起床每兩天清一次槍。
醫生：恭喜你符合精神醫學定義上的健康了。
士官：謝謝，下個月見。
醫生：下個月見。

　　　　醫生離開後，士官坐在座位上突然無聲地哭了起來，越哭越大聲，衛生紙擦得滿臉都是。

士官：Dr. Jones 也說過，適當宣洩一下情緒，有助心理健康。

　　　　士官停止哭泣，恢復面無表情。

士官：Mia，希望你可以跟 Lina 和 Sunny 一樣，去到沒有戰爭的

天堂。

士官作了宗教祈福手勢，順手將臉上黏著的衛生紙給除掉。

士官：Dr. Jones 每個月都來做精神評估，說軍人的 PTSD 比例很高。廢話，我怎麼會不知道軍人的 PTSD 比例很高，我爸可是打過仗的，他會說你縮在地下室打打鍵盤看著螢幕搞自慰算什麼，我那才是真正的戰爭。老爸教養出來的我，簡直可以稱作真正的‧後‧PTSD‧軍人。怎麼，我可是最會防範 PTSD 的軍人了。
如果這些跟人數一樣蹭蹭蹭往上升的功勳都可以拿來防範 PTSD 的話……
就這樣，Mia 後我又送走了 Zola 和 Abel，沒什麼不同的對我來說，我的官階也就越升越高，但也沒什麼不同的對我來說。

電話響起，士官接了電話。

士官：……是的，長官。好，一直都像吃蛋糕那樣容易，沒問題。就讓我們終結這場戰爭吧。

士官掛掉電話。專注地盯著螢幕，按下鍵盤。

士官：這是我執行的死了最少人的一次任務，只是死的人裡面剛好有最重要的那一個。
戰爭結束了，我這下才知道戰爭結束時是這麼地安靜，不，好像在我這裡，不管開始或是結束，都是這麼安靜的。我看

著螢幕上尚未得知消息的遠方朋友,我現在應該可以稱呼他們為朋友了。我想跟他們說戰爭結束了,是我親手讓戰爭結束的,不過反正他們也聽不見,也聽不懂我說什麼。我看到有一群人從防空洞裡探頭探腦地走了出來,可能他們以為這份寧靜是在轟炸之間的喘息吧。放心吧,沒事的,戰爭結束了,不會再有不知名的戰機來轟炸你們了。

螢幕裡從防空洞出來的人們,往天空處看,伸出手,高興地手舞足蹈。像傳染般,畫面裡的人們都開始一個接一個開心地跳舞。

士官:啊……下雨了啊,真好,你們那很久沒下雨了吧。

士官也跟著螢幕裡的人們,有點不習慣地開始手舞足蹈。邊舞動邊從櫃子拿出一把槍。
他舉槍瞄準了螢幕,手勢狀似發射子彈,嘴裡發出咻咻的聲音。

士官:怎麼會,我希望你們都能活下來。

士官將槍塞在腰後,開始擺放攝影機,處理連結到監視螢幕的畫面,他到牆前做剛剛任務的紀錄。做完紀錄後對著攝影機說話。

士官:我在軍事訓練後,就再也沒拿過實體的武器了……

士官端詳擺弄了手槍很久,環顧著四周。

士官:我希望這不是你們看見我時就幫我預設好的結局,太快了是吧⋯⋯我是說,至少我沒有,或者,至少我以為不會是我,親手,至少不是親手,至少我以為我沒有,但有一天我突然覺得,為什麼不能是我,就,剛好是今天,剛好是今天。

　　士官將槍口塞進嘴裡,燈暗。

第五場
沒有太陽的地方

　　昏暗的防空洞內。
　　第一場的林老師和四位學生：兩男（阿勇、二郎）兩女（淑子、小麗），二郎和淑子在哭泣。

阿勇：你們不要再哭了！
淑子：可是⋯⋯可是⋯⋯
二郎：我的爸爸媽媽在哪裡啦！
小麗：我們都在這裡啊⋯⋯我也想我的家人啊⋯⋯可是我們都在這裡啊⋯⋯
淑子：林老師⋯⋯我們以後該怎麼辦？
林師：你們都圍過來。

　　四名學生圍靠近林老師。

林師：你們是我教的第一批學生，很不幸遇到了這個時候，但也可以說很幸運地，我們還在一起。老師不知道以後能不能找到你們的家人，但在這期間，我們就把彼此當成家人吧。

　　學生群答好。燈光變化。
　　防空洞內除了老師和學生外，還有其他人靠牆或坐或臥地安

靜休息著。

林師：不好意思，打擾了，請問你們認識這幾個學生嗎？

旁人搖搖頭。

林師：不好意思，請問你們知道他們的父母嗎？

旁人搖搖頭。

林師：不好意思，請問你們──

一男子走近林師。

男子：你問了好多人了，我看是找不到了，這些孩子出去也只是變成孤兒而已，看你還這麼年輕，他們叫你老師是吧，一位年輕的女老師，不需要把這些孩子擔在自己身上吧。我們家預計要到鄉下避難了，我們有個男孩子，你們其中一個女孩子可以跟我們一起，來當我們家的童養媳吧。

林師：不、不行的，我沒幫這些孩子找到他們的家人之前，我就要保護他們。

男子：（不夾）嘖，這時期還有人願意養孩子你就該感謝了，說得一副我要對那孩子怎樣似的，瞧不起人啊！

學生群傳來吵鬧聲，一大漢肩扛著小麗，又抓著淑子，阿勇和二郎在旁打大漢但無效。林老師匆忙撲身過去，壓制住大

漢，讓小麗和淑子脫逃。

大漢：你這女人！我抱回我家孩子怎麼了！
林師：這兩個女孩子都是你家的孩子？
大漢：是又怎麼了！
林師：這兩個孩子連姓氏都不同，怎麼可能是你家的孩子！
大漢：我是他們的表親不行嗎！
林師：（看著女同學）他是嗎？

　　小麗和淑子搖搖頭。

阿勇：當然不是！這個男的看只有我們待在這裡，一下就想抱走小麗和淑子，我們一直想搶回來都沒辦法！
林師：這位先生，孩子們都這樣說了！
大漢：孩子說的話能算數嗎？
林師：請離開吧！
大漢：我就看你這娘兒們能撐到什麼時候！

　　大漢離去，小麗和淑子抱住林老師。

小麗：老師……為什麼，為什麼就都沒有……
二郎：（大哭）為什麼就沒有人要幫幫我們啊！

　　林老師也抱住二郎。旁人原本偷看熱鬧，見狀都閃開視線。

阿勇：等我長大！我就，我就會保護好你們的！

林師：是我沒有照顧好你們。
阿勇：老師你說這什麼話啊！

  學生們被老師抱住哭成一團，林老師茫然。燈光轉換。
  幾個人進入防空洞，手中拿著補給品。林老師靠近，被人揮走。
  旁人的對話可以不見人只聞其聲。

旁1：怎麼不自己去領補給呢？
旁2：聽說是不敢離開孩子。
旁1：家裡的男人呢？
旁2：聽說都是跟不同男人生的！
旁1：這樣啊……難怪……是自作自受了。
旁2：留點口德吧，還能堅持這樣帶著孩子就很不錯了。
旁1：也是。

  兩男向林師靠近。

男1：分點給你不是不行，只是總不能不勞而獲吧！
男2：我們的太太都在戰爭中犧牲了，就當可憐可憐我們吧！
男1：（裝可憐）老師……是吧？哈哈哈！
男2：我以前還都沒認識過女老師呢！
男1：你一個做工的去哪裡認識女老師，能認識到咖啡店的女給[1]就不錯了！

---

[1] 女服務生。

男2：哈哈，聽說女老師們可都是高女[2]畢業的呢！
男1：高女的學生啊……我以前在路上看過呢，她們的制服可真是好看呢……這麼說來，還好能遇到戰爭嗎？哈！
男2：哈哈哈，趁我們還活著的時候盡情享樂吧！
林師：請不要再說了。
男1：「老師」，這樣就受不了啦？
林師：到角落去吧，我什麼都願意。
男2：什麼都願意？
林師：只要不要懷孕……我們已經沒辦法再負擔孩子了。
男1：那可好玩了是吧！
男2：哈哈哈！

　　　男1、男2摟著林師往角落去。學生群們看著林師離去的背影啜泣。
　　　燈光轉換。
　　　學生群漠然地坐著啃食硬梆梆的餅。
　　　一受傷士兵狼狽地逃進防空洞裡。

士兵：救我……救救我……

　　　眾人警戒地看著士兵。

旁1：什麼話啊！
旁2：把我們害得這麼慘還要去救他！

---

[2] 日治時期舊制高等女學校，簡稱高女。

空襲警報：貳零肆玖　327

旁1：那誰來救我們啊！
旁2：而且他是哪邊的啊！
旁1：我們分不清啊！
旁2：那要讓他進來嗎！
旁1：反正他也要死了吧！
士兵：救我⋯⋯救救我⋯⋯

　　　沒有人靠近幫忙，士兵倒在地上。

士兵：水⋯⋯只要給我一點水就好⋯⋯一點水⋯⋯

　　　林師靠近士兵，餵了士兵一點水。

士兵：再一點，再一點⋯⋯
林師：再一點就是我們的全部了⋯⋯很抱歉只能給你這麼一點。
士兵：這樣啊⋯⋯謝謝這位女士⋯⋯謝謝你在我臨死前，讓我免於口渴的痛苦。
林師：外面現在怎麼樣了呢？
士兵：地獄⋯⋯地獄啊⋯⋯
林師：哪時候能結束呢？
士兵：這個問題每個人都在問啊！

　　　林師看士兵倒得很不舒服的樣子，將他的頭移到自己跪坐的膝上。

林師：這樣啊⋯⋯你很努力了啊⋯⋯

士兵：謝謝你……謝謝……
林師：你的母親一定很以你為傲的。
士兵：真的嗎……那我就可以毫無遺憾地死去了……
林師：去吧！
士兵：溫柔的女士，你能不能……

　　　士兵說話越來越微弱，林師耳朵靠向士兵的嘴巴。

士兵：我好久……沒有喝到母親的奶水了……
林師：這……
士兵：求求你……
林師：可是我也沒有奶水啊！
士兵：沒關係，我也只是……

　　　林師猶豫，開始解開胸口衣。士兵的手顫抖，林師將士兵的手帶到自己胸前，士兵的嘴想靠近，已無力斷氣。林師將衣服整理好。
　　　燈暗。

阿勇：死了就可以丟出去了吧。

　　　炮火聲，一些人走出防空洞，下雨聲，一些人走出防空洞。二郎用石頭在牆上刻出標記。

二郎：好久沒看到太陽了，要怎麼計算日子啊……

空襲警報：貳零肆玖

二郎小心翼翼地想試著踏出防空洞,馬上被林師斥責。

林師:二郎!回來!你不知道外面很危險嗎!
二郎:可是很多人都出去了啊!
林師:所以你沒看到他們都沒再回來過了嗎!
二郎:那我們什麼時候才能出去啊?
林師:你沒聽那個軍人說還沒結束嗎?

二郎賭氣不說話,在防空洞門口處蹲著畫圈圈。

林師:(語氣溫柔)好啦,二郎,剛剛是我不對,我太擔心你的安危,太著急了。跟著我們一起來學九九乘法好嗎?

二郎跑過去。

林師:(喃)雖然在這樣的條件下,還是得讓你們學習東西啊⋯⋯不然出去要怎麼應對社會啊⋯⋯

學生們朗誦九九乘法表的聲音,變成做加減乘除心算比快的聲音,題目由簡單至難。或者背誦三字經、詩經等,或者計算理化公式,背誦天文地理常識。
林老師和四位學生再度出現時,已經明顯老了很多,林師從二十出頭的年齡,變成有點中年婦女模樣,學生則成長到像林老師原本的年紀。

林師：太好了，把你們教成這樣，我就無愧於心了⋯⋯
二郎：老師，所以我們可以出去了嗎？
小麗：這裡也只剩我們了。

  林師和學生環顧四周空蕩，只有旁邊堆著屍體。

阿勇：洞裡的味道也越來越難聞了。
林師：不知道外面現在怎麼樣了呢？
阿勇：老師，出去吧，我會保護你們的，像一直以來那樣。
淑子：是啊，老師，有阿勇在，後來都沒人敢欺負我們了！
林師：淑子，你來幫忙準備晚餐吧。

  其他學生開始幫忙準備布置，清出空間，點上蠟燭，擺好餐盤，淑子幫林師分食物，罐頭食品和乾糧。

林師：孩子們，來吧，感謝神明賜予我們這些食物。

  林師和學生們牽起手，林師說，學生覆誦。

林師：萬能的神明啊，謝謝你把這些人殺光光，把他們的食物給我們。慈悲的神明啊，如果你真的有這麼慈悲，為什麼還要讓我們遇見這些事。親愛的神明啊⋯⋯算了，我們不跟神明說話了。
小麗：老師，我們不都跟神明說話好多年了嗎？都是因為神明──
林師：不是，都是我們自己。
淑子：我們⋯⋯？

林師：我們能活到現在都是靠自己，老師說什麼神明只是為了讓你們好過一點而已。現在老師決定要讓你們長大了，我們有兩種選擇，一個是未知的黑暗，一個是已知的死亡。你們也看到了，已知的死亡是這樣，未知的黑暗有些什麼我們都不知道，沒有人回來跟我們說過。老師現在這樣說，就是要你們清楚知道，不管哪一個選擇，都是我們自己的選擇，知道嗎？

學生：知道。

林師：現在，讓我們享用這最後的晚餐吧！

第六場
戰敗者派對

　　豪華晚宴。
　　穿著正式服裝的各國元首們穿梭聊天，例如有川普、金正恩、普丁、希特勒、賓拉登、毛澤東……等（人物可自定，不用依照歷史時間，有標誌性的各國元首即可，教宗或達賴喇嘛也可），可帶著塑膠頭套或是紙板面具表示。裝扮成日本天皇的演員不用戴面具，留小鬍子著和服。大家輕鬆隨意地喝酒聊天。川普敲酒杯，吸引大家注意力。

川普：大家輕鬆輕鬆，把大家邀請到這裡來，沒有別的，不就平時大家都過得太嚴肅了嗎？Come on，沒事的，管它外面什麼亂七八糟的，關起門來我們都是好兄弟！今天老大哥我請客，大家盡量吃！盡量喝！

　　幾位元首聚在一起射飛鏢，標靶是世界地圖。

川普：哈哈哈，射到就是誰的嗎？老大哥在這，可不能過於貪心啊！

　　大家歡笑，毛澤東突然樣貌很狼狽地衝進，大家愣住。

毛　：（大罵）你們這群不知人間疾苦的……

空襲警報：貳零肆玖　333

金　：怎麼，老弟，忘詞了嗎？
普丁：腐敗墮落的？
川普：哈哈哈，這不是我們資本主義國家最愛用的形容詞嗎？你們一個個都學壞了。老弟什麼事來那麼晚，美女都等你好久了！
毛　：總得裝一下嘛，不然怎麼對得起我的人民。

　　　旁邊服務生為毛澤東換掉髒汙的衣服。

毛　：（對普丁）你們旁邊的小國，不是選出了個喜劇演員當總統嗎？怎麼不來表演一段？
普丁：他連受邀參加這個晚宴都不夠格呢哈哈哈哈！
金　：喜劇演員當總統？
普丁：我們聽到都笑了出來呢！
毛　：那有什麼，還有個島國想選出小丑當總統呢！

　　　眾哈哈笑。扛著炸彈的賓拉登衝進。眾愕。

賓　：通通都被我逮到了！
毛　：不會又要玩一次吧！
川普：玩真的那你就虧大了，其實我們都是假的。

　　　川普作狀要掀開自己的面罩，發出像逗弄小孩那種試探的聲音，眾哈哈笑。
　　　日本天皇沒有參與大家的嬉鬧，一個人落寞地在角落當壁花，教宗見狀前去關心。

教宗：怎麼了？別這麼一張愁眉苦臉的了，又不是要亡國了。
日皇：如果我的國民看見這個景象，一定對我很失望……我怎麼對
　　　得起我的國民！
教宗：那就……不是你們最愛的那招？切腹謝罪吧。
日皇：不，我是神明的代言人，我沒有罪！
教宗：你沒有罪，上帝赦免你。
日皇：我不信你們的上帝！
教宗：說話小心點，看你自詡為你們國家的神明，結果把你們國家
　　　搞得多慘。
日皇：所以我不就正在——
川普：吵什麼呢？你這種沒有政治實權的小國家靠邊站，我們日皇
　　　剛才射輸了正苦惱著不知該怎麼跟人民交代呢！
日皇：我剛剛其實已經想了一套說法，只是不知道……
川普：那有什麼呢，我們大家都幫你看！

　　日皇拍了手掌，兩位著全黑衣的操偶師上，在日皇身旁站
好。日皇在說話時，兩位操偶師就像操作人形淨琉璃一樣操
作日皇的動作。但，日皇與操偶師的動作，不一定都搭配得
上，可能操偶師操一操，日皇就跑到另一邊了，動作有時同
步有時錯位。
　　日皇表演時，搭配「玉音放送」原聲，加中文翻譯字幕。演
說約五分鐘，請全部演完。
　　其他人肅靜地觀看日皇的表演。
　　日皇表演完，跟著兩位操偶師向大家鞠躬，大家愣了下，才
有點疑惑地開始鼓掌。互看彼此裝作很懂的樣子點頭。

日皇：大家覺得怎樣？

普丁：雖然聽不懂但是……

教宗：深受感動！

毛　：有一種東方的含蓄與優美……

　　　賓拉登已淚流滿面。

金　：（喃）還好沒問到我。

川普：所以，大家都同意吧，大和民族不能亡！

　　　眾舉杯覆議：大和民族不能亡！

日皇：謝謝……謝謝大家！

　　　眾圍著日皇鼓勵安慰。

第七場
戰火餘生

　　像是古希臘歌隊那樣的一排婦女，端著衣籃，略帶著舞蹈似的節奏進。
　　說話時是誇張的語調，快要唱歌起來的語氣，或者有的地方直接唱歌。
　　以下婦女的台詞，不特別標明說話者，演出時由導演和演員再進行調配即可，台詞可以重疊或搶話等。

婦　：戰爭已經結束了
　　　結束了
　　　家裡囤積好久好久的衣服
　　　戰爭時期不用洗衣服
　　　不用做任何家事
　　　現在我們終於可以洗衣服做家事了
　　　這條長長的河之前堆滿了屍體
　　　這可不行
　　　水都不能喝了
　　　戰爭搶走了我們的男人
　　　我們只好自己捲起袖子打起力氣，把他們一個個給掩埋
　　　掩埋時為他們唱安魂曲
　　　不管死的是哪一方，希望他們都到達一樣的天上

到了天上該不會也是吵翻天呢
　　誰知道呢
　　男人

婦女們攤開了長長的白布。

婦　：上次我們攤開布的時候,可是有任務在身的呢
　　我們每個人手上拿著一根針,用紅色的棉線,縫上我們對去
　　打仗的男人的祝福
　　希望他們能平安早日歸
　　白布條搭上紅棉線
　　一條條縫滿千人針的祝福送出去了
　　回來的一條條卻是染滿了血紅

婦女傳著傳著白布變成紅布,再將紅布捲起,埋葬一旁。

婦　：我們只能用它們來裹屍
　　掩埋時再為他們唱安魂曲
　　這就是我們女人能做的了
　　這就是我們女人能做的了
　　現在戰爭結束了
　　戰爭犧牲了很多男人
　　很多很多的男人
　　原本男人做的事情都落到了女人身上
　　什麼開車修理機器賺錢養家的活
　　全落到了女人身上

我們女人全幹了男人的活
　　　我們全幹了男人的活好快活

　　　眾婦女齊說，左右嬉笑，動作有種性含意猥瑣的嬉鬧。
　　　有個殘破受傷的軍人，從上游處流了下來。
　　　眾婦女大叫尖叫「男人」。

婦　：快將那個裹屍布拿過來
　　　都已經用完了
　　　不是都結束一陣子了嗎怎麼還來啊
　　　可是他看著還新鮮啊
　　　還新鮮你要不要留著用啊
　　　那個誰誰誰家裡還不是都沒男人的嗎
　　　是沒男人但我也不缺啊
　　　打過仗的還是不要了吧
　　　就是，誰知道會不會少隻眼睛缺條腿的
　　　說不定看不見的地方有什麼不健全的
　　　你想要看見什麼啦

　　　其中有婦女試著戳戳軍人的身體，將他翻身，探探他的呼吸。

婦　：還活著呢！

　　　眾婦女驚愕軍人還活著，原本逗弄譏笑軍人的，都通通像是
　　　碰到了燙手山芋，將軍人推往別人處，軍人從小聲的哀號到
　　　更明顯的哀號。

婦　：這該怎麼辦？

　　　另邊，在一片被炮彈肆虐過的廢墟殘骸上，有一小座很簡易的戲台，兩個男人在演出簡易的布偶戲給孩子看，孩子大概三至五位。布偶戲的內容可隨演員發揮，可以是很直白愚蠢誇張的反諷戰爭，布偶們誇張動作讓孩子們看得很開心哈哈大笑。以下男1與男2的台詞參考用。

男1：我愛我的國家。
男2：我比你更愛我的國家。
男1：我是千百萬倍的愛！
男2：那我是比你千百萬倍的愛更愛的愛！
男1：你要怎麼證明你對國家的愛？
男2：就只能打仗了。
男1：為什麼？
男2：任何用語言談不攏的事情，只能原始的方式解決了。
男1：好吧。那我們要怎麼打？是從左邊打還是右邊打，是要從臉開始打，還是從腳邊踢？
男2：要打之前沒有人商量這個的！
男1：是嗎？真的嗎？可是我們的身體還要留著用呢！
男2：都已經要打仗了你身體還要留著用？
男1：不能嗎？可是我們還要演給那裡那裡和那裡的小朋友看呢，小朋友，你們說對不對！

　　　小朋友齊聲喊對。

男2：那怎麼辦呢？
男1：那該怎麼辦呢？

兩尊偶坐困愁城。

男孩：（大喊）不要打仗就好啦！
孩眾：對嘛對嘛你們就不要打仗就好啦！
男1：對啊，我們怎麼沒想到呢！
男2：是啊，這麼聰明的解答我們怎麼沒想到呢，以後啊，你們遇到問題的時候，希望你們都能保持這麼聰明的腦袋去想答案，不要什麼事情都用最原始的方法解決，這樣我們才能繼續演出給你們看，好嗎？

小朋友們齊聲說好，可是下一秒卻又用自製的竹槍木劍等扭打成一團，兩位男人看了直搖頭，邊收拾布偶和戲台道具等。剛喊聲的男孩湊近他們。

男1：怎麼？要簽名嗎？我們可是自從戰爭後就沒有受到這種待遇呢！雖然說我們也不是專業的……
男2：孩子，你真是太貼心了，改成擁抱一下好嗎？
男孩：不是的，先生，我也沒有東西可以讓你們簽。這兩位先生，可以請你們帶我走嗎？

男1與男2面面相覷。

男孩：我的家人都在這場戰爭中死去了，只剩下我一個……

空襲警報：貳零肆玖　341

男1：你不是還有他們嗎？
男孩：他們都有各自的家庭。
男2：那你都待在哪裡？
男孩：隨便到處待著。
男1：孩子，聽著，

   男2突然用布偶爬到男1的身上，用布偶音說話。

男2：孩子，我們也很想跟你說：「跟我們走吧，我們一起表演給更多孩子看吧。」可是，連我們兩個自己都已經餓很多天了。

   男1也套上了布偶爬上男2身上，用布偶音。

男1：是的……我們怎麼還有辦法帶著一個男孩呢……他又不像我們不用吃東西。
男2：事實上，我都很想把他的肉給挖來吃了呢，嘿嘿嘿！
男1：你怎麼能跟孩子講這種話！（突然喪氣放下布偶）他們本來就知道了吧，人得靠著吃人才能活下來，說不定他自己都吃過了呢嘿嘿！
男2：呸呸真的不好吃……

   男孩看著男人們對話，強忍著情緒，有點憤恨。

男孩：那你們為什麼還要來表演給我們看呢？
男1：是啊……我們自己都吃不飽了，為什麼還要來表演給你們看呢？

男 2 ：可能⋯⋯或許⋯⋯只是⋯⋯希望⋯⋯你們長大後，回想起你們小時候的回憶裡，還能有一點點快樂的部分吧⋯⋯

兩個男人相視無奈地笑了，繼續將布偶器具等收在隨身的行李箱裡，男孩沮喪地低頭靜靜待著，男 1 還想前去拍拍男孩的肩之類，男 2 對他搖頭阻止了他。
洗衣婦女群解散。

婦　：（大叫）喬治，回家了！

孩子群跟著婦女群離去，留下男孩繼續低頭靜靜待著，他蹲下自己堆砂礫玩。兩個男人收拾好東西，提著行李箱離去。

孩 2 ：媽，你們有什麼新消息嗎？
婦　：剛剛啊，有個軍人從河裡流下來⋯⋯
孩 2 ：所以你們──
婦　：還能怎樣，我們只能七手八腳地把他的制服給換了下來，不然像他這樣繼續穿著破破爛爛的軍裝，只會惹來麻煩而已。

剛剛昏迷的軍人，現在換穿著奇怪花花綠綠衣服搭配，突然搖搖晃晃地搶走男 1 手中的箱子。

男 1 ：裡面沒有值錢的東西！

男 1 想威嚇、撲倒軍人，男 2 阻止，兩個男人僵持看著穿著奇怪的男人。

男2：你剛剛有看我們的演出嗎？有看就知道，我們的箱子裡真的沒有值錢的東西，事實上，我們連點食物也沒有。

男1：是的老兄，就算是那皮箱也不值錢的，快還給我吧！

> 軍人點頭搖頭，繼續抱著行李箱，兩個男人無奈，繼續看著他、繼續移動，試著放棄行李箱，發現軍人也還是跟著他們走，兩位男人也就放棄，讓他繼續跟著走。

第八場
戰後標準家庭

　　一青少年，拖著滾輪行李箱走著。
　　走進家中。
　　母在廚房煮著一鍋東西，旁邊堆放著一堆一模一樣的青豆罐頭。

母　：不是跟你說放學了就快點回來嗎？
少年：媽，我也很想回來，只是現在我們都還在幫忙清理那些廢墟殘骸，哪時候結束也不是我們說了算。
母　：老師們難道就不能早點放你們回家嗎？不知道外面多危險嗎？

　　父走進家中。

父　：老師們自己也都要幫忙清理呢。
母　：天哪，到底哪時候才能回歸正常生活！
少年：爸巴不得不用教書吧，不然他都不知道要教什麼了。
母　：不要亂說！雖然說確實是因為教員短缺，只有公學校畢業的你爸才有可能當上老師，但公學校教的還不就是那些，有讀過公學校的教公學校的學生，已經綽綽有餘了。
父　：對，你媽說得很好，我教你們也綽綽有餘了，在學校也給我尊重點。

少年：哼！
父　：親愛的太太，今天晚餐吃什麼呢？
母　：還能吃什麼？

　　　母將整鍋端上桌，少年撈了撈鍋裡，露出作噁模樣。

少年：（學母的語調）天哪，到底哪時候才能回歸正常生活！
母　：別叫了，我們每個人都吃了三個月的青豆，吃到臉都變綠了。
父　：至少……至少青豆蛋白質豐富嘛。
少年：還有富含纖維質。
母　：我都不便祕了呢！
少年：我都狂放屁了呢！
母　：不要再用你的嘴放屁，去叫你大伯來。
少年：可不可以不要……
母　：這裡你最閒，你不叫誰叫？

　　　父擺碗盤裝忙。

少年：大伯房裡有狗會亂咬人！
母　：亂說哪有什麼狗！
父　：狗早就被吃光了。
母　：我還真希望有狗，這樣我們的餐桌就不會那麼寒酸了。

　　　少年心不甘情不願地走到大伯房前，敲門，無回應。

少年：大伯我直接進去了喔！

　　　　少年打開房門，黑暗，走進沒多久，尖叫聲。大伯用刀挾持
　　　　著少年，旁跟著一男子走出，男子面容看起來毫無血色。

母　：大哥，把刀放下……有話我們都可以好好說。（對父）我們
　　　不是都已經把家裡的武器給藏起來了嗎？
父　：不是都讓孩子收著了嗎？

　　　　面無表情的男子走到少年拖回家的行李箱前，提起行李箱，
　　　　行李箱破洞，裡頭露出武器。

母　：原來都被大伯撿了去嗎！
父　：還不是你說要給孩子帶著防身！
大伯：你們都別說了，你們這群國家的叛徒，什麼時候才要放我出
　　　去，我還有任務沒執行！
母　：大哥……戰爭已經結束了……
父　：大哥，你每天都要來這一樁累不累……

　　　　少年打掉了大伯手持的刀，將刀撿起，塞回自己的行李箱，
　　　　把大伯押坐好在餐桌旁。

母　：兒子，你現在已經練就一番好功夫了。
少年：啊不就還要感謝你天天叫我去叫大伯，我已經學會在各種情
　　　況下逃脫。
父　：兒子啊……你知道……你知道大伯是不會真的傷害你的對吧？
少年：他傷不傷害得了我，我不知道，我倒是覺得他每天都在傷害
　　　他自己。

空襲警報：貳零肆玖　347

母　：或許大哥能這樣發洩出來倒是好的。
少年：是啊，總好過我要叫他總叫不醒，噩夢纏身的樣子，還會彈起來進行一波防禦攻擊。
大伯：年輕人，你是在瞧不起我嗎？你可以來試試看，我去打仗時你還在吃奶呢！

　　　大伯和少年開始找掩護物，互相躲藏，想攻擊對方。母敲湯匙。

母　：好了別玩了，吃飯。

　　　父、母、大伯、少年，在餐桌前坐好，面無血色的男子，在大伯身後面無表情地站立著。母拉起家人的手，家人牽起彼此的手，做飯前祈禱。

母　：我們的神明啊，感謝您一直照看著我們，讓我們一家在這顛沛流離之際，還能全家平安團聚用餐。也感謝您在這段艱困的時期，還能賜與我們豐盛的晚餐——

　　　家人用餐，面無血色的男人依然站著不動。

少年：不行了，我忍不住了，我今天一定要說。
母　：孩子今天到底是怎麼回事？
父　：可能青春期吧。
少年：（指著面無血色的男子）到底他為什麼要一直在我們家？
父　：（尷尬）孩子，這我們不是早就談過了嗎？

少年：你們只有說他是被敵方生化攻擊後，變成的不生不死的喪屍……等下……等下……我現在終於聽出來奇怪在什麼地方了，怎麼敵方的生化攻擊會攻擊成不生不死的喪屍？如果是敵方應該是將對方給全數殲滅啊！你們是不是又騙了我，這個國家欺騙人民參與戰爭，連現在在家裡你們都要騙我？
大伯：（突然撐桌站起）這個少年！我敬佩你說出真相的勇氣！其實——（以下的話全部都被嗶嗶音蓋過，大伯說得很氣憤，大家只聽得見嗶嗶嗶。）
少年：我沒聽錯吧？
母　：我們都聽到了。
少年：大伯聽得見嗎？
母　：講的人自己聽不到，但是會被電擊。
父　：可能對大哥這樣經歷過戰爭的人來說，那點電擊，不算什麼吧！

　　少年碰了大伯，被電擊電到嚇到倒退，大伯也被少年被電擊的樣子給嚇到。

大伯：少年，我很抱歉，但事實就是這麼地慘痛。
少年：可是你剛說了什麼我都沒聽到啊！
大伯：什麼！（以下的話全部都被嗶嗶音蓋過，大伯說得很氣憤，大家只聽得見嗶嗶嗶。）
少年：大伯到底說了什麼？
父　：我們也聽不到啊……
母　：大概就是些敏感詞，還是……說的不是國語吧？
少年：不是國語？還有哪一國的語？

父　：也不是說哪一國的語啦……
母　：剛好你生出來後，自然而然聽到的都只剩下國語了。
少年：原來就是這樣，所以我們家門口掛了個「標準國語家庭」的牌子？
父　：那我去求了好久才求到的。
母　：感謝那個牌子！我們才至少有青豆可以吃。

大伯講得很累氣喘吁吁。

少年：大伯，你休息一下吧，我都懂了，讓我來解釋給你聽。我是不知道你們，但據說我出生後聽到的就都是國語了，那我說出來的應該就是標準國語，不會被嗶掉，我也不知道什麼是敏感詞，看看等下我講了你聽我會不會被嗶掉。這個家裡，因為掛了個「標準國語家庭」，所以有個語言偵測器，會偵測出這個家裡的成員，講出來的話如果不是國語，或是帶有敏感詞，就會被電波干擾消音，還會被電。至於這麼變態的東西為什麼還要往家裡放，因為領了這個牌子才至少有青豆可以吃，受了點好處就要遵守規矩，不然就要懲罰。大伯你打過仗，被電可能不算什麼，但我剛才碰了你一下，是真的滿痛的，就算大伯再耐痛也不要再說了吧。
大伯：你講的話充滿了敏感詞為什麼沒被嗶掉？
父　：可能有未成年特例條款吧。
母　：（惶恐）孩子，你可要千萬小心！
少年：這個家裡沒人敢對大伯說真話，就由我來說了吧！
父　：畢竟去打仗的不是我嘛……
少年：媽媽也對大伯感到有點彆扭吧？

母　：我第一次看到他還以為得喊聲公公呢⋯⋯我們可以繼續吃青豆了嗎？
少年：等下，這樣還是沒有解決他為什麼會待在我們家——
母　：孩子，你不能因為你有家人，就剝奪你大伯想要擁有家人的權力。
少年：難道我們不是大伯的家人嗎？
父　：可能對打仗打了好久的大哥來說，戰友更像他的家人了吧！
母　：我還看過他趴在他身上⋯⋯
父　：所以我才放心把他往家裡放⋯⋯喂！可不可以不要在孩子面前說這個！偵測器失效了嗎！
母　：反正他也不會浪費我們家的糧食嘛！
少年：可是他都不說話，一直站在那很怪啊！
大伯：他打仗時被煙嗆到傷了喉嚨。

　　　大伯很哀傷地安撫著男子。男子突然蹲下，像狗般叫了聲，溫馴地靠在大伯腿上。

少年：他在幹嘛？
大伯：他以前是訓練軍犬的，所以有時候會⋯⋯
母　：難怪會趴在你身上⋯⋯啊！有沒有狂犬病啊？
父　：我明天去外面問問有沒有止咬器吧⋯⋯

　　　空襲警報的聲音，大伯突然反應很大，領著男子東奔西走。

大伯：你們沒聽到警報聲嗎！空襲就要來了！這裡的防空洞在哪，快點，武器全部都準備起來，各位！要戰鬥了！人民們全都

空襲警報：貳零肆玖　351

戰起來!

　　大伯急忙地把行李箱的武器都拿來掛在身上上膛,身邊的男子緊緊跟隨著他汪汪叫。

父　：怎麼到現在還沒修好啊?
母　：自戰爭開始就從來沒好過,這個國家到底什麼時候才要修好那該死的空襲警報!
少年：什麼時候才要還給我們正常的生活啊!

　　面無血色的男子學狗的沙啞嚎叫聲。

第九場
戰爭留下的意志

  黑夜,林老師和四位學生:阿勇、二郎、淑子、小麗行走。阿勇打頭陣,二郎遊走在他們身旁,林老師走在最後面。

淑子:外面看起來真的好可怕!
小麗:以前是這個樣子的嗎?
二郎:我們的以前已經是太小的時候了……
阿勇:我都不記得了。
林師:孩子們,小聲點說話,我們還不清楚外面的狀況。

  一道光掃射過來,五人全部驚嚇蹲下。

小麗:不是出來都沒有遇到攻擊了嗎?
阿勇:快蹲下,別說話,別抬頭!

  林師往光源看。

林師:不用害怕,只是燈塔罷了。
二郎:老師,你確定不是什麼敵人偵測什麼的東西嗎?
林師:如果是的話,我們應該早就死掉了。孩子們站起來吧,你們都忘了燈塔了嗎?

阿勇：是燈塔啊！
淑子：好像小時候我爸爸有帶我們家去港口看過⋯⋯
二郎：不要想爸媽了。
淑子：我沒有在想爸媽，我只是覺得自己好像要應該想爸媽，但根本想不起什麼了⋯⋯
小麗：光，好亮。
林師：阿勇、小麗，不要盯著光看，我們的眼睛都已經適應不了太亮的光線了。

    阿勇和小麗馬上低下頭。

小麗：老師這樣可以嗎？我一直在流眼淚耶⋯⋯
阿勇：好痛啊！
林師：沒事的，眨一眨眼休息一下就沒事了。

    阿勇在眼睛刺痛下繼續行走，撞到一棵樹，阿勇驚嚇，馬上抓住他撞到的樹枝，擺出備戰姿勢。

阿勇：你是誰！在黑暗中為何不出聲！收起你的武器！我們是一般的平民，只是路過，沒有要傷害任何人的意思！

    樹轉了身，出現男人的臉。

樹人：我也只是一直在這裡，沒有要傷害任何人的意思啊。
阿勇：那這個東西是什麼？

　　　　阿勇緊抓著樹枝搖晃。

樹人：住手住手，會痛的啊！
阿勇：（放手）抱歉。
樹人：原來你是抓到這隻啊……太多隻了我實在管不著，嚇到了你真抱歉啊。
阿勇：……請問你是？
樹人：看不出來嗎？
小麗：老師！快來這裡！
二郎：外面已經變成這樣了嗎？
淑子：這是真的嗎？
阿勇：你要是騙我我可饒不了你！
樹人：我騙你能幹嘛呢？
阿勇：老師，你快過來看！
林師：你……你好？
樹人：你好，老師是嗎？他們都叫你老師，表示你一定是有學問的人了。
林師：不敢不敢。
淑子：老師你看他是真的嗎？
阿勇：一定是真的！我剛還握過他的樹枝呢！
林師：抱歉我的孩子們吵吵鬧鬧的……

　　　　林師也很好奇地戳了戳樹人的臉，樹人唉唷唉唷地叫。

樹人：你比孩子們更不客氣呢。
林師：（羞愧）抱歉……

空襲警報：貳零肆玖

樹人：只是你們看起來也都不像孩子了啊……
阿勇：我們當然都不是孩子了，我叫阿勇，這是我的老婆小麗。
小麗：我們前幾天不是離婚了嗎，我現在的老公是二郎。
二郎：我是二郎，我們的小孩是淑子。
阿勇：（小聲）沒關係，反正老師說我被拋棄三次的話她就願意當我的老婆……
樹人：你們的關係怎麼這麼複雜啊……
林師：別聽他們說……其實只是讓他們輪流建立關係，大概是人類社會的一種練習……
樹人：還有這種學習方式啊，我可真太久沒見過世面了。
林師：讓你見笑了，畢竟在那樣的環境裡，我也只能盡量教育孩子罷了。
樹人：你已經教育得很好了，所以這些都是你的孩子？
林師：本來只是我的學生，後來發生戰爭……就都變成我的孩子了。
樹人：戰爭啊……這樣啊……那真是辛苦你了。
林師：我們剛從防空洞出來，不知道外面的世界現在是怎樣，可以冒昧請教你是……

　　突然打了個閃電，他們看見樹人旁邊倒了兩位士兵。

阿勇：（大叫）老師！他騙人！他已經殺死了兩個士兵！屍體就在那！

　　阿勇和二郎急忙退步，將女孩和老師保護在後。樹人看了看阿勇指的士兵，笑了下。

樹人：你是說他們啊，他們只是睡著了。

  樹人搖晃了下，那兩位士兵甦醒了過來，看見陌生人，馬上用槍指著他們。

兵1：你們是誰？開放的時間只有白天。
兵2：你們趁半夜偷偷摸摸進來，是不是想來搶走和平樹！到時又要挑起兩國的戰爭嗎？
兵1：說啊，說！

  阿勇嚇到尿褲子。

兵1：哈哈哈哈，他還真的相信這是真的！
兵2：好久沒遇到這麼蠢的人了！
兵1：這裡面只是──空──包──彈──啦──

  樹人揮了揮樹枝，兩士兵又睡了過去。

樹人：抱歉，他們真的太吵太幼稚了，我也很受不了他們。
二郎：所以你是一顆和平樹？那表示⋯⋯戰爭真的結束了嗎？

  學生群開始歡欣鼓舞。

樹人：怎麼說呢，我原本也是一位士兵吧。

  突然打下大雷劈到了樹，將樹從中間劈開，樹裡掉出兩個

人。一位空軍飛行員打扮,一位陸軍打扮。飛行員醒了過來,搖搖晃晃地站起。投影畫面暗紅大地硝煙渺渺。

飛行:……我是掉到了哪裡……?是我國的土地……還是敵國的土地……?那我最好別穿著這身衣……

飛行員將身上的制服脫掉剩白色內衣,也將頭盔、護目鏡等丟掉,飛行員邊走,眼前所見皆是滿目瘡痍的土地和戰死的士兵。

飛行:這就是……這就是地面上戰爭的模樣……

突然一隻手抓住飛行員的腳踝,飛行員迅雷不及掩耳地掏出手槍射擊那隻手,而後飛行員發現那隻手的主人早就已經死了,只是他走過時那隻手突然的僵直反應。

飛行:對不起……對不起……呼,還浪費了一顆子彈。

飛行員環顧四周。

飛行:這裡還有活著的人嗎?

飛行員狼狽地繼續走著,走到一戰壕,裡頭堆積的屍體已經發臭,飛行員開始嘔吐,吐完聽到微弱的呻吟聲,他沿著呻吟聲,找到被壓著的陸軍。陸軍看不見,手中緊抓槍亂射,飛行員將他的手輕輕按了下去。

飛行：沒事的，沒事，我跟你一樣都是活下來的人……不用浪費子彈了，這裡已經沒有敵人了。我可以問你這裡是什麼地方嗎？

瞎眼陸軍只啊啊不出聲。

飛行：你連說話也不能了？這下我們該怎麼走出去啊……

飛行員想將陸軍抱離開戰壕，很辛苦地將他拖離了。

飛行：至少這樣你就不會跟屍體待在一起了……哈……不過說不定到最後我們還是會跟他們一起……

天空下起了雨，陸軍顫抖地將手舉起，像是想觸摸雨滴。

飛行：是的，下雨了，我們可以順便洗洗了。

飛行員迎著雨滴擦拭了自己的臉，也擦拭了陸軍的臉。

飛行：雖然沒人看見，但我們還是盡量保持臉的乾淨，嗯？

飛行員有點累了，跟陸軍一起倒著睡了。燈光變化。飛行員從旁邊的屍體割下肉，用頭盔的積水，自己生了火煮了，他想餵陸軍，陸軍嘴緊閉。

飛行：兄弟，張開嘴吧，吃點才有力氣活下去，這我帶來的罐頭，

空襲警報：貳零肆玖　359

沒問題的，吃點吧。
陸軍：（沙啞）是人肉……別騙我了。
飛行：原來你會說話！
陸軍：有差嗎？
飛行：所以這到底是哪裡？別擔心，不論是不是……我只是想知道這裡是哪裡。
陸軍：我本來就已經在等死了，你為什麼又要來呢？
飛行：我才想說，我本來預設我已經是死了，怎麼知道又會掉落到這裡來！如果都沒人也就算了，槍裡的子彈本來就有一顆是為自己準備的，可是偏偏讓我找到了你，找到了還有一口氣的你，我不想活下去，但好像可以說服自己因為你而活下去。不是因為你是誰，只是因為你是我以為自己死了卻活了下來以後第一個遇見的活人。
陸軍：……現在說這有什麼用呢？還是我們互相射殺吧，我承認我沒有開槍自殺的勇氣。
飛行：那可省了，我覺得自己應該是生病了，都撐那麼久了，比起被槍射死，我現在倒寧可自己是生病死掉了，說不定這樣死了後，我就能忘記這場戰爭了。

　　飛行員開始惡寒發抖。
　　陸軍找到飛行員煮肉的那頭盔，反過來想餵飛行員。

飛行：你都不吃了還餵我吃！
陸軍：你生病了需要營養。
飛行：死人不需要營養！

　　　　　陸軍自己吃了頭盔裡的肉，又餵飛行員吃，飛行員也吃了。

陸軍：我都跟他們說，我會抱著他們的意志活下去的。
飛行：你的戰友嗎？
陸軍：被我吃掉的戰友。「不管我們誰死了誰活下來了，都要抱著對方的意志活下去。」那時我們是這樣跟對方說的……現在我也這樣跟你說。
飛行：你怎麼確定我是你的戰友，你一開始不說話不也是因為這樣嗎？雖然兩國說的話……其實是共通的。
陸軍：現在都這樣了，有什麼關係呢……戰友戰友……一起作戰的朋友，在戰爭裡遇到的朋友，跟我說說你的一生吧。
飛行：如果最後我們都死了呢？
陸軍：那這塊土地滋養出的草木就會繼承我們的意志吧。
飛行：戰到死的意志嗎？
陸軍：希望能是……和平的意志吧！

　　　　兩人互相依靠闔眼。其中一人爬了起來。
　　　　邊說話邊恢復原本樹人的模樣。

樹人：後來下雨了，閃電後，出了太陽，又下雨了，又下雨了，在屍體澈底腐爛以前，有群婦女過來，把我們都給埋了起來。戰壕被填平，土地被踏平，又變成了孩子們的歡笑會經過的地方，踏平的地上長出了樹苗。人們開始傳說，半夜的時候，這棵樹會傳來死去軍人們哀號的聲音，人們感到不安，有的開始膜拜，有的來睡罵戰爭奪走了他們親人，有的來向我哭訴好想他爸，有的抱著我一起睡說我長得跟她的老公一模一

樣。後來兩邊的政府達成了協議,各派一個士兵來看管保護這棵樹,這棵樹也代表了兩邊的和平⋯⋯不過,說是保護還是監禁我都不知道呢。

林老師和學生群圍了過來。

林師:我們聽了很難過。
二郎:雖然聽不太懂。
淑子:告訴我們這些,是想說什麼呢?
樹人:我也不知道⋯⋯好像⋯⋯好像待在這裡這麼久,就是為了跟你們說這些事情一樣⋯⋯

遠方光線透進,開始日出了。

小麗:老師,那是太陽嗎?
林師:是太陽吧。
樹人:這一秒出太陽,下一秒卻下起了雨,你們好好享受吧,享受在這個世上能感知到的一切,趁還活著的時候。

在林老師和學生群仰望著日出的時候,樹人慢慢離開了。

二郎:老師說過,我們的神明是太陽。
阿勇:那之前是為了太陽而戰嗎?
淑子:太陽那麼厲害還需要人們為他而戰?
林師:老師也不知道。
小麗:但太陽好漂亮啊!

淑子：好漂亮啊！

阿勇：能看到太陽真好啊。

　　　遠方傳來悶悶的空襲警報聲。

二郎：原來警報聲在外面聽起來是這樣的嗎？

淑子：好不像真的啊！

小麗：那我們還要躲嗎？

　　　學生群看著老師。

林師：管他的，不都有和平樹了嗎？應該沒事了吧。

小麗：太陽好漂亮啊！

二郎：很溫暖啊！

阿勇：不刺眼。

林師：等下就會刺眼了，在那之前，

淑子：再等一下再等一下！

　　　日出的光線照在他們身上，林師和學生群充滿希望地看著太陽，一旁兩位看管樹人的士兵仍倒臥著。

＊此劇本榮獲2017年國藝會常態補助。

新美學82　PH0307

我跟世界有著時間差：
魏于嘉劇本集

作　　者	魏于嘉
責任編輯	尹懷君
圖文排版	陳彥妏
封面設計	嚴若綾

出版策劃	新鋭文創
發 行 人	宋政坤
法律顧問	毛國樑　律師
製作發行	秀威資訊科技股份有限公司
	114 台北市內湖區瑞光路76巷65號1樓
	電話：+886-2-2796-3638　傳真：+886-2-2796-1377
	服務信箱：service@showwe.com.tw
	http://www.showwe.com.tw
郵政劃撥	19563868　戶名：秀威資訊科技股份有限公司
展售門市	國家書店【松江門市】
	104 台北市中山區松江路209號1樓
	電話：+886-2-2518-0207　傳真：+886-2-2518-0778
網路訂購	秀威網路書店：https://store.showwe.tw
	國家網路書店：https://www.govbooks.com.tw

出版日期	2025年6月　BOD一版
定　　價	490元

版權所有・翻印必究（本書如有缺頁、破損或裝訂錯誤，請寄回更換）
Copyright © 2025 by Showwe Information Co., Ltd.
All Rights Reserved

Printed in Taiwan

讀者回函卡

國家圖書館出版品預行編目

我跟世界有著時間差：魏于嘉劇本集 / 魏于嘉著.
-- 一版. -- 臺北市：新鋭文創, 2025.06
　面；　公分. -- (新美學 ; 82)
BOD版
ISBN 978-626-7326-61-9(平裝)

863.54　　　　　　　　　　　114002734